HARD WARE - DER FREMDE

MISHA BELL

Übersetzt von
GRIT SCHELLENBERG

♠ Mozaika Publications ♠

Veröffentlicht von Mozaika Publications, einem Impressum von Mozaika LLC.
www.mozaikallc.com

Aus dem Amerikanischen von Grit Schellenberg
Lektorat: Fehler-Haft.de

Umschlag von Najla Qamber Designs
www.najlaqamberdesigns.com

e-ISBN: 978-1-63142-681-0
ISBN drucken: 978-1-63142-682-7

Kapitel Eins

Ist das eine *Bärin*?

Die Liebeskugeln fühlen sich an, als ob sie kurz davor wären, aus meiner Vagina zu rutschen. Ich drücke meine gut trainierten Muskeln zusammen, um das Spielzeug im Inneren zu halten. Das Paar Kugeln ist von mir selbst entworfen, also weiß ich, wenn ich sie noch einmal drücke, wird die Vibrationsfunktion aktiviert, und jetzt ist kein guter Zeitpunkt dafür.

Die Leine zuckt in meiner Hand.

»Bonaparte, benimm dich.« Die Strenge in meiner Stimme ist zwecklos. Mein Chihuahua zerrt weiter, sein Blick klebt an der Bärin, und sein Schwanz wedelt so schnell, dass ich schon fast erwarte, dass er sich wie eine Drohne in die Luft erhebt.

Zu meiner Erleichterung schnüffelt die Bärin nur am Hydranten, ohne den leckeren Zwei-Kilo-Happen zu bemerken, der nur einen Sprung entfernt ist.

Ich grabe meine Fersen in den Boden und ziehe ihn zurück, bis er bei Fuß ist. »Ernsthaft, Boner. *Willst* du gefressen werden?«

Das Ziehen hört auf, und mein Hund schaut mit einer Mischung aus Traurigkeit und Empörung in seinen grünen Augen zu mir auf. Wie immer kann ich mir vorstellen, was er sagen würde, wenn ich ein Hundeflüsterer wäre:

»*Ma chérie*, der Hund ignoriert mich. *Moi!* Undenkbar.«

Ich werfe ihm einen Hundekeks zu. »Dieser Bär hat eindeutig keine Manieren. Aber zu seiner Verteidigung: Würdest *du* widerstehen können, an diesem Hydranten zu schnüffeln? Wir sind direkt neben dem Central Park. Millionen von Hunden haben dort gepinkelt. Der Geruch muss himmlisch sein.«

Mit einem Sprung fängt Boner das Leckerli, schluckt es, ohne zu kauen, und widmet sich wieder seiner riesigen Beute.

Mein eigener Blick wandert zu dem Mann, der die Leine des Tieres hält, und meine Kinnlade fällt herunter, als meine inneren Muskeln unwillkürlich die Kegelbälle zusammenpressen.

Die Vibration aktiviert sich, aber ich ignoriere sie, während meine Augen hungrig über das große, athletisch gebaute männliche Exemplar vor mir schweifen.

Der Besitzer der Bärin ist heiß.

Glühend heiß, höschenschmelzend, gebärmutterexplodierend.

Die Art von heiß, zu der ich masturbieren werde.

Moment einmal. Streng genommen *masturbiere* ich gerade zu ihm – die Vibrationen in meiner Vagina bauen meinen Höhepunkt mit jeder Sekunde, die vergeht, auf. Zum Glück sieht er mich nicht an, so dass ich ihn schamlos mit den Augen verschlingen kann.

Der Mann erfüllt alle meine Ansprüche, auch die, von denen ich nicht wusste, dass ich sie habe.

Dickes, seidig aussehendes Haar in der Farbe eines Nerzfells. Kurzer, ordentlich getrimmter dunkler Bart, der seine königliche Nase und die gemeißelten Züge betont. Breite Schultern, gepolstert mit genau der richtigen Menge an Muskeln, und eine Brust zum Sterben, die sich zu einer schlanken Taille und schmalen Hüften verjüngt. Er trägt sogar einen Rollkragenpullover, verdammt nochmal – und jeder weiß, dass das das männliche Äquivalent zu einem sexy schwarzen Kleid ist.

Oh, und seine Lippen. Ich möchte eine Form von diesen Lippen nehmen und sie dann in ein Sexspielzeug verwandeln.

Apropos Sexspielzeug, die Bälle bringen mich immer näher an den Orgasmus. Obwohl mir vorgeworfen wird, dass ich in solchen Dingen schmerzfrei bin, erkenne selbst ich, dass es nicht der sozial akzeptabelste Schritt von mir ist, hier und jetzt vor einem Fremden zu kommen.

Ich muss die Bälle deaktivieren, was ich tun kann, wenn ich sie noch dreimal drücke. Das Problem ist, dass jeder Druck auch die

Vibrationsgeschwindigkeit verändert, so dass meine Situation erst schlimmer wird, bevor sie sich verbessert.

Da muss ich durch, denke ich.

Ich drücke.

Die Schwingung intensiviert sich.

Noch zweimal und dann …

Boner bellt.

Die riesige Schnauze der Bärin löst sich von dem Hydranten, und die riesigen braunen Augen fixieren das hundeförmige Horsd'œuvre zu meinen Füßen.

Endlich bekommt er die Aufmerksamkeit, nach der er sich sehnt. Boner wedelt schnell mit dem Schwanz und versucht, in sein Verderben zu rennen.

Ich drücke wieder unwillkürlich die Bälle zusammen. Noch einmal, und sie sind aus. Nur dass die Vibration jetzt auf Hochtouren läuft, und das fühlt sich toll an. So, so toll …

Mist. Was tue ich gerade?

Ich muss noch ein letztes Mal drücken.

Aber die erforderlichen Muskeln sind zu Gelee geworden, und ich habe Probleme, sie zusammenzupressen.

War es das?

Werde ich einen Orgasmus bekommen, während mein Hund vor den Augen des wahnsinnig heißen Fremden aufgefressen wird?

Flüchtig frage ich mich, ob ich die Bärin meinen besten Freund fressen lassen sollte, um von meiner bevorstehenden Entladung abzulenken – und vielleicht, damit ihr Besitzer später als Entschädigung für meinen Verlust mit mir schläft.

Nein, das ist verrückt.

Ich ziehe an der Leine und stoppe Boners edles Opfer in seinem Lauf.

Aber jetzt ist er auf dem Radar der Bärin.

Die Bestie stürzt sich auf ihn – und der schnelle Ruck an der Leine erwischt den heißen Fremden unvorbereitet. Als er merkt, was los ist, ist das Maul der Bärin nur noch wenige Zentimeter von Boners tennisballgroßem Kopf entfernt.

Ich umklammere meine Handtasche, trete zurück und ziehe meinen überdrehten Freund mit mir. Nicht, dass ich nicht selbst überdreht wäre. Mein Herz hämmert, und ich schwitze vor Anstrengung, den Orgasmus zurückzuhalten, während meine Kugeln weiter auf Maximum vibrieren.

Quetschen funktioniert nicht. Vielleicht sitze ich es einfach aus und behalte ein Pokerface?

Der Fremde sagt etwas in einer Sprache zu dem Bären, die ich nicht erkenne, obwohl die kehlige Qualität sie wie eine entfernte Verwandte des Russischen klingen lässt. Dann verengen sich seine Augen auf Boner, und immer noch, ohne mich anzusehen, knurrt er in perfekt akzentfreiem Englisch: »Halten Sie diese Ratte von meinem Hund fern.«

Seine Stimme ist tief und genauso unglaublich sexy wie der Rest von ihm, aber zum Glück machen mich seine Worte so wütend, dass der drohende Orgasmus sich zurückzieht.

Schande. All diese Geschenke der Natur verschwendet an einen Mann, der eindeutig ein Arschloch ist.

Ich festige meinen Griff an Boners Leine und verenge meine Augen auf den Fremden. »Ich werde meinen *Hund* von Ihrer *Bärin* fernhalten.«

So. Keine schlechte Antwort in Anbetracht meiner Situation.

Endlich lässt er sich dazu hinab, mich anzusehen, und ich bin wieder einmal sprachlos.

Diese Augen, die sich unter einem Paar dicker, dunkler Augenbrauen befinden, haben die schönste Farbe, die ich je gesehen habe, ein lebhaftes Haselnussbraun, das zwischen Dunkelgrün und bernsteinfarbenem Braun zu wechseln scheint.

Seine Augen weiten sich, als sie über meinen Körper wandern und für einen Moment auf meinem kurzen Rock und meinen nackten Beinen verweilen, aber dann nimmt sein wunderschönes Gesicht einen herrischen Ausdruck an. »Oh, bitte. Sie ist mehr ein Hund, als Ihrer es je sein wird.«

Seine reiche, volle Stimme verschwört sich mit den Kugeln in mir, um mich noch näher an einen Ort zu bringen, an dem ich nicht sein will.

Vielleicht könnte ich tun, was Männer in dieser Situation tun – an unsexy Dinge denken.

Schlaf in den Augen. Ohrenschmalz. Einen Pickel ausquetschen. Stinkende Achselhöhlen. Schuppige Kopfhaut. Graues Zeug, das aus den Bauchnabeln gegraben wird. Nagelpilz.

Nein. Nichts davon funktioniert.

Mutter?

Das scheint den Zweck zu erfüllen.

Apropos, ich kanalisiere das, was sie spöttisch mein *Schneeköniginnen-Verhalten* nennt, und finde endlich die Worte, um dem Fremden zu antworten. »Bei echten Hunden geht es nicht um Quantität – es geht um Qualität.«

Seine dicken Augenbrauen heben sich nur ein klein wenig. Er hat offensichtlich noch nie jemanden erlebt, der ihm widersprochen hat. »Warum ist das kläffende kleine Ding überhaupt aus Ihrer Handtasche heraus?«

Mist. Auf jeden Fall ein Arschloch. Zumindest hält das Ärgernis den Orgasmus in Schach. Ich hasse dieses Chihuahua-Klischee. Obwohl er nach Napoleon benannt wurde, hat Boner nicht den Komplex, den so viele seiner Brüder haben, und ist überhaupt kein Kläffer. Er war in der Hundeschule, also ist er gut erzogen. Meistens. Er *ist* ein Hund.

Na schön. Ms. Nice Bellas Samthandschuhe sind offiziell ausgezogen.

Ich werfe einen abschätzigen Blick auf den Schritt des Fremden und schaue dann mit einer schurkisch gewölbten Augenbraue zurück in sein Gesicht. »Lassen Sie mich raten. Der große Hund ist da, um etwas zu kompensieren?«

Uff. Wo ist mein Oscar? Ich bezweifele, dass selbst Angelina Jolie jemanden beschimpfen kann, während sie einen Orgasmus zurückhält.

Der Bastard grinst nur. Die lebhaften Augen funkeln und er murmelt: »Wollen wir wetten?«

Oh nein.

Mit dem Bild eines gigantischen Schwanzes im Kopf verliere ich schließlich den Kampf gegen meine Kugeln und komme.

Kapitel Zwei

Es ist ein Wunder, dass ich mein Stöhnen unterdrücken kann – ein Wunder, das einen weiteren Oscar verdient hat. Alle Frauen, die einen Orgasmus vortäuschen, sollten den umgekehrten Weg versuchen. Es ist schwieriger, als ich es mir vorgestellt hatte.

Die große Frage ist: hat er es in meinem Gesicht gesehen?

Der letzte Krampf deaktiviert die Kugeln, so bleibt mir wenigstens eine Wiederholung erspart.

Ein lautes Bellen ertönt irgendwo im Park.

Wir blicken beide auf unsere Schützlinge herab – ich vermute, weil wir sichergehen wollen, dass sie nicht auf einmal ihre Stimmen über weite Entfernungen projizieren – ein Kunststück, zu dem selbst ich, eine geübte Bauchrednerin, nicht fähig bin.

Boners Nase zeigt in die Richtung des entfernten Bellen, und sein Schwanz wedelt mit aufgeregter

Neugier. »*Ma chérie*, ich glaube, der Hund hat gebellt, weil dort ein Eichhörnchen in Béchamelsauce ist. Können wir bitte, bitte dort hingehen? Bitte!«

Im Gegensatz zu Boner kauert sich die Bärin jämmerlich zusammen, die riesigen flauschigen Ohren hängen herab, und der dreihundertfünfzig Kilogramm schwere Körper zittert wie pelziges braunes Espenlaub.

Mist. Jetzt tut mir die Bärin leid, aber ich fühle mich auch im Recht.

Wer ist jetzt der größere Hund?

Der Fremde summt etwas Beruhigendes in seiner Sprache und streichelt den Kopf der Bärin, woraufhin das Tier aus seiner Panik erwacht.

Mit einem kleinen Schwanzwedeln dreht sie ihre Schnauze in Richtung Boner und schnuppert gründlich an ihm.

Boner vergisst den anderen Hund, schaut zu der Bärin auf und hält die Nase ebenfalls schnüffelnd in die Luft.

Der Fremde sagt wieder etwas in dieser russisch anmutenden Sprache und zerrt die Bärin weg, ohne mir die Chance zu geben, mich über die Feigheit seines *echten Hundes* lustig zu machen.

Boner beäugt sehnsüchtig das Hinterteil der Bärin. »*Ma chérie*, das ist eine Menge Hintern zum Schnüffeln. Was für eine *tragédie*.«

»Ich fühle deinen Schmerz«, flüstere ich, und mein Blick wandert über den straffen, muskulösen Hintern, der von der Jeans des lästigen Fremden umrissen wird – ein Hintern, der im Nachglühen des

Orgasmus besonders verlockend aussieht. »Ich bin mir nicht sicher, ob ich an ihm schnüffeln möchte, aber ich denke, dass es ein Verlust für die Frauenwelt ist, dass dieser Hintern mit diesem Gehirn verbunden ist.«

Wir setzen unseren Spaziergang fort, und jedes Mal, wenn Boner anhält, um an etwas zu schnuppern, werfe ich einen Blick auf den lästigen Fremden und achte darauf, nicht aus Versehen wieder die Liebeskugeln zu drücken.

Er bringt die Bärin zu Boners Lieblingsplatz, einem Hundespielplatz – obwohl ich gelegentlich auch schon menschliche Kleinkinder auf diesen Rampen gesehen habe.

Klasse. Jetzt können wir dort nicht mehr hingehen.

Es sei denn, dass wir sollten?

Nein. Ich sollte den Kerl vergessen.

Leider merke ich auf unserem weiteren Weg, dass es schwer ist, ihn zu vergessen, vor allem angesichts der Wärme, die immer noch in meinem Inneren pulsiert.

Warum muss das Universum so unfair sein? Ich treffe so selten auf Typen, zu denen ich mich hingezogen fühle, und wenn ich endlich einen finde, entpuppt er sich als ein Arschloch. Andererseits könnte die bloße Tatsache, dass ich mich zu jemandem hingezogen fühle, angesichts meiner vergangenen Beziehungen ein Alarmsignal sein. Laut meiner Freundin Xenia bin ich ein Arschloch-Magnet. Ein Beispiel dafür ist mein Ex.

Es gibt einen Grund, warum ich meine Sexspielzeuge echten Männern vorziehe.

Ein sechster Sinn reißt mich gerade noch rechtzeitig aus meinen Tagträumen, um Boner an einer Schnecke auf dem Boden schnüffeln zu sehen.

»Nein!«, rufe ich, als er die Schnecke – völlig unüberraschend – in sein Maul nimmt.

»Spuck sie aus.«

Er schaut mit arglosem Blick zu mir auf. »Warum? Es ist eine *escargot*.«

Ich lege Gewicht auf meine Eigenschaft als das Alphatier in unserer kleinen Beziehung. »Spuck sie aus. Du könntest den französischen Herzwurm bekommen.«

Mit zerknirschtem Blick spuckt Boner das Geschöpf aus und beobachtet, wie es unbeeindruckt von dem Hundesabber davonkriecht. »Französischer Herzwurm klingt wie meine Art von Herzwurm.«

Ich werfe ihm noch ein Leckerli zu. »Guter Junge. Ich wette, die Bärin ist nicht annähernd so gut trainiert. Sie würde sofort einen Parasiten bekommen, aber du nicht.«

»*Touché*.« Mit hängenden Ohren nimmt er seinen Weg wieder auf.

Der arme Kerl. Erst konnte er nicht an einer Bärin schnüffeln, jetzt darf er keine Schnecke essen. Ich kann es nachvollziehen. Mir selbst wurde auch gerade mein Premiumschokoladenmann verwehrt.

Ich führe Boner zu einem Hydranten und beobachte, wie er all seine Sorgen vergisst, während er sein Bein unmöglich weit hochhebt und in einer Höhe pinkelt, die eigentlich nur ein großer Hund erreichen kann.

Wenn nur mein Schlüssel zum Glück so einfach wäre – ich würde sofort mein Bein hochreißen. Nun, nicht in diesem Moment – meine Kugeln würden herausfallen.

Zufrieden mit seinem Werk, trottet Boner weiter.

Nicht zum ersten Mal frage ich mich, warum er solche Ambitionen hat, wenn es um seinen Urin geht. Ist es Teil einer Wahnvorstellung, in der er denkt, dass er ein viel, viel größerer Hund ist? Oder könnte es sein, dass alle Hunde nach den Sternen greifen wollen, und dass es Boner hilft, klein und gelenkig zu sein, damit er nicht umkippt, wenn er sein Bein höher als seinen Kopf hebt?

Boner bleibt stehen und schaut wehmütig in Richtung Spielplatz.

Da die Bärin immer noch da ist, sage ich: »Wie wäre es, wenn wir zuerst John etwas zu essen bringen?«

Bei Johns Namen wedelt Boner erfreut mit dem Schwanz. John hat entweder kein Zuhause oder einen anderen Grund, warum er nie badet – was ihn für einen Hund zu einem sehr interessant riechenden Menschen macht.

Auf halbem Weg zu Johns Bank kreuzt eine schwarze Katze unseren Weg. Da die Katze größer ist als Boner, tut er so, als würde er sie nicht sehen. Ich hingegen bleibe stehen und drücke fast schon wieder zu fest auf die Kugeln.

Zum Glück sind meine Brüder nicht hier, um mich zu verspotten. Eine schwarze Katze, die die Straße überquert, ist ein gewichtiger russischer Aberglaube, den ich nur schwer ignorieren kann. Die Ingenieurin samt MIT-Abschluss in mir kann sich nicht vorstellen, wie das Pech der Katze überhaupt funktionieren soll, dennoch stehe ich weiter da und hoffe, dass jemand den Weg der Katze kreuzt und das damit verbundene Pech auf sich nimmt.

Mit dem geschäftlichen Unterfangen, das ich gerade starte, kann ich kein Pech riskieren.

Ein Eichhörnchen flitzt plötzlich direkt über den verhexten Pfad. Da es nicht größer als er ist, versucht Boner, es zu jagen, aber ich halte ihn gerade noch rechtzeitig zurück.

Puh. Das Eichhörnchen wird nun das Pech bekommen, und nicht ich oder eine nette alte Dame.

Als wir den Spaziergang fortsetzen, kommt ein Königspudel auf uns zu.

Ich grinse. Mit dem Löwenhaarschnitt sieht dieser Hund viel französischer aus als meiner – nicht, dass Boner irgendetwas Französisches an sich hat, außer seinem Namen und seiner Seele. Er sieht tatsächlich so aus, als könnte er in der *¡Yo quiero Taco Bell!*-Werbung mitspielen. Und bei seiner mexikanischen Abstammung ist es ein Rätsel, warum er keinen hispanischen Akzent hat, wenn ich mir vorstelle, dass er mit mir spricht.

Boner versucht, nett zu dem Pudel zu sein.

Der größere Hund fletscht die Zähne und knurrt.

Boner bleibt stehen und schaut mich an. »Wie *impoli!*«

Ich werfe der Besitzerin einen bösen Blick zu.

Sie zuckt schuldbewusst mit den Schultern und eilt an uns vorbei.

Der Rest des Weges zu John verläuft ereignislos, und als wir bei der Bank ankommen, ist er wie immer da und starrt ausdruckslos in die Ferne.

Ich schiebe Boners Leine unter meine Achselhöhle und hole das Sandwich, das ich für John gemacht habe, aus meiner Handtasche. »Hi.«

»Großartig. Die Kommunistin ist zurück«, grummelt John, bevor er sich bückt, um Boner zu streicheln.

Ich werfe ihm das Sandwich zu. »Ich wurde geboren, nachdem die Sowjetunion bereits zusammengebrochen war, und ich kam in dieses Land, als ich fünf Jahre alt war, also bin ich viel eher ein amerikanisches Kapitalistenschwein als eine Kommunistin.«

John runzelt die Stirn über das Sandwich. »Einmal Kommunist, immer Kommunist.«

Ich denke, das ist fair. Nach dem, was ich weiß, ist John ein Vietnam-Veteran und hat somit eine berechtigte Meinung über die Kommunisten.

Er ist auch zu stolz, um Almosen anzunehmen, also gehe ich wie immer vorsichtig vor. »Das ist aus dem Restaurant meiner Eltern«, sage ich und nicke in Richtung des Sandwiches. »Sie haben mir wieder zu viel Essen mitgegeben, und in der russischen Kultur gilt es als Unglück, Brot wegzuwerfen.«

Der letzte Teil stimmt tatsächlich, weshalb ich es nur gefroren kaufe.

John murmelt etwas über dummen Kommunisten-Aberglauben, schnappt sich das Sandwich und beginnt, es zu verschlingen.

So. Im Laufe der Zeit habe ich gelernt, wie man diese Transaktion ziemlich reibungslos abwickeln kann. Als ich ihn das erste Mal traf, war John ungesund dünn, aber jetzt ist er …

Die Leine rutscht aus meiner Achselhöhle, als Boner plötzlich nach vorne torpediert.

Mist.

»Bis später, John«, rufe ich über meine Schulter, während ich loslaufe. »Ich muss ihn einfangen!«

Ich höre nicht, was John sagt, aber ich sehe, worauf Boner hinauswill.

Den Spielplatz.

»Boner, bleib stehen!«, schreie ich.

Das tut er nicht. So viel zu der Hundeschule.

Während ich meine Geschwindigkeit erhöhe, verfluche ich mich für meinen ständigen Wunsch nach Multitasking. Obwohl ich mir beigebracht habe, mein Handy zu Hause zu lassen, um mich nicht durch geschäftliche E-Mails ablenken zu lassen, musste ich auf diesem Spaziergang einfach die Liebeskugeln testen.

Ich drücke meine Beckenmuskeln mit aller Kraft zusammen und beschleunige noch mehr. Das

Jonglieren mit Kugeln hat nichts damit zu tun, sie beim Sprinten im Körper zu behalten.

Boner springt die Rampe direkt neben der Bärin hoch.

Nein. Er kann nicht vorhaben …

Aber das tut er.

Den Höhenvorteil der Rampe zu Hilfe nehmend, besteigt mein Chihuahua die Bärin und beginnt, sie zu bumsen.

Kapitel Drei

»Boner, hör auf, habe ich gesagt!«

Diese Hundeschule schuldet mir eine ernsthafte Rückerstattung – dieses Szenario sollte ein Teil ihres Lehrplans sein.

Unbeeindruckt von der Welt stößt mein Chihuahua seinen winzigen Hintern gegen den gigantischen der Bärin. Aus der Ferne sieht Boner aus wie ein Vogel, der auf einem Nilpferd reitet.

Verdammt! Dummer Hund. Warum würde er überhaupt versuchen, Sex mit etwas zu haben, was hundertmal größer ist als er?

Die Stöße werden schneller.

Meine Lunge brennt, als ich trotz meines engen Rocks, der meine Bewegungsfreiheit eingrenzt, schneller werde. Wenigstens trage ich meine süßen neuen Sneakers anstatt hochhackiger Stiefel, was ich normalerweise tue – die würden diese spontane Verfolgungsjagd unmöglich machen.

»Boner, hör auf!«, keuche ich.

Er macht das Gegenteil. Seine Bewegungen werden immer hektischer, so dass es so aussieht, als hätte er einen epileptischen Anfall.

Ich ziehe das Tempo weiter an, und mein Tanga verrutscht, wodurch ein unangenehmer Luftzug an meinen Geschlechtsteilen entsteht.

Warum frisst ihn die Bärin dafür nicht? Nicht, dass ich mich beschweren will. Vielleicht ist Boners winziger Schniedel gar nicht in dieser höhlenartigen Vagina. Ich habe keinen Zweifel, dass Boner ein toter Hund wäre, wenn sich ein so großes Tier missbraucht fühlen würde.

Mist. Ist das ein Missbrauch? Ist mein kleiner Kumpel ein Sexualstraftäter?

Aber nein. Der flauschige Schwanz der Bärin zeigt nach oben, was Boner den Einstieg erleichtert. Das muss ihre Art sein, dem zuzustimmen – zusammen mit der Tatsache, dass sie ihn nicht mit ihren massiven Kiefern zermalmt. Soweit ich weiß, haben sie sich geeinigt, als sie sich gegenseitig beschnüffelt haben.

Er muss sie mit seinen mächtigen Chihuahua-Pheromonen verführt haben.

Natürlich rettet das alles Boner nicht vor dem nervtötenden Arschloch, der der Besitzer der Bärin ist. Wenn er sieht, was passiert, wird er zweifelsohne zum Mörder mutieren. Glücklicherweise ist seine Aufmerksamkeit auf den Typen gerichtet, mit dem er gerade spricht – oder, besser gesagt, gestikuliert und ihn anschreit. Der Kerl hat eine Kamera in der Hand, die er hoffentlich nicht benutzt, um ein Foto von Boners Vergehen zu machen.

Meine Beinmuskeln brennen, als ich schneller sprinte. Ich bin jetzt nur noch zwei Meter entfernt.

Der Kameramann verliert die Diskussion, worüber auch immer, und schleicht sich davon.

Es ist so weit.

Der Fremde dreht sich um, und seine herrlichen Augen weiten sich, als er die Situation registriert, in der sich die Bärin befindet.

Ich springe zur Rampe und schnappe mir Boners Leine. Bevor ich ihn wegziehen kann, trennt er sich aus freien Stücken, schaut zu mir hoch, und sein Schwanz wedelt mit maskuliner Zufriedenheit.

Wie erwartet, wird der Kiefer des Fremden zu Stein, und seine königlichen Nasenlöcher beben.

Mit Mühe halte ich mich zurück, Boner *böser Hund* zuzurufen. Ich möchte meinem kleinen Freund keinen Sexualkomplex verpassen, wie ihn meine Mutter mir verpasst hat, als sie mich in meinen frühen Teenagerjahren beim Onanieren erwischt hat.

Hunde verdienen es, genauso wie Menschen, sexuelle Wesen zu sein.

Der hitzige Blick des Besitzers der Bärin wandert von Boner zu mir. »Hat Ihre Ratte gerade …?«

»Meinem *Hund* tut es leid, was er getan hat.« Es erfordert eine enorme Zurückhaltung, beschwichtigend zu klingen. »Mir auch. Ich wurde abgelenkt, und er ist entkommen.«

Boner schaut mich verständnislos an. »Warum entschuldigen, *ma chérie*? Das ist *le grand amour*.«

Der Fremde betrachtet mich mit einem starren Blick. »Lassen Sie mich raten. Sie waren mit ihrem Telefon beschäftigt?« Leise murmelt er etwas über die Amerikaner mit ihren unaufhörlichen Posts und Tweets.

Meine Nackenhaare stellen sich auf, und ich muss mich anstrengen, mich davon abzuhalten, die Kugeln zu quetschen – seine und die in mir. »Lassen Sie mich raten. Sie beurteilen gerne Menschen ohne den kleinsten Beweis? Wie es der Zufall so will, nehme ich mein Telefon nicht mit auf meine Hundespaziergänge. Ich bin auch keine Amerikanerin im strengen Sinne des Wortes, und soziale Medien nutze ich ebenfalls nicht.«

Neugierde ersetzt einen Teil der Wut in seinem Gesicht. »Wie konnten Sie ihn dann entkommen lassen?«

Ich werfe ihm meinen typischen eisigen Blick zu. »Ich muss mich nicht vor Ihnen rechtfertigen.«

Vielleicht war ich zu überzeugend. Die Ohren der Bärin hängen herunter, und sie versteckt sich hinter dem Fremden.

Seine Augen verengen sich wieder. »Ihr Hund hat meinen geschändet. Das Mindeste, was Sie tun können, ist, höflich zu sein.«

Genau wie ich mag Boner seinen Tonfall nicht. Er stellt sich zwischen uns und knurrt den Fremden an.

»Ruhig, Junge«, murmele ich und atme tief ein, um

mich zu beruhigen. Manchmal gewinnt man, wenn man den richtigen Weg einschlägt. »Ich möchte mich entschuldigen.«

»Ich brauche Ihre Entschuldigung nicht. Ich muss wissen, ob Ihr Hund irgendwelche Geschlechtskrankheiten hat.«

Irgendwie behalte ich trotzdem die Ruhe. »Das ist das erste Mal, dass er echten Sex hatte, also bezweifle ich das sehr.«

Sofort will ich mich dafür ohrfeigen, dass ich das *echt* betont habe – das Letzte, was ich will, ist, darüber zu sprechen, dass ich meinem Hund ein Sexspielzeug gebaut habe.

Der Fremde sieht jetzt etwas ruhiger aus, ebenso wie die Bärin hinter ihm. »Das ist gut. Dennoch kann Sperma eine breite Palette von Viren beherbergen. Woher wissen wir, dass Ihr Hund nicht mit etwas infiziert ist?«

Ich zucke mit den Schultern. »Er ist nicht krank gewesen. Außerdem wissen wir nicht, ob er tatsächlich in sie eingedrungen ist – oder ob Sperma vorhanden war.«

Hundesperma. Das ist ein Thema, von dem ich nicht gedacht hätte, dass es zur Sprache kommen würde, als ich heute aufgestanden bin.

»Das reicht mir nicht«, sagt der Typ. »Ich möchte, dass Sie ihn zu einem Tierarzt bringen und ihn gründlich durchchecken lassen.« Er durchwühlt seine Taschen und holt ein Portemonnaie heraus. »Ich zahle.«

Wie kann er mir so leicht unter die Haut gehen? »Ich kann für meinen Tierarzt selbst bezahlen. Danke.«

»Wenn Sie darauf bestehen.« Die Brieftasche verschwindet.

Ich richte mich noch gerader auf. »Ich bestehe darauf.«

Er mustert mich noch einmal gründlich, wobei sein Blick erneut auf meinen Beinen verweilt. »Und Sie lassen mich die Ergebnisse des Tierarztes wissen?« Seine Stimme ist eine Nuance heiserer, als seine haselnussbraunen Augen zu meinem Gesicht zurückkehren.

Mein verräterisches Herz setzt einen Schlag aus. »Ich muss meine Nummer in Ihr Telefon eingeben. Wie ich schon sagte, habe ich meines nicht dabei.«

Ist das ein Hauch eines Lächelns, das seine sexy Lippen umspielt?

»Das wäre toll, aber ich nehme mein Handy auch nicht mit auf meine Hundespaziergänge«, sagt er. Augenzwinkernd fügt er hinzu: »Ich nutze auch keine sozialen Medien und ich bin auch kein Amerikaner.«

Das letzte bisschen hätte ich mir denken können … Aber keine sozialen Medien? Ich dachte, meine paranoiden Brüder und ich wären die einzigen, die sich in der heutigen Zeit enthalten. Und kein Telefon bei einem Spaziergang? Sogar besagte Brüder machen sich über mich lustig, weil ich *das* mache.

»Haben Sie eine Visitenkarte?«, frage ich und ignoriere die Versuchung, unsere Gemeinsamkeiten aufzuzählen. Nur weil wir eine zivilisierte

Unterhaltung führen, heißt das nicht, dass er nicht trotzdem ein Arschloch ist.

Ich könnte ihm meine Visitenkarte geben, aber aus irgendeinem Grund will ich nicht, dass er weiß, dass ich eine Sexspielzeugfirma besitze. Irgendetwas an ihm – vielleicht der dezente und doch offensichtlich teure Schnitt seiner Kleidung oder der herrische Winkel seines Kiefers – lässt mich an Vorstandsetagen der Fortune 500 und Zehn-Gänge-Dinner unter Kristallleuchtern denken. Männer wie er neigen dazu, auf nicht-traditionelle Unternehmer wie mich herabzublicken – warum es mich allerdings interessiert, was er denkt, ist mir ein Rätsel.

Normalerweise bin ich offen damit und stolz auf das, was ich tue.

Er greift in seine Tasche und holt einen Stift heraus. »Ich habe keine Karte.« Er schaut sich um und entdeckt ein paar Kaffeebecher, die jemand auf einer Bank in der Nähe abgestellt hat. Er schnappt sich den am saubersten aussehenden, schreibt etwas darauf und reicht ihn mir.

Dragomir, steht da in fetter, männlicher Schrift, neben einer Telefonnummer mit Vorwahl von Manhattan.

Dragomir? Ist die Kurzform davon nicht Drago? Klingt wie ein Bösewicht aus Harry Potter.

»Ich bin Bella.« Ich stelle den Becher ab und strecke höflich meine Hand aus.

Seine Augen leuchten, als er die Begrüßung erwidert, und seine viel größere Handfläche meine verschlingt – und mein Atem bei der elektrisierenden Wärme seiner Haut stockt.

Es ist ein Wunder, dass es nicht die Kugeln in mir aktiviert.

»Dragomir.« Er spricht den Namen mit einem russisch klingenden Akzent aus.

Widerwillig ziehe ich meine Hand zurück. »Woher kommen Sie eigentlich?«

»Ruskovia«, sagt er, wieder mit der gleichen Aussprache.

Hmm. Ich habe schon von diesem Land gehört. Wenn ich mich richtig erinnere, ist es kleiner als jeder der New Yorker Bezirke und irgendwie rückständig, zumindest insofern, als sie immer noch eine regierende Monarchie haben. Ich habe keine Ahnung, wo es auf der Karte liegt, was ihre Bräuche sind, oder ob es die Inspiration für Sokovia in *The Avengers* war.

Was ich weiß, ist, dass Ruskovia die bestaussehende Nation der Welt sein könnte, wenn es nach diesem Typen geht.

Ich muss ziemlich ratlos aussehen, denn er sagt mit einem leichten Augenrollen: »Ruskovia ist ein Land in Osteuropa – falls Ihre Geographiekenntnisse die eines typischen Amerikaners sind.«

Meine Brüder sagen immer, dass meine Geographiekenntnisse besser sein könnten, aber wer ist dieser Dragomir, um mich oder das amerikanische Bildungssystem zu kritisieren?

»Ich weiß, wo Ruskovia ist«, sage ich und flunkere nur leicht. »Ich selbst bin in Russland geboren. Das liegt auch in Osteuropa – für den Fall, dass *Ihre* Geographiekenntnisse unterdurchschnittlich sind.«

Seine Augen verengen sich bei dem Wort *Russland*, und ich erinnere mich im Nachhinein daran, dass viele osteuropäische Länder mein Heimatland nicht mögen, dank der Bemühungen der Sowjets, ihnen den Kommunismus zu bringen, meist mit Waffengewalt.

»Ich war klein, als ich hierhergezogen bin«, füge ich hinzu, bevor ich mich fragen kann, warum ich versuche, mich bei ihm beliebt zu machen.

Er neigt den Kopf. »Das würde *Ihr* perfektes Englisch erklären.«

War das ein Kompliment? Es fühlt sich auf jeden Fall so an.

»Was ist mit Ihnen?«, frage ich und beschließe, es für bare Münze zu nehmen. »Wie kommt es, dass Sie keinen Akzent haben?«

»Ich hatte tolle Lehrer«, sagt er und blickt stirnrunzelnd zu Boden.

Ich folge seinem Blick und unterdrücke ein Schnauben. Während wir uns unterhalten haben, sind Boner und seine Bärin zusammengekommen, und sie hat ihn gerade geleckt – ein großes, sabberndes Lecken.

Boner scheint der glücklichste Hund der Welt zu sein.

Dragomir sagt in einer Sprache, die wohl Ruskovisch ist, etwas zu der Bärin. Die einzigen Worte, die ich erkennen kann, sind *Winnie* und so etwas wie *Pooh*.

Oder war es ein kleingeschriebenes *poo*?

Schüchtern schiebt sich die Bärin von Boner weg.

Meine gute Laune verflüchtigt sich. »Haben Sie gerade wieder meinen Hund beleidigt?«

»Nein. Ich habe Winnifred gesagt, dass sie ihn nicht lecken soll. Benutzen die Russen nicht auch den Befehl *fu*?«

Fu. Nicht *poo*. Und ja, meine Eltern schreien Boner immer »fu« zu, wenn sie ihn Dinge tun sehen, die sie nicht mögen. Für mich sieht es immer so aus, als ob sie ihm Kampfsport beibringen wollen, à la *Kung Fu Panda*.

Dann macht es klick. »Der Name Ihres Hundes ist Winnifred? Und als Kurzform ›Winnie‹?«

Er nickt.

»Ihnen ist klar, dass das der Name eines Bären ist, oder? Wie in Winnie P…«

»Ich war nicht derjenige, der ihr diesen Namen gegeben hat. Wie ist sein Name?«

Wer gibt seinem eigenen Hund keinen Namen? »Bonaparte.«

Er wölbt seine Augenbrauen. »Denken Sie nicht, dass das ein bisschen zu ehrgeizig ist für einen Hund mit einem Gehirn so groß wie eine Erbse?«

Ich verschränke die Arme vor der Brust. »Chihuahuas haben das größte Gehirn-zu-Körper-Verhältnis aller Rassen.«

»Trotzdem.« Er schaut Boner skeptisch an. »Winnies Gehirn ist vielleicht so groß wie sein ganzer Körper.«

»Oder es könnte mickrig sein, wenn sie einen sehr

dicken Schädel hat«, sage ich und füge leiser hinzu: »Wie Sie.«

Er blickt mich herrisch an. »Winnie ist von der Misha-Rasse. Sie haben Ruskovia von Wölfen und Bären befreit und sind die klügsten Hunde der Welt.«

»Diese Rasse heißt wirklich *misha*?« Ich unterdrücke den Drang, zu fragen, wie genau Winnie in der Lage sein sollte, Wölfe zu jagen, wenn sie vor dem Bellen irgendeines beliebigen Hundes Angst hatte.

Er seufzt. »Sie werden so genannt. Na und?«

»Misha wird in Russland mit Bären assoziiert. Sie wissen schon, wie Mischa, das Maskottchen der Olympischen Spiele … die Bärin.«

»Nun, in Ruskovia wird Misha nur mit majestätischen, hochintelligenten Hunden in Verbindung gebracht.«

»Ich wette, Boner ist intelligenter als Winnie.« Sobald ich das sage, stelle ich mir einen Vortrag von meiner Mutter vor. Als ich klein war, versuchte sie mich davon zu überzeugen, dass Männer es nicht mögen, herausgefordert zu werden und sich einem ehrgeizigen Mädchen wie mir nicht nähern würden.

Nicht, dass Dragomir überhaupt in meine Nähe kommen will. In Anbetracht der Art und Weise, wie diese Begegnung bisher verlaufen ist, ist es unwahrscheinlich, dass mein Ehrgeiz ganz oben auf seiner Liste der Nachteile steht – vorausgesetzt, er hat eine Liste mit irgendwelchen meiner Vor- und Nachteile.

Er schaut Boner an, dann mich. »Ist das Ihr Ernst?«

Ich entscheide mich für einen doppelten Einsatz. »Wie Steuern. Ich kenne einen guten Intelligenztest für einen Hund, und ich bin zuversichtlich, dass Boner ihn vor Winnie bestehen wird.«

Der Kampfgeist erwacht in seinen Augen zum Leben. »Auch ich kenne einen Test. Und Winnie wird den Boden mit Ihrem Möchtegern-Napoleon wischen.«

»Dann ist es abgemacht.« Ich reibe meine Hände aneinander. »Wir veranstalten einen Wettkampf.«

Ist das ein überhebliches Lächeln auf seinen Lippen? »Was bekommt der Gewinner?«

Der Grinch wäre neidisch auf mein Antwortgrinsen, während ich an die perfekte Sache denke. »Wenn ich gewinne, möchte ich, dass Sie auf die Knie gehen und …«

Ich halte inne, als sich seine Augen weiten. Er blickt auf den Saum meines Rockes, und ein hungriger Ausdruck erscheint auf seinem Gesicht.

Wow.

Ich weiß, was er denkt, aber es ist nicht das, was ich im Sinn hatte – bis zu diesem Moment.

Kapitel Vier

Er kommt so nahe an mich heran, dass ich die Zimtnoten in seinem sinnlichen Parfum wahrnehmen kann. »Auf die Knie gehen und was tun?«

Meine eigenen Knie fühlen sich seltsam weich an. Ich räuspere mich, aber meine Stimme klingt immer noch heiserer, als es klug wäre. »Sie gehen auf die Knie, schauen Boner an und sagen ihm, dass er das klügste Wesen ist, das Sie je getroffen haben.«

Ist das Enttäuschung in seinem Gesicht?

Ist welche in meinem zu sehen?

Er zuckt mit den Schultern. »So unangenehm dieser Ausgang auch wäre, ich muss mir keine Sorgen machen, denn Winnie wird gewinnen.«

»Nun denn, für den Fall, dass sie es tut … Was soll *ich* tun?«

Er reibt sich seine kurzen, dunklen Barthaare. Es ist eher ein überwuchertes Stoppelfeld – etwas, was in ein oder zwei Wochen gewachsen sein könnte, stelle ich fest, als ich es mir genauer ansehe. Sein Haar ist einfach so dick und üppig, dass es so aussieht, als ob es mehr davon gibt, als wirklich da ist.

Moment, warum bin ich so besessen von seinen Haaren? Ich habe ihm gerade eine wichtige Frage gestellt. und er lässt sich mit der Beantwortung viel Zeit. Bedeutet das, dass er etwas Unanständiges verlangen wird? Ich kann fast hören, wie seine tiefe Stimme als Antwort knurrt: *Sie gehen auf die Knie und machen mir den Reißverschluss auf. Dann nehmen Sie mein ...*

»Wenn ich gewinne«, sagt er und unterbricht meine anzüglichen Fantasien, »gehen wir zusammen spazieren, bis Winnie defäkiert, und dann werden Sie es beseitigen.«

Er sieht selbstgefällig aus.

Verdammt. Das ist kein kleiner Einsatz. Wortwörtlich.

Benutzt er Vierzig-Liter-Müllsäcke, um die ganze Kacke aufzunehmen? Werde ich eine Schaufel brauchen?

Der eine Teil dieses Szenarios, den ich mag, ist, dass wir zusammen spazieren gehen würden. Und je nach Winnies Faserkonsum bekommen wir vielleicht die Chance, uns gegenseitig kennenzulernen. Vielleicht würden wir dann zur Abwechslung damit aufhören, uns zu streiten. Vielleicht sogar ...

»Wollen Sie sich drücken?« Die Worte beinhalten eine klare Herausforderung.

Ich starre ihn böse an. »Auf keinen Fall. Es geht los. Wie geht der Test?«

Er streichelt Winnies Kopf. »Man legt einem Hund ein Handtuch auf den Kopf und zählt, wie lange er braucht, um sich davon zu befreien.«

Ich verberge meine Freude. Das habe ich schon einmal mit Boner gemacht. Er hat sich in weniger als dreißig Sekunden befreit, was laut dem Artikel, den ich gelesen habe, sehr gut ist. »Woher bekommen wir Handtücher?«

Bitte sag »bei mir zu Hause«.

Die Bartstoppeln bekommen eine weitere Abreibung. »Unsere Kleidung?«

Bevor ich etwas erwidern kann, packt er den Saum seines Rollkragenpullovers und zieht ihn sich über den Kopf, so dass seine Bauchmuskeln zum Vorschein kommen.

Verdammt.

Verdammt sexy.

Ich aktiviere fast noch einmal meine Kugeln.

Unter dem Rollkragenpullover trägt er mein zweitliebstes männliches Kleidungsstück, eines, das einen in diesem Fall äußerst zutreffenden Namen hat: Muskelshirt. Er ist nämlich mehr als durchtrainiert. Seine Schultern sind perfekt rund, seine Arme wahnsinnig bepackt und seine Brustmuskeln können tanzen.

Ich möchte meine Forderung, falls ich gewinne, in etwas Unangebrachtes ändern. Und wäre es so schlimm, wenn ich die Kugeln absichtlich aktiviere und gleich hier und jetzt einen weiteren Orgasmus habe?

»Sie müssen Ihr Oberteil nicht ausziehen«, sagt er und missinterpretiert meinen verblüfften Gesichtsausdruck. »Bei der Größe Ihres Chihuahuas reicht mein Taschentuch.«

Ein Taschentuch? Wie im 19. Jahrhundert?

Ich danke den Modegöttern für meine Entscheidung, einen Bralette unter meiner Bluse zu tragen, und beginne, die Knöpfe aufzuknöpfen.

Seine Augen weiten sich wieder, und das helle Braun in ihnen scheint sich in geschmolzenes Gold zu verwandeln.

Ich bin nicht schüchtern, aber als ich meine Bluse ausziehe, bin ich kurz davor, rot zu werden – in Anbetracht dessen, was ich in seinem Gesicht sehe.

»Ich will nicht, dass Boner verliert, weil er den Geruch an Ihrem Taschentuch nicht erkennt.« So. Meine Stimme ist gelassen. Und dass ich mich ausziehe, hat nichts damit zu tun, dass ich, sagen wir einmal, jemanden verführen will. Nein. Nur eine wirklich verschlagene Frau würde *das* tun.

Er holt das besagte Taschentuch heraus und tupft sich die Stirn ab. »Haben Sie eine Uhr mit einer Stoppuhr?«

»Warum? Wir brauchen sie nicht, um zu sehen, wer sich zuerst befreit.«

»Ich möchte die Zeit für die Nachwelt festhalten. Unter dreißig Sekunden gilt als ein sehr gutes Ergebnis.«

Bedeutet das, dass er diesen Test auch schon bei seinem Hund gemacht hat?

Ich schätze, ich sollte mich darauf vorbereiten, riesige Kacke zu schaufeln.

Ich winke mit meinem bloßen Handgelenk. »Sorry, keine Uhr dabei.«

»Wie wäre es, wenn wir meine benutzen?« Er kippt seinen muskulösen Unterarm so, dass ich das gute Stück sehen kann.

Unter dem Vorwand, die Uhr besser sehen zu können, schleiche ich mich an ihn heran, bis ich in Kussreichweite bin. Aus dieser Nähe ist sein Duft berauschend, ganz warme männliche Haut, und intensive zimtige Würze. Mir läuft buchstäblich das Wasser im Munde zusammen, als sich mein Gehirn wieder mit nicht jugendfreien Bildern füllt.

»Sind das handgezeichnete Penisse auf Ihrer Handtasche?«, fragt er und zwingt mich, aus einer weiteren lustinduzierten Fantasie zurückzukehren.

Warum ist jeder ein Kunstkritiker, wenn es um dieses Thema geht? Ja, ich mag es, meine Besitztümer auf diese Weise zu dekorieren. Verklagt mich.

»Haben Sie ein Problem mit meinen Zeichnungen?« Ich neige meinen Körper so, dass Dragomir meine Tasche nicht mehr sehen kann. Dabei trete ich versehentlich auf seinen Fuß.

Verdammt! Auf einen Fuß zu treten ist ein schlechtes Omen. Es bedeutet, dass die Person, die den Fußtritt macht, einen Konflikt mit der Person hat, auf deren Fuß getreten wurde.

Oder, in diesem Fall: mehr Konflikte.

»Kein Problem«, sagt er – und es ist unklar, ob er den Fuß oder die Peniszeichnungen meint.

Ich zögere und entscheide mich dann, es einfach zu tun. »Könnten Sie mir bitte auf den Fuß treten?« Nach russischer Tradition neutralisiert dies die negativen Kräfte.

Er hebt eine Augenbraue. »Russischer Aberglaube?«

Ich nicke und erröte leicht.

»In Ruskovia sagt man, wenn eine Frau versehentlich auf den Fuß eines Mannes tritt, werden sie gemeinsam enden. Natürlich glaube ich selbst nicht an so einen Unsinn.«

Doch er tritt mir sanft auf den Fuß, zeigt mir dann wieder die Uhr und lächelt.

Dieses Lächeln. Wäre es zu offensichtlich, wenn ich mir Luft zufächern würde? Noch wichtiger: Wäre ich pervers, wenn ich die Vibration jetzt aktivieren würde? Ich möchte es wirklich. Er riecht nicht nur männlich und lecker, sondern auf diese Entfernung kann ich die Hitze spüren, die von ihm ausgeht, als wäre er ein feuerspeiender Drache.

Vielleicht ist der letzte Teil der Grund, warum er Dragomir heißt?

Als ich merke, dass ich die Uhr völlig vergessen habe, schaue ich sie mir noch einmal genau an.

Wow. Sie ist von Patek Philippe, Hersteller der teuersten Armbanduhren der Welt. Dieses besondere Meisterwerk scheint speziell für ihn angefertigt worden zu sein, mit einer kyrillisch aussehenden

Schrift, die Ruskovisch sein muss, und einem seltsamen Design aus Diamanten.

Kein Wunder, dass Dragomir die Ausstrahlung alten Geldadels hat. Dieses Ding muss Millionen gekostet haben.

»Also«, murmelt er und lässt meinen Blick zu seinem Gesicht hochschnellen. »Werden Sie meiner Uhr vertrauen?«

Irgendein Instinkt sagt mir, dass ich ihm gar nicht trauen sollte, Punkt. Doch ohne einen rationalen Grund zu haben, nicke ich einfach und entziehe mich der Anziehungskraft dieser lebhaften Augen.

»Auf mein Zeichen«, sagt er und wendet seine Aufmerksamkeit der Uhr zu.

Ich halte mein Oberteil über Boner.

Er wirft seinen Rollkragenpullover über Winnies Kopf. »Los.«

Kapitel Fünf

Als ich meine Bluse auf Boner fallen lasse, wird mir klar, dass dieser Test nicht fair sein wird. Mein Chihuahua ist so winzig, dass mein Shirt für ihn ein viel größeres Hindernis darstellt als Dragomirs Rolli für Winnie.

Ich hätte doch mit dem Taschentuch einverstanden sein sollen.

Oh, na gut. Wenn ich das jetzt erwähne, wird Dragomir mir vorwerfen, eine schlechte Verliererin zu sein.

Hoffen wir einfach, dass Boner ein wenig intelligenter ist – oder gut in diesem speziellen Test.

Beide Hunde beginnen ihren Kampf, um sich zu befreien.

Die Sekunden vergehen wie im Flug.

Als ich merke, dass ich die Luft anhalte, lockere ich meine verkrampften Schultern und atme tief ein.

Plötzlich taucht eine Pfote unter meiner Bluse auf, dann eine weitere, dann Boners Kopf.

Ich zeige aufgeregt darauf. »Er ist fertig!«

Boner wedelt mit dem Schwanz. »*Ma chérie*, hattest du irgendwelche Zweifel, dass ich *victorieux* hervorgehen würde? Nicht cool.«

»Fünfundzwanzig Sekunden«, knurrt Dragomir, den Blick auf seinen Rollkragenpullover gerichtet.

Weitere Sekunden vergehen, doch Winnie ist immer noch bedeckt.

Dann noch ein paar mehr.

Plötzlich fängt der Rollkragenpulli an, zu schrumpfen, obwohl es unklar ist, wie … zumindest am Anfang.

»Frisst sie ihn auf?«, frage ich.

Er zögert, dann greift er nach dem Rollkragenpullover und zerrt an ihm.

Ja.

Die Bärin hat beschlossen, dass der beste Weg in die Freiheit das Fressen des Hindernisses ist.

Ein paarmal festes Ziehen und einige beruhigende Worte auf Ruskovisch später ist der Rollkragenpulli in Fetzen gerissen, aber zumindest ist nichts im Magen des Hundes.

Völlig grundlos wirft Dragomir *mir* einen bösen Blick zu.

Wenn man über schlechte Verlierer spricht. Der Typ muss noch ehrgeiziger sein als ich.

»Wenigstens hat sie einen kreativen Weg gefunden,

um sich zu befreien«, sage ich, denn ein Olivenzweig hat noch niemandem geschadet.

Sein kühler Blick erwärmt sich ein paar Grad. »Sie haben diese Runde trotzdem gewonnen. Was ist *Ihr* Test?«

Ich gehe hinüber zur Bank, hebe die beiden übrig gebliebenen Becher auf und nehme jenen dazu, auf dem seine Telefonnummer steht.

»Er ist dazu gedacht, ihr Gedächtnis zu testen«, sage ich.

Ein freches Grinsen zuckt über sein Gesicht. »Ich glaube, ich kenne diesen Test auch.«

Verdammt! Ich hatte gehofft, hier einen Vorteil zu haben. Aber hey, zumindest liege ich bis jetzt in Führung.

»Zuerst bringen wir ihnen bei, dass ein Leckerli unter einem Becher liegt.« Ich demonstriere es, indem ich einen Gourmet-Hundekeks hervorzaubere und ihn links unter den Becher stecke. »Boner, hol ihn.«

Schwanzwedelnd wirft er den ganz linken Becher mit seiner Nase um und verschlingt das Leckerli.

»Das kann Winnie auch«, sagt Dragomir, holt ein Leckerli hervor und schiebt es unter einen Becher.

Winnie neigt den Kopf.

Er sagt etwas auf Ruskovisch.

Sie wendet sich mit ihrer riesigen Schnauze zum Becher.

Mit einem zugeneigten Lächeln hebt er den Becher und lässt das große Mädchen das Leckerei fressen.

Etwas in mir zieht sich zusammen. Das Lächeln steht ihm gut, aber das tut ja auch so ziemlich alles.

»Also«, sage ich und kämpfe gegen den Drang an, die Kugeln zu aktivieren, »jetzt, wo sie den Ablauf kennen, verstecken wir ein Leckerli so, dass sie den richtigen Becher sehen können. Dann drehen wir die Hunde für dreißig Sekunden um und testen dann ihr Gedächtnis, indem wir sie zurückdrehen, um zu sehen, ob sie beim ersten Versuch zum richtigen Becher gehen. Oder beim zweiten. Je mehr Versuche, desto schlechter die Leistung.«

Er nickt. »Ladies first.«

»Hund oder Mensch?«

Er grinst. »Ihr Team fängt an.«

Ich nehme ein weiteres Leckerli, lege es unter den mittleren Becher, drehe Boner um und zähle dreißig *Mississippis.*

»Dreißig Sekunden«, sagt Dragomir und erinnert mich an seine Uhr.

Hoppla. Ich bin froh, dass es Boners Gedächtnis ist, das wir testen, und nicht meines.

»Süßer, hol das Leckerli«, sage ich.

Ohne zu zögern, stößt Boner den mittleren Becher um und schluckt das Leckerli. *Savoureux.*«

Ja! Wer ist ein kluger Junge?

»Sie sind dran«, sage ich zu Dragomir, unfähig, die Selbstgefälligkeit aus meiner Stimme herauszuhalten.

Er legt sein Leckerli unter den mittleren Becher und dreht Winnie weg.

Weitere dreißig Mississippis später dreht er ihr den Rücken zu.

Sie neigt wieder den Kopf.

Er gibt den ruskovischen Befehl.

Sie schaut zu ihm auf, als wäre sie verwirrt.

Sein nächster Befehl klingt ein wenig schärfer.

Sie wendet sich wieder den Bechern zu, scheint sich zu konzentrieren, nimmt dann den ganz rechten Becher in den Mund und beginnt zu kauen.

Wow. Sie ist unter dem Druck wirklich eingeknickt.

»Winnifred, fu!«, befiehlt Dragomir, und sein Tonfall ist der von jemandem, dessen Befehle immer umgehend befolgt werden.

Mit hängenden Ohren spuckt Winnie den zerkauten Becher aus und zeigt dann mit der Nase auf den mittleren.

Er hebt den richtigen Becher an, damit sie ihr Leckerli fressen kann.

Ich warte ein paar Sekunden, um sicherzugehen, dass ich mich nicht schadenfroh anhöre. »Ich denke, wir haben gewonnen.«

»Der Geruch von Kaffee haftete an dem Becher.« Er klingt abwehrend. »Sie liebt Kaffee.«

Ich begegne seinem Blick. »Drücken Sie sich vor dem Einlösen der Wette?«

Er atmet hörbar aus. »Bringen wir das hinter uns.«

Da er sich gleich hinknien wird, trete ich zur Seite, sonst könnte er unter meinen Rock sehen – was ein Problem wäre, vor allem, da ich nicht den nötigen

Moment der Zurückgezogenheit hatte, um meinen Tanga zu richten.

Dragomir legt die Reste seines Rollkragenpullovers neben Boner auf den Boden und kniet sich hin, um sich über den kleinen Körper meines Hundes zu beugen.

»Heben Sie ihn hoch, damit sie beide auf Augenhöhe sind«, sage ich und versuche, nicht zu lachen. »Vorausgesetzt, er ist damit einverstanden.«

Auch das ist ein Test. Eigentlich zwei.

Erstens: Wird Dragomir ein Arschloch sein und es ablehnen?

Zweitens: Boner ist ein guter Menschenkenner, wenn es darum geht, Leute an sich heranzulassen. Zum Beispiel knurrt er meine beiden Eltern an, wenn sie es versuchen. Wenn Dragomir also *genauso* böse ist, wird er das nicht mit sich machen lassen.

Zu meinem Schrecken sagt Dragomir beruhigend etwas auf Ruskovisch und krault Boner sanft hinter dem Ohr.

Bin ich eifersüchtig auf meinen eigenen Hund?

Boner wedelt mit dem Schwanz.

Operation Hochheben ist für ihn eindeutig ein *Go*.

Dragomir hebt ihn sanft hoch, schaut ihm in die Augen und sagt mit beeindruckender Aufrichtigkeit: »Napoleon Bonaparte, es tut mir leid. Du bist der klügste Hund, nein, das klügste Wesen, das ich je getroffen habe.«

Als Antwort leckt Boner Dragomirs Gesicht ab.

Ich fange an zu lachen, und die ganze Anspannung zwischen uns zerplatzt wie ein übervoller Luftballon.

Dragomir stellt Boner sanft auf den Boden zurück und grinst mich an.

Ich war anscheinend nicht die Einzige, die eifersüchtig war. Winnie stürzt sich auf Dragomir und leckt ebenfalls sein Gesicht ab – und hinterlässt einen riesigen Sabberfleck auf seinen gemeißelten Zügen.

Mein Lachen ist nun außer Kontrolle geraten. Meine Augen tränen, meine Nase läuft, und dann, zu meinem Entsetzen, versagen die Muskeln in meiner Vagina plötzlich ihren Dienst – und ich spüre, wie die Kugeln herausrutschen.

Mist. Ich war in der Lage, zu rennen und einen Orgasmus zu haben, ohne die glitschigen Dinger zu verlieren, nur um vom Lachen erledigt zu werden?

Vom Adrenalin beflügelt, fange ich einen der Bälle an meinem Knie auf. Der zweite jedoch fällt auf den Boden und rollt in Winnies Richtung.

Nein.

Bitte nicht ...

Ohne eine Sekunde zu zögern, schnappt sich Winnie die Kugel mit ihrem Mund.

»Fu!«, schreie ich.

Der Befehl wird ignoriert.

Winnie verschluckt die Kugel.

Kapitel Sechs

*D*ragomir sieht mich fragend an.

Natürlich. Er hat mich gerade »Fu« sagen hören.

Wie erkläre ich ihm, was passiert ist? *Deine Hündin muss den Geschmack meiner Mädchensäfte mögen, denn sie hat gerade ein Sexspielzeug verschluckt, das ich in meiner Vagina hatte.*

Muss ich es ihm überhaupt sagen?

Wird Winnie die Kugel nicht einfach auskacken?

Igitt, aber was, wenn es Komplikationen gibt?

Ich kann es ihm nicht verschweigen.

»Sie werden wütend sein«, sage ich und versuche krampfhaft, die am wenigsten peinliche Art und Weise zu finden, die Nachricht zu überbringen.

Seine dicken Augenbrauen ziehen sich zusammen. »Was ist passiert?«

Ich zeige ihm die Kugel, die ich aufgefangen habe. »Ich habe versucht, mich mit diesen … ähm …

chinesischen Meditationskugeln zu entspannen, und eine fiel herunter, und Winnifred hat sie verschluckt.«

Bitte sehr. Klingt glaubwürdig.

Leider muss man kein Linguist sein, um zu wissen, dass das Nächste, was Dragomir auf Ruskovisch knurrt, ein Fluch ist. Er hockt sich neben Winnie und drängt sie, den Ball hochzuwürgen – erfolglos.

Er murmelt einen weiteren Fluch vor sich hin und springt auf. Er wirft einen Blick auf seine Uhr, beginnt, die Hündin wegzuschleifen, ohne sich zu verabschieden, und seine langen Beine bringen mit wütenden Schritten schnell einen großen Abstand zwischen uns.

Mist. »Wird es ihr gut gehen?«, rufe ich ihnen hinterher.

»Woher zum Teufel soll ich das wissen?« Die Frage wird von ihm mit solcher Intensität über die Schulter geworfen, dass beide Hunde ihre Ohren anlegen. »Deshalb gehen wir ja zum Tierarzt.«

Ich schnappe mir Boner und renne ihnen hinterher. »Lassen Sie mich mitkommen. Ich fühle mich schrecklich.«

»Sie haben schon genug getan.« Er beschleunigt seine Schritte.

Ich gebe es auf, ihn zu verfolgen. »Ich werde anrufen, um nach ihr zu fragen!«, rufe ich ihm nach. »Und ich sage Ihnen Bescheid, wenn Boner irgendwelche Geschlechtskrankheiten hat.«

Vielleicht habe ich das Wort *Geschlechtskrankheiten* ein bisschen zu laut gebrüllt, denn ich bekomme einen

Haufen seltsamer Blicke von den Passanten zugeworfen.

Wenn Dragomir mich hört, dann lässt er es sich nicht anmerken.

»Tja, das war scheiße.« Ich gehe zurück, schnappe mir den Becher mit der Aufschrift und führe Boner weg.

———

Als ich nach Hause komme, suche ich als Erstes mein Handy, damit ich Dragomirs Nummer in meine Kontakte eingeben kann.

Ich drehe den Becher um und starre ihn entgeistert an.

Es steht weder eine Nummer noch ein Name darauf.

Nun, es gibt einen Namen, aber er lautet Barbara.

Grr. Als ich mir das blöde Ding geschnappt habe, habe ich mich nicht vergewissert, dass der Schriftzug darauf tatsächlich *seine* Schrift war.

»Ich komme gleich wieder«, sage ich zu Boner und laufe zurück in den Park.

Als ich mich der Stelle nähere, an der ich Dragomir das erste Mal getroffen habe, bemerke ich einen Müllwagen, der die Straße entlangfährt, was mir ein unangenehmes Gefühl in der Magengrube beschert.

Das Gefühl verstärkt sich, als ich zum Hundespielplatz komme.

Die zwei Becher, die ich zurückgelassen hatte, sind nun verschwunden.

Wie ich befürchtet habe, hat sie jemand aufgeräumt.

Auf dem Weg nach Hause stelle ich mir vor, wie Dragomir auf meinen Anruf wartet und dann annimmt, dass ich ein schrecklicher Mensch bin, der sich einen Dreck um das Schicksal seines Hundes schert – was nicht weiter von der Wahrheit entfernt sein könnte.

Als ich meine Wohnung betrete, bin ich so verärgert, dass ich einen Stimmungsaufheller brauche, also bitte ich Alexa, Boners Lieblingslied zu spielen: *Who Let the Dogs Out.*

Wie immer, wenn es losgeht, fängt Boner an, zur Musik zu heul-singen und die *Wuff*-Teile zu bellen. Obwohl ich schon viele andere Chihuahuas auf YouTube gesehen habe, die zu Musik singen, scheint keiner so talentiert zu sein wie meiner. Er ist sogar so gut, dass ich fast erwarte, dass er eines Tages eine Hundeoper komponiert und sie *La Bonerhème* nennt.

»Du bist ein Genie«, sage ich zu Boner, als das Lied vorbei ist.

Er wedelt mit dem Schwanz. »Sag mir etwas, was ich nicht weiß, *ma chérie*.«

Mit einem Grinsen gehe ich seinen Snack holen, und als ich damit zurückkomme, erwische ich ihn dabei, wie er sich sein Poloch leckt.

»So viel zum Thema Genialität«, murmele ich.

Als er das Leckerli in meiner Hand sieht, stürzt er herbei und verschlingt es gierig. Danach stürzt er sich, wie so oft, auf Remy, das Sexspielzeug, das ich für ihn entworfen habe, und fängt an, es zu vögeln.

Remy ist eine Plüschratte, die einem weiblichen Chihuahua sehr ähnlich sieht, nur mit einer winzigen Kunstvagina im Schlauchstil. Dieses Produkt auf den Markt zu bringen steht auf meiner To-do-Liste, obwohl im Moment die Bedürfnisse der menschlichen Geschlechter eine größere Priorität für mein Geschäft haben.

»Kumpel, du hattest gerade Sex im Park«, sage ich sanft, um ihm keine Komplexe zu machen. »Vor ein paar Minuten.«

»So sieht eine gesunde Libido aus, *ma chérie*. Neid steht dir *pas du tout*.«

Grinsend gehe ich in mein Büro, um ihm Privatsphäre zu geben.

Das stellt sich als ein Fehler heraus. Jetzt, da ich allein bin, kommen Gedanken an Dragomir auf.

Ich schnappe mir meinen Laptop und schaue nach Ruskovia und Dragomir.

Nein. Zu viele Ergebnisse, und keines der Top-Ergebnisse weist in seine Richtung.

Es ist amtlich: Ich habe keine Möglichkeit, mich bei ihm zu melden. Ich kann nur hoffen, dass wir uns in diesem Teil des Parks wiedersehen, aber Boner und ich sind immer dorthin gegangen, und es war das erste Mal, dass wir Dragomir getroffen haben. Er kommt sicher nicht oft dorthin – und nach dem, was passiert ist, würde es mich nicht wundern, wenn er diesen Ort von nun an komplett meiden würde.

Mit einem Seufzer checke ich meinen Kalender.

Klasse. Ich hätte fast ein wichtiges Treffen mit meinem Bruder später am Tag vergessen.

Ich muss meinen Kopf freibekommen, und zwar pronto. Aber wie?

Eine Möglichkeit ist, zu masturbieren und dabei an Dragomir zu denken. Ich habe einen ganzen Koffer voller Spielzeuge – alle von mir entworfen und von meiner Firma Belka produziert.

Nein, keine gute Idee. Das würde mich nur noch mehr an ihn denken lassen.

Es ist Zeit für die großen Geschütze.

Ich stelle den Fernseher an und schalte einen Film ein, der mich immer aufmuntert: *Frozen*.

Seit ich ein kleines Mädchen war, wurde ich immer wieder mit der Schneekönigin verglichen, einer bösartigen Figur aus einem dänischen Märchen, das in Russland sehr beliebt ist. Und dann kam Disney, machte aus ebenjener Figur eine knallharte Prinzessin und stellte die ganze Sache auf den Kopf. Ich liebe den Streifen, und das nicht nur, weil ich die zentrale Lektion von *Frozen* schon gelebt habe, bevor ich ihn das erste Mal sah – man selbst zu sein, ohne sich dafür zu entschuldigen.

Oder mit den Worten meines Lieblingssongs aus dem Soundtrack: *I don't care what they're going to say ...* über meine Sextoys.

Wie immer hebt der Film meine Laune. Danach hole ich mir etwas zu essen und einen Kaffee, und dann arbeite ich daran, ein neues Spielzeug zu entwerfen. Ich mache große Fortschritte und schicke sogar einen Prototyp an meinen 3D-Drucker.

Als es so weit ist, schnappe ich mir ein Geschenk für meinen Bruder, ziehe meinen schärfsten Business-Anzug und meine besten Stiefel an und mache mich auf den Weg in sein Büro.

Kapitel Sieben

Als ich aus dem Aufzug trete, grinse ich über das Firmenschild, das stolz verkündet: »1000 Devils.«

Das ist die Art meines Bruders, sich unseres Nachnamens, Chortsky, der *des Teufels* bedeutet, anzunehmen. Er hat es geschafft, dass *tausend Chorts* nicht mehr nur ein russischer Fluch ist, sondern auch eine coole Videospielentwicklungsfirma.

Ich habe selbst etwas Ähnliches gemacht. *Belka* nennt mich unsere Mutter, wenn sie unzufrieden mit mir ist – was ständig der Fall ist. Und weil das Wort auch *Eichhörnchen* bedeutet, habe ich beschlossen, diesen Namen für meine Sexspielzeugfirma zu verwenden.

Bevor ich noch weiter in die Lobby vordringe, biege ich scharf in die Waffenkammer ab und suche mir ein paar meiner Lieblingswaffen aus. In diesem Büro ist es Tradition, dass die Mitarbeiter mit Nerfguns auf

Besucher schießen, und ich teile gerne so gut aus, wie ich kann.

Ich halte meine Waffen im Lara-Croft-Stil und hocke mich auf den Boden, während ich nach Feinden Ausschau halte.

Aus irgendeinem Grund schießen die männlichen Angestellten hier selten, wenn überhaupt, auf mich. Die weiblichen Angestellten hingegen sind immer auf mein Blut aus.

Ich habe allerdings einen großen Vorteil. Ich war ein Wildfang, als ich aufwuchs, und ich habe zwei Brüder, von denen einer diese Schießtradition überhaupt erst ins Leben gerufen hat. Wenn es ein *SEAL Team 6* für Spielzeugprojektil-Angriffe gäbe, wäre ich dabei.

Die erste Frau, die mir entgegenspringt, versucht es gar nicht erst. Sie hat ihre Waffe in der einen Hand und einen Kaffee in der anderen.

Ohne zu zielen, schießt sie.

Ich ducke mich und schieße dann einen Pfeil auf ihr Schlüsselbein. Wie ich gehofft hatte, prallt das Projektil von ihrem Shirt ab und fällt in ihre Tasse.

Das sollte ihr eine Lehre sein.

Die nächste Dame ist älter, also bin ich respektvoller, als ich meine Waffe entlade und auf die Beine ziele.

Die nächsten zwei erwische ich, bevor sie überhaupt die Chance haben, abzudrücken.

Plötzlich trifft mich ein Pfeil zwischen meine Schulterblättern.

Also so ist das jetzt? Mir in den Rücken fallen?

Ich drehe mich zum Angreifer und schieße, ohne zu zielen.

Hoppla.

Ich weiß zufällig, dass diese Dame Karen heißt, und sie muss gerade dabei gewesen sein, einen Kriegsschrei auszustoßen oder so etwas, denn der Pfeil steckt jetzt in ihrem Mund … oder vielleicht in ihrem Hals.

Sie gibt Würgegeräusche von sich und rudert mit den Armen wie ein kopfloses Huhn.

Ich lasse die Waffen fallen, eile hinüber und bereite mich darauf vor, den Heimlich-Griff anzuwenden. Da meine Eltern ein Restaurant besitzen, hat jeder in meiner Familie gelernt, wie man das macht, nur für alle Fälle.

Karen scheint meine Hilfe aber nicht zu brauchen. Nach ein paar weiteren Würgegeräuschen spuckt sie den Pfeil aus, räuspert sich und schenkt mir ein verlegenes Lächeln.

Der Vorfall verpasst der Schießerei einen Dämpfer, so dass mich niemand stört, als ich meine Waffen einsammele und mich auf den Weg in den Besprechungsraum mache.

Alex, mein ältester Bruder und der Besitzer von 1000 Devils, umarmt mich herzlich, als ich hereinkomme.

Ich ziehe mich zurück und grinse ihn an. Mit seinen blauen Augen, den schwarzen Haaren, der blassen Haut und den symmetrischen Gesichtszügen ist er wie mein andersgeschlechtliches Spiegelbild –

vor allem, wenn man die ständigen Stoppeln in seinem Gesicht ignoriert.

Er setzt sich und schüttelt den Kopf. »Wenn Karen klagt, bist du mir was schuldig.«

Ich nehme ihm gegenüber Platz. »Sie hat mir in den Rücken geschossen. Wer sich mit dem Stier anlegt, bekommt die Hörner zu spüren.«

Er grinst. »Wärst du in diesem Szenario nicht eine Kuh?«

Ich ziehe sein Geschenk aus meiner Tasche. »Warum ist alles, was mit Rindern zu tun hat, so sexistisch? Warum ist eine *Kuh dumm*? Warum ist man *stark wie ein Bulle* aber nie *dumm wie ein Bulle*? Bullshit statt Cowshit. Bullterrier statt Cowterrier. Auch Polizisten werden immer Bullen genannt und nie Kühe, selbst wenn sie weiblich sind. Wusstest du, dass Kühe pro Jahr mehr Menschen töten als Haie?«

Er zuckt mit den Schultern. »Hey, wenn man bedenkt, wie viele zu unserem Vergnügen abgeschlachtet werden, ist es nur fair, dass sie das Verhältnis manchmal ausgleichen.«

»Ich habe ein Geschenk für dich.« Ich schiebe die Schachtel über den Tisch.

Er zuckt zusammen und schaut hinein.

Ich setze meinen unsichtbaren Bauchrednerhut auf. »Hallo.« Ich mache meine Stimme tief, knarrend und so, dass es scheint, als käme sie aus der Box. »Ich bin deine neue Freundin. Du solltest mich wirklich besser benutzen, sonst …«

Er fährt sich mit der Hand durch seine

unordentlichen dunklen Locken. »Noch ein Sexspielzeug?«

Mein Grinsen ist böse – ich kann mich über meine beiden Brüder auf einmal lustig machen. »Das ist eine Hülle aus Belkas-patentiertem Material, und sie ist Vlads Lieblingsspielzeug.«

Vlad, unser mittleres Geschwisterchen, hat sich vor kurzem darauf eingelassen, meine Produkte zu testen – und zwar mit seiner Mitarbeiterin. Jetzt ist besagte Angestellte, Fanny, seine Freundin. Also werden Alex und ich natürlich nie aufhören, ihn damit zu necken.

Alex lacht, unangenehm berührt. »Danke. Denke ich. Du musst nur wissen, dass die ganze Welt deine guten Absichten verdrehen kann, um uns wie die Lannisters oder die Borgias aussehen zu lassen.«

»Ich könnte mich nicht weniger um Gerüchte kümmern«, sage ich leichthin.

»Was ist, wenn ich dir sage, dass ich mein eigenes Spielzeug bekommen kann?«, sagt er. »Ich kann es sogar auf deiner Website kaufen.«

Wieder ein böses Grinsen. »Ich schlage dir einen Deal vor. Besorg dir eine Freundin, dann hören die Geschenke vielleicht auf.«

Er rollt mit den Augen. »Doppelmoral? Wann wirst du anfangen, dich zu verabreden?«

Ich spüre einen Stich des Bedauerns. Wenn ich den Becher nicht verloren hätte, vielleicht …

»Hey, Schwesterherz, es tut mir leid«, sagt Alex, der meinen Gesichtsausdruck falsch interpretiert. »Ich habe vergessen, dass das ein sensibles Thema ist.«

Er spricht über meine letzte katastrophale Beziehung. Es stellte sich heraus, dass das Arschloch verheiratet war – eine Lüge durch Unterlassung, die mich am Boden zerstört hat.

»Mir geht es gut«, sage ich und schiebe die unangenehmen Erinnerungen beiseite. »Wie wäre es, wenn wir zur Sache kommen?«

»Richtig.« Er verstaut mein Geschenk unter dem Tisch. »Hat das etwas mit dem Geschäftsvorhaben zu tun, das du zu starten versuchst? Der Sex-Anzug, der in der virtuellen Realität funktioniert?«

»Ich ziehe es vor, es als eine immersive sexuelle Erfahrung zu betrachten, aber ja. Die Idee ist, das Vergnügen zu demokratisieren. Um Sex zu Menschen zu bringen, die aus irgendeinem Grund Schwierigkeiten haben, ihn zu bekommen, oder die ihn nicht mit echten Menschen haben wollen. Brandopfer, Menschen mit Behinderungen, Menschen mit einer extrem ansteckenden sexuell übertragbaren Krankheit oder lähmenden sozialen Ängsten – die Liste ist endlos. Das gleiche Produkt kann auch Menschen in Fernbeziehungen helfen, ebenso wie Astronauten und …«

»Schwesterherz, du musst mir das nicht verkaufen«, sagt er. »Ich denke, das Vorhaben klingt wirklich cool und könnte dich zum reichsten Mitglied der Familie machen.«

»Du weißt, dass mir Geld egal ist – obwohl, jetzt, nachdem ich das gesagt habe, fällt mir auf, das Geld irgendwie der Grund dafür ist, warum ich hier bin.«

In einem Wimpernschlag hat er ein Scheckbuch in den Händen. »Wie viel brauchst du?«

Ich lächele. »Du hast nicht die Art von Geld, die ich brauche. VR-Hardware spielt in einer hohen Liga.«

Er pfeift. »Du planst, ein VR-Headset zu entwerfen? Ich dachte, es wäre nur der Anzug.«

Ich schüttele den Kopf. »Standard-VR-Unternehmen sind prüde, wenn es um ihre App-Stores geht, und ihre Headsets sind nicht gerade gemacht für Menschen mit kleineren Köpfen – wie Frauen. Außerdem würde die beste Art von Anzug sowieso die VR-Ausrüstung eingebaut haben. Ich habe eine vielversprechende Firma gefunden, die verstellbare Headsets herstellt, und der es gerade nicht so gut geht. Ich möchte sie kaufen und sie in mein Unternehmen integrieren.«

Er legt das Scheckbuch weg. »Wow. Ein VR-Unternehmen kaufen? Hat Facebook nicht zwei Milliarden für Oculus bezahlt?«

»Das wird nicht auf dem gleichen Niveau sein, aber ja. Deshalb habe ich mich auf die Suche nach Investoren gemacht.«

»Und?«

Ich seufze. »Ich versuche es schon seit Monaten, aber erfolglos. Ich weiß nicht, ob es an Belkas Kerngeschäft liegt, an meinem Geschlecht oder an meinen Verkaufsfähigkeiten, aber niemand beißt an.«

Er legt seine Fingerspitzen aneinander. »Wie kann ich helfen?«

Ich krame einen USB-Stick aus meiner Tasche und

schiebe ihn zu ihm hinüber. »Es ist alles darauf. Zusammenfassend möchte ich mit dir ein Joint Venture starten, das für potenzielle Investoren attraktiver klingt als eines, das nur mir gehört. Der Sex-Kram muss in unserer Präsentation nicht übermäßig prominent sein.«

Er steckt den USB-Stick ein. »Eine Lockvogeltaktik?«

»Irgendwie schon. Was wir ihnen sagen, ist die Wahrheit: Ich baue die Hardware, und du leitest das Team, das die Software schreibt. Das Projekt wird weiterhin als Erwachsenenunterhaltung gekennzeichnet sein.«

Er kratzt sich an seinem stoppeligen Kinn. »Was macht die Software dann offiziell?«

»Deine Wahl. Ich denke da an ein Casino oder eine Lebenssimulation à la Second Life oder die Sims.«

Er grinst. »Und wir erwähnen einfach nicht, dass das Casino einen Stripklub-Bereich haben wird, oder dass die beliebteste Aktivität in diesem zweiten VR-Leben das Ficken sein wird?«

»Ja. Zumindest nicht, wenn sie nicht explizit danach fragen.«

Mit anderen Worten, es wird eine Lüge sein. Ich mache mir keine Illusionen, was das betrifft. Jemandem etwas Wichtiges zu verschweigen – wie zum Beispiel den Familienstand – *ist* eine Lüge.

Alex trommelt mit den Fingern auf dem Tisch. »Es gibt eine Menge, das man in Betracht ziehen muss.«

Ich stehe auf. »Bitte überprüf alles auf dem Stick

und lass mich deine Entscheidung wissen. Wenn du nicht interessiert bist, dann gehe ich zu Vlad, aber das Projekt klingt einfach mehr nach dir.«

Er steht ebenfalls auf. »Das tut es. Ich habe bereits Erfahrung mit der Herstellung von VR-Spielen. Sie sind zwar jugendfrei, aber trotzdem. Außerdem muss ich sagen, dass das sehr vielversprechend klingt, sowohl als Coding-Projekt als auch finanziell.«

Ich zitiere einen Satz aus meiner aktuellen Rede für Investoren. »Porno ist eine 100-Milliarden-Dollar-Industrie. Der Markt schrumpft aufgrund von Piraterie und kostenlosen Inhalten, aber das wäre kein Problem für dieses Projekt, da wir spezielle Anzüge verkaufen werden. Außerdem sind VR-Apps und -Spiele anspruchsvoller für Raubkopierer.«

Er geht zur Tür des Besprechungsraums und öffnet sie für mich. »Wenn sich die Investoren Sorgen um die Piraterie machen, kann ich ihnen sagen, welche Schritte wir für die 1000-Devils-Spiele unternehmen.«

Ich gebe ihm einen Kuss auf die Wange, als ich gehe. »Ich wusste, dass du nützlich sein würdest. Lass es mich wissen, sobald du dich für das ein oder andere entschieden hast.«

Kapitel Acht

»Eine Standardlieferung von Analperlen?«, frage ich noch einmal bei der Vertreterin am Telefon nach.

»Ja. Außerdem wollen wir unsere Bestellung von Buttplugs verdoppeln«, sagt sie.

»Ich werde meinen Leuten Bescheid geben.«

»Danke«, sagt sie und legt auf.

Ich seufze. Ich habe extra eine Person eingestellt, die sich um die Spielwarenläden für Erwachsene kümmert, dennoch muss ich gelegentlich selbst anrufen, besonders bei den größeren Kunden.

Bevor ich es vergesse, schreibe ich eine E-Mail an die Person, die den Anruf hätte tätigen sollen, und setze zur Sicherheit das gesamte Belka-Logistikteam ins CC. Ich benutze unsere Artikelnummern anstelle von Wörtern wie *Analperlen* und *Buttplugs*, denn das vermeidet unnötiges Kichern, vor allem bei neueren Mitarbeitern.

Da ich bereits im Business-Modus bin, prüfe ich unsere Amazon-Verkäufe sowie unsere anderen großen Händler.

Das Geschäft läuft super, obwohl sich die Linie der smarten Spielzeuge noch nicht so gut verkauft, wie ich es mir wünsche. Unsere Bestseller sind nach wie vor der Cucumbernator, der gurkenförmige Dildo, den ich aus einer Laune heraus entworfen habe, und der Squidinator, ein Klitoris-Massagegerät in Molluskenform, das aus unserem patentierten Material besteht und sich tatsächlich wie ein Tintenfisch anfühlt.

Für den Rest des Tages und die zwei darauffolgenden warte ich auf Alex' Entscheidung und halte mich selbst davon ab, an Dragomir zu denken, indem ich neue Spielzeuge entwerfe und am VR-Anzug arbeite.

Ich gehe mit Boner in demselben Teil des Parks spazieren, habe aber kein Glück. Ich habe die Bärin und ihren umwerfenden Besitzer noch nicht wiedergesehen. Ich muss einfach hoffen, dass Winnie den Ball ohne Probleme herausgekackt hat.

Als ich am nächsten Morgen vom Park nach Hause komme, erhalte ich eine SMS von meiner besten Freundin Xenia. Sie ist auf Russisch, aber mit englischen Buchstaben geschrieben:

Wollen wir Brunchen gehen? Ich habe einen Ort gefunden, wo Hunde erlaubt sind.

Ich habe Xenia schon eine Weile nicht mehr gesehen, also antworte ich begeistert mit Ja, suche ein

Geschenk für sie aus und eile mit Boner im Schlepptau hinaus.

———

Das hundefreundliche Restaurant entpuppt sich auch als kinderfreundlich – was nicht sehr freundlich für Chihuahuas ist.

»*Ma chérie*, halte diese riesigen *monstres* fern«, scheinen Boners ängstliche Augen zu sagen, als ich einen fünfjährigen Jungen und ein Mädchen von unserem Tisch wegscheuche, während ich Xenia leise verfluche, weil sie zu spät kommt.

Sobald die Bedrohung durch die Kinder abgewendet ist, kritzele ich weiter auf die Papiertischdecke. Als Xenia endlich eintrifft, ist unser Tisch komplett mit kleinen Penissen bedeckt. Sie sehen nicht nur niedlich aus, sondern haben auch den Vorteil, dass sie die meisten Mütter motivieren, ihren Nachwuchs von meinem Hund fernzuhalten.

»Hallo, Schatz«, sagt Xenia auf Russisch und knutscht mich auf beiden Wangen.

»Hey, *babe*«, antworte ich auf Englisch.

Wir unterhalten uns immer in einem Mix aus Englisch und Russisch – so kann sie ihr Englisch und ich mein Russisch verbessern.

»Herzlichen Glückwunsch nachträglich zum Geburtstag.« Ich drücke ihr eine Schachtel in die Hand. »Und keine Sorge, ich werde nicht fragen, wie alt du geworden bist. Nur, was du aktuell wiegst.«

Xenia ist Mitte sechzig und meine älteste Freundin – sowohl was ihr Alter angeht als auch in Bezug darauf, wie lange wir uns schon kennen. Tatsächlich kennen wir uns schon seit der Zeit, als sie im Restaurant meiner Eltern als Köchin arbeitete. Wir blieben in Kontakt, nachdem sie gefeuert wurde, weil sie *vulgär* war und mich *verdorben* hat. Natürlich stimmt genau das Gegenteil. Schon als Teenager hatte ich einen viel schlechteren Einfluss auf sie als sie auf mich.

»Danke.« Sie schüttelt die Box skeptisch und senkt ihre Stimme zu einem Flüstern. »Ist es schon wieder ein Dildo?«

»Mach es auf, um es herauszufinden.«

Sie tut es, nachdem sie sich zunächst verstohlen umgesehen hat. »Es *ist* ein Dildo.«

»Eine Sonderanfertigung, die ich nur für dich gedruckt habe. Ich habe ihn eine Woche vor deinem Geburtstag entworfen, aber bis danach gewartet, um ihn dir zu geben.«

Sie nickt erfreut. Xenia ist sogar noch abergläubischer als ich und weiß, dass es ein absolutes Tabu ist, jemandem vor dem eigentlichen Datum zum Geburtstag zu gratulieren oder ein Geschenk zu machen. In der russischen Tradition kann man das nur genau an dem Tag oder danach machen.

»Siehst du das böse Auge an der Spitze?«, frage ich.

Sie zieht den Dildo halb heraus, damit sie seinen pilzartigen Kopf untersuchen kann.

Da Xenia immer in Sorge ist, dass sie verhext oder mit einem bösen Blick verflucht wird, trägt sie ein

Nazar-Amulett in Form eines Auges, um böse Geister und böswillige Absichten abzuwehren. Jetzt hat sie auch ein Spielzeug, das mit dem gleichen Design verziert ist.

Als sie es untersucht, errötet ihr Gesicht, und ihre Augenbrauen ziehen sich zusammen. »Meinst du, da unten könnte mir jemand einen bösen Blick zuwerfen?« Sie blickt an ihrem Körper hinunter. »Nur Boy Toy sieht es. Na ja, und der Arzt.«

Ich zucke mit den Schultern. »Vorsicht ist besser als Nachsicht.«

Xenia ist eine Witwe, die viele Jahre lang Single war. Aber vor kurzem hat sie einen fünfundvierzigjährigen Mann kennengelernt, den sie als ihren *Boy Toy* bezeichnet. Laut ihr sieht er aus wie Liam Neeson, Xenias Promi-Schwarm. Nachdem ich Boy Toy kennengelernt habe, finde ich persönlich, dass er mit seinem Bierbauch und seinem buschigen grauen Bart viel mehr wie der Weihnachtsmann aussieht, aber das werde ich Xenia gegenüber nie erwähnen, da ich es sehr gut finde, dass sie jemanden hat.

»Mami, was ist das?« Ein kleines Mädchen zeigt auf Xenias Geschenk, und seine Augen weiten sich.

Ich lasse meine Stimme dunkler klingen und gebe wieder vor, dass sie aus der Box kommt, die meine Freundin in der Hand hält. »Ich bin der ganz besondere neue beste Freund der netten Dame.«

Das Kind starrt auf den Dildo, bis ihre Mutter es wegzieht und etwas über verrückte Leute murmelt.

Xenia lacht und verstaut ihr Geschenk. »Wann

suchst du dir endlich einen Mann, anstatt mit diesen Spielzeugen zu spielen?«

Bevor ich antworten kann, kommt ein Kellner, und wir bestellen beide Mimosas und Eier Benedict.

Als er wieder gegangen ist, erzähle ich Xenia von Dragomir.

»Wow«, sagt sie. »Du solltest, wie man im Englischen sagt, den Kerl *hassficken*.«

Sie schaut auf, sieht den Kellner mit einem Tablett und errötet. Er hat eindeutig das letzte bisschen ihrer Weisheit aufgeschnappt.

Sobald unser Essen und Trinken auf dem Tisch steht und wir wieder Privatsphäre haben, sage ich: »Ich kann nichts machen. Ich habe seine Nummer verloren.«

Sie winkt ab. »Wenn es sein soll, dann soll es so sein. Weißt du noch, wie du letzten Monat das Oberteil verkehrt herum angezogen hast? Ich habe dir gesagt, dass das bedeutet, dass du jemanden kennenlernen wirst.«

Xenia kennt einige extra-obskure Aberglauben, von denen viele aus irgendeinem Grund mit Kleidung zu tun haben. Kürzlich trug ich versehentlich ein T-Shirt mit der Innenseite nach außen, und sie behauptete, ich würde verprügelt werden, wenn nicht ein Freund mich zuerst schlägt. Also hat sie mich geschlagen. Das ist eine sich selbst erfüllende Prophezeiung.

»Ich gehe weiter mit Boner in diesem Teil des Parks spazieren. Vielleicht taucht er ja auf.« Ich werfe meinem kleinen Freund ein Leckerli zu, und er wedelt dankbar mit dem Schwanz.

Xenia klopft sich auf die Stirn, kramt in ihrer Tasche und holt eine Plastiktüte heraus. »Das ist für den kleinen Teufel«, sagt sie mit einem Grinsen.

Xenias neue Geschäftsidee ist Gourmet-Hundefutter, also weiß ich, dass Boner den Inhalt der Tüte zu schätzen wissen wird.

Da wir Besuch haben, lasse ich Boners Stimme unter dem Tisch ertönen, um Xenia eine Freude zu machen. »*Ma chérie,* lass mich die Ware probieren, bevor du sie wegsteckst.«

Ich werfe ihm eine von Xenias Kreationen zu.

»Ah, Xenia. Du bist ein *génie culinaire.*«

»Merci«, sagt Xenia zu Boner und schaut dann zu mir auf. »Meinst du, dieser Dragomir könnte der Richtige sein?«

Sie meint nicht die eine wahre Liebe. Zumindest glaube ich das nicht. Sie ist einer der wenigen Menschen, die von einem Problem wissen, das ich seit meiner letzten schlechten Beziehung entwickelt habe: Ich kann scheinbar keinen Orgasmus mit einem Mann erreichen. Wenn Xenia also *der Eine* sagt, meint sie in der Regel *denjenigen, der dich ohne die Hilfe von Sextoys kommen lassen kann.*

Ich zucke mit den Schultern. »Er hätte es sein können. Ich *habe* schon einen Orgasmus neben ihm gehabt.«

Ihre Augen weiten sich, und ich erzähle ihr von den Lustkugeln.

»Du trägst die Dinger doch nicht hier und jetzt, oder?«, fragt sie mit einer leicht gerümpften Nase.

»Nein, aber du solltest es wahrscheinlich tun. Boy Toy würde sich über die Ergebnisse freuen.«

»Ich habe sie als zu kitzlig empfunden«, sagt sie. »Nun, wie wäre es, wenn du mir etwas mehr über diesen Kerl erzählst.«

»Was zum Beispiel?«

»Nun, mit einem Namen wie Dragomir … ist er Russe?«

»Nein. Ruskovisch.«

Xenias Augen weiten sich. »Ruskovisch, hm? Die haben einen gewissen Ruf.«

»Unhöflich zu sein?«

Sie schaut sich um. »Gut ausgestattet zu sein.«

Ich verschlucke mich fast an meinem Mimosa.

»Beweg dich nicht.« Sie verengt ihre Augen auf mein Gesicht, dann greift sie nach vorne und nimmt etwas von meiner Wange.

»Eine Wimper.« Sie zeigt sie mir. »Wünsch dir was.«

Ich puste die Wimper weg, wie es der Aberglaube vorschreibt. Während ich das tue, wünsche ich mir, Dragomir wiederzutreffen, damit ich überprüfen kann, ob Xenias Aussage auf ihn zutrifft – natürlich nur für die Wissenschaft.

Moment einmal. Ich hätte den Wunsch stattdessen für das neue Projekt aufbrauchen sollen. Oh, na gut. Hoffentlich verliere ich bald einmal wieder eine Wimper.

Für den Rest des Brunchs informieren wir uns gegenseitig über unser Arbeitsleben. Als ich gerade gehen will, hält Xenia mich davon ab, Lippenbalsam zu benutzen, indem sie sagt: »Wenn deine Lippen trocken genug sind, werden sie jucken, was bedeutet, dass du bald jemanden küssen wirst.«

Hmm. Ich frage mich, ob das absichtliche Austrocknen der Lippen das aufhebt. Für den Fall der Fälle trage ich den Lippenbalsam aber nicht auf.

»Halt mich auf dem Laufenden über Dragomir«, sagt Xenia, als wir uns zum Abschied umarmen.

Ich seufze und trete zurück. »Ich bezweifele, dass es Updates geben wird, aber sicher.«

Bevor ich nach Hause komme, gehe ich mit Boner in den Park, für den Fall, dass der Wimpernzauber tatsächlich passiert.

Nein.

Als wir nach Hause kommen, schaue ich nach Nachrichten von Alex.

Aha. Er will reden, also rufe ich ihn an.

»Hi, Schwesterherz.«

»Hey. Hast du dich entschieden?«

»Ja, ich bin dabei. Wir sollten über Details sprechen.«

Eine Taxifahrt und eine Schießerei später bin ich zurück in seinem Büro, wo wir die Logistik des Unternehmens und das Fundraising für den Rest des

Tages besprechen. Da seine Firma die seriöse und er derjenige mit dem Penis ist, beschließen wir, dass er sich als Erstes mit den Investoren trifft und mich dann bei Bedarf hinzuzieht.

Wir teilen uns auch einige Aufgaben auf. Ich soll weiter an dem Anzug arbeiten, und er wird zwei Demos der Software zusammenstellen: sexy und Blümchen.

———

Alex' erstes Treffen mit den Investoren findet in der nächsten Woche statt, und unsere Strategie geht auf. Wir bekommen unsere ersten Unterstützer. Leider verpflichten sie sich nur zu einer bescheidenen Summe.

Doch als ich an diesem Abend nach Hause komme, habe ich das Gefühl, dass ich feiern sollte, also gieße ich mir ein Glas Wein ein und mache einen Film an, den ich immer wieder scharf finde: Michael Fassbender als Steve Jobs.

Es ist nicht so, dass ich einen der beiden Männer mag. Ich liebe einfach Männer in Rollkragenpullovern.

Ich ziehe meinen Lieblingsvibrator aus dem Koffer mit den Spielzeugen und verhelfe mir selbst zum Orgasmus, aber statt des Films ist es ein Bild von Dragomir im Rollkragenpullover, zu dem ich tatsächlich komme.

Gott sei Dank gibt es Spielzeug. Als Teenager habe ich fast ein Karpaltunnelsyndrom bekommen, weil ich zum Albumcover von *With the Beatles* masturbiert habe – das, wo die ganze Band Rollkragenpullover trägt. Ich habe es auch bei der sehr alten *Cosmos*-Show gemacht, in der der Gastgeber, Carl Sagan, immer einen Rollkragenpullover trug.

Letzteres könnte auch der Grund dafür sein, dass ich eine Leidenschaft für die Wissenschaft entwickelt habe, die später zu einer Besessenheit vom Ingenieurwesen und dann natürlich für das Design von Hightech-Sextoys führte.

Um den *König der Löwen* zu zitieren, das ist der ewige Kreis.

Kapitel Neun

»**W**as klingt besser: ein Dildo-Aufsatz für eine Bohrmaschine, ein Klitorisstimulator-Aufsatz für eine elektrische Zahnbürste oder ein Sattel, der auf eine Waschmaschine passt?«, frage ich meine Fokusgruppe über Zoom. »Oder nichts von alledem?«

Der Zahnbürstenaufsatz entpuppt sich als der Gewinner, also entwerfe ich ein paar, die mit den beliebtesten elektrischen Zahnbürstenmarken funktionieren.

Als ich nach meiner Design-Orgie zu Mittag esse, bekomme ich einen Videoanruf von meinem Bruder Vlad.

»Dein neues Unternehmen …«, sagt er, sobald ich sein Gesicht sehe, das fast identisch mit dem von Alex ist, nur viel gepflegter und mit Brille. »Ich will dabei sein.«

Ich grinse in die Kamera. »Und Hallo auch an dich.«

»Entschuldigung. Hi, Schwesterherz. Ich war nur ein bisschen genervt, dass ich nicht eingeweiht wurde.«

»Oh, sorry. Ich wollte dich nur nicht in eine unangenehme Lage bringen, und wir wissen beide, wenn ich dich um Geld gebeten hätte, hättest du Ja sagen wollen, egal wofür.«

Sein ernster Blick wird weicher. »Daran habe ich nicht gedacht.«

Mein Grinsen wird breiter. »Nach all den Tests, die du für Belka gemacht hast, dachte ich mir, es wäre an der Zeit, dass ich mich stattdessen Alex aufdränge.«

Er rollt mit den Augen. »Nun, Alex hat mir von deinem Projekt erzählt, und ich möchte investieren. Lass uns über die Details reden.«

Das tun wir, und dabei erklärt er sich bereit, mir und Alex bei der Cybersicherheit zu helfen – seinem Spezialgebiet. Er denkt sich auch einen coolen Namen für das Projekt aus – Projekt Morpheus –, und zu guter Letzt sagt er mir eine Million zu und bringt mich etwas näher an mein Ziel.

———

In der nächsten Woche versuchen wir, weitere Investoren zu jagen, ohne viel Erfolg, und Dragomir treffe ich auch nicht im Park wieder – doppelt schade.

Allerdings bekomme ich am Donnerstag

Schluckauf, was bedeutet, dass sich jemand an mich erinnert, und ich hoffe, dass er es ist.

Die Woche danach ist es das Gleiche: keine neuen Investoren und kein Dragomir. Obwohl sich am Mittwoch meine Ohren heiß anfühlen, was bedeutet, dass jemand an mich denkt – wieder hoffentlich er.

Donnerstagabend kommt Xenia zu mir nach Hause, um einen Liam-Neeson-Marathon zu sehen. Es stellt sich heraus, dass er und viele andere heiße männliche Schauspieler Rollkragenpullover in *Tatsächlich ... Liebe* tragen – eine Info, die ich in meiner ständig wachsenden geistigen Datenbank mit Bildern von Männern in Rollkragenpullovern abspeichere.

Der letzte Film, den wir uns ansehen, ist *Star Wars*, und irgendetwas an ihrem Lieblingsschauspieler mit langen Haaren und Jedi-Kräften muss es Xenia wirklich angetan haben, denn sie fächelt sich jedes Mal Luft zu, wenn er zu sehen ist.

Als der Abspann läuft, versuche ich, sie dazu zu bringen, VR-Spiele auszuprobieren – eine meiner liebsten Freizeitaktivitäten.

»Du wirst *Beat Saber* mögen«, sage ich und halte dir das VR-Headset hin. »Es ist ein Spiel, bei dem du zwei Lichtschwerter hast, genau wie Liam in *Star Wars,* und sie im Takt eines Songs, den du magst, auf Noten schwingst.«

Sie stimmt widerwillig zu, also setze ich ihr das Headset auf den Kopf und drücke ihr die Gamecontroller in die Hand.

Boner tritt zur Seite – er erinnert sich deutlich

daran, wie ich ihn während meiner letzten VR-Sitzung fast zertrampelt hätte.

Sobald das Spiel beginnt, schreit Xenia blutrünstig auf Russisch und fuchtelt so wild mit den Armen, dass ihr eine der Fernbedienungen aus der Hand fliegt und gegen meine Brust knallt.

Ich massiere die verletzte Stelle und helfe meiner Freundin, dem bösen Headset zu entkommen.

»Ich schätze, VR ist nichts für dich«, sage ich, als sie mich wütend anschaut.

Zu schade. Bis jetzt war Xenia auf meiner überschaubaren Liste der Beta-Tester für den VR-Sexanzug von Projekt Morpheus.

Ist das Belustigung in Boners Augen?

»*Ma chérie*, ich habe plötzlich Lust auf Hühnchen, am besten mit abgetrenntem Kopf.«

———

Am Freitag der darauffolgenden Woche erzählt mir Alex, dass er einen *Wal* gefunden hat – eine Risikokapitalfirma mit vollen Taschen, die uns auf einen Schlag das gesamte Geld geben könnte, das wir brauchen. Ihnen gefiel, was er zu sagen hatte, und nun wollen sie sich mit mir treffen, um alle technischen Details über die Hardware zu erfahren.

Ich bin so aufgeregt, dass ich mir drei Orgasmen mit meinem besten Spielzeug schenke und dann die ganze Nacht aufbleibe, um meine Präsentation zu perfektionieren. Am Morgen bin ich noch etwas müde, aber voller Tatendrang und bestens vorbereitet.

Ich ziehe meinen konservativsten Geschäftsanzug an, schiebe die Füße in meine Lieblingsstilettos, trage etwas Make-up als Kriegsbemalung auf und nehme ein Taxi in die Innenstadt.

Knete, um meinen Traum zu finanzieren, hier komme ich.

Kapitel Zehn

Alles an dieser Firma schreit nach Protz, vom glänzenden Glas- und Stahlgebäude über die makellosen Marmorböden bis hin zum riesigen, mit Testosteron gefüllten Meetingraum, den ich betrete.

Alex zwinkert mir zu, dann wendet er sich mit ernster Miene an die acht anderen Männer im Raum. »Meine Herren, das ist Bella Chortsky, meine Partnerin und die Hardware-Expertin, auf die wir gewartet haben.«

Der Typ, der der Anführer zu sein scheint, hatte mich wie ein Bonbon beäugt. Jetzt wechselt sein Blick zu unverhohlener Enttäuschung. »Sie wird die Hardware erklären?«, fragt er, mit viel zu viel Betonung auf *sie*. Sein Akzent klingt osteuropäisch, und sein Gesicht kommt mir irgendwie bekannt vor, obwohl ich mir sicher bin, dass ich ihn noch nie getroffen habe.

Ich belohne das Arschloch mit meinem Schneeköniginnen-Blick.

Alex' Hände ballen sich an seinen Seiten. »In der Tat. Sie *ist* die Expertin. Eine MIT-Absolventin, wohlgemerkt, mit ...«

»Ich habe es nicht so gemeint.« Der Kerl macht einen Schritt zurück vor meinem Bruder, der, obwohl er generell sehr gelassen ist, ziemlich beängstigend sein kann, wenn er wütend wird. »Warum gehen wir nicht die technischen Daten des Anzugs durch, während wir auf Mr. Lamian warten?«

Alex' Gesichtsausdruck wird wieder freundlich. »Sicher. Ich übergebe das Wort an Bella, meine Schwester und Miteigentümerin von Projekt Morpheus.«

Der Typ streckt mir seine klamme Hand entgegen, und ich schüttele sie mit einem falschen Lächeln.

»Ich bin Marco Fluroff«, sagt er. »Bitte, nennen Sie mich Marco.«

»Und bitte nennen Sie mich Bella«, sage ich, ziehe meine Hand heraus und widerstehe dem Drang, seinen Schweiß von meiner Handfläche zu wischen.

Moment einmal. Marco? *Genau an den* hat er mich erinnert. Den Bösewicht aus *96 Hours*, dem Film, den ich mit Xenia während unseres Liam-Neeson-Marathons noch einmal angeschaut habe. Sogar der Name des Menschenhändlers aus diesem Film war derselbe: Marco.

Ich übernehme die große Leinwand und beginne mit

meiner Präsentation und dem sorgfältig einstudierten Vortrag über die Hardware. Während ich all die technischen Details durchgehe, kann ich nicht anders, als mir vorzustellen, dass ich eine abgewandelte Version des Ultimatums von *96 Hours* an diesen Marco überbringe:

»Ich habe ganz besondere Fähigkeiten – Fähigkeiten, Sexspielzeuge herzustellen. Ich habe sie über eine sehr lange Karriere erworben, in der ich geilen Menschen geholfen habe. Diese Fähigkeiten machen mich zu einem Alptraum für Leute wie dich. Wenn du das Geld jetzt übergibst, wird das das Ende sein – ich werde nicht nach dir suchen, ich werde dich nicht verfolgen … aber wenn du es nicht tust, werde ich dich suchen, ich werde dich finden … und dir einen riesigen Dildo in den Arsch schieben.«

»Irgendwelche Fragen?«, schließe ich mit einem strahlenden Lächeln, als ich alle wichtigen Punkte angesprochen habe.

Achselzuckend wirft Marco einen Blick auf einen Kerl mit Brille. »Eugenius?«

Der Typ steht auf. »Nur, um das klarzustellen, das haptische Feedback, das Sie in den Anzug eingebaut haben, wird es den Benutzern ermöglichen, eine Berührung so leicht wie die einer Feder zu erleben?«

Feder, wenn man auf Kitzelspiele steht, oder einen Kuss, oder auch ein Lecken – aber davon sage ich nichts. »Das ist richtig. Wie Sie sich vorstellen können, wird dies extrem lebensechte Empfindungen beim Tragen des Anzugs ermöglichen.«

»Interessantes Zeug«, sagt Eugenius anerkennend. »Ist es für sensible Nutzer anpassbar?«

»Definitiv«, sage ich, und er setzt sich wieder hin. Ich blicke Marco herausfordernd an. »Was ist mit Ihnen? Macht alles, was ich erklärt habe, Sinn?«

Wenn man bedenkt, wie glasig seine Augen waren, als ich zu den technischen Details kam, bezweifele ich das sehr.

Er räuspert sich. »Ich bin eher ein Finanztyp, aber es scheint mir alles klar zu sein. Und ich habe gerade eine SMS von Mr. Lamian bekommen. Er ist im Begriff, in den …«

Die Türen öffnen sich, und ein großer, kräftig gebauter Mann in einem dunklen Anzug schreitet herein.

Seine durchdringenden haselnussbraunen Augen landen auf mir und verengen sich sofort zu katzenhaften Schlitzen.

Verdammte Scheiße.

Mein Herzschlag schießt in die Höhe, und mein ganzer Körper errötet.

Das ist Herr Lamian?

Ich kenne ihn unter einem anderen Namen.

Seinem Vornamen.

Dragomir.

Kapitel Elf

»Sie?«, knurrt Dragomir und durchquert den Raum mit großen Schritten in meine Richtung.

»Sie?«, rufe ich fast gleichzeitig aus.

Alle schauen uns verwirrt an.

Ich kann es ihnen nicht verdenken. Dragomir sieht aus, als ob er kurz davor ist, Feuer zu spucken.

»Ich habe den Becher mit Ihrer Nummer verloren«, platzt es aus mir heraus, bevor er die Chance hat, mir etwas Schreckliches vorzuwerfen.

»Eine bequeme Ausrede.« Er lässt seinen Blick durch den Raum schweifen und befiehlt: »Lasst uns allein.«

Seine Firma wird nicht demokratisch geführt, so viel ist sicher. Marco und die anderen springen auf und zerstreuen sich wie gejagte Wachteln.

Nur Alex bleibt. Er stellt sich zwischen mich und Dragomir, und sein Gesicht verzieht sich zu etwas

Unheimlichem. »Wer sind Sie und was zum Teufel wollen Sie von meiner Schwester?«

»Es ist okay«, sage ich auf Russisch. »Ich habe ihn schon einmal getroffen. Er hat einen Grund, verärgert zu sein. Ein Missverständnis. Ich werde es aufklären.«

Das heißt, wenn meine Eierstöcke nicht explodieren. Dragomir sieht so verdammt gut aus in diesem Anzug – vielleicht sogar besser als in einem Rollkragenpullover. Nein, das ist Blasphemie. Aber vielleicht ein Anzug über einem Rollkragenpullover? Ja, das wäre …

Moment, was denke ich hier? Ich muss mich konzentrieren. Mein Traumprojekt steht auf dem Spiel.

»Es ist mir scheißegal, was der Grund ist«, knurrt Alex auf Russisch zurück. »Wenn er auch nur …«

»Ich will nur reden«, sagt Dragomir auf Russisch mit einem Akzent. »Ich würde ihr nie etwas antun. Halten Sie mich für einen Wilden?«

Er spricht drei Sprachen? Ich denke, ich sollte nicht überrascht sein. Viele Leute in Osteuropa lernen Russisch als zweite Sprache. Genauso wie Englisch, übrigens.

»Nur reden?« Alex' grimmiger Gesichtsausdruck entspannt sich leicht. Ich glaube, er hat sich daran erinnert, dass ich kein Teenager bin und dass das hier ein Unternehmensumfeld ist und kein Spielplatz voller Tyrannen. Nicht, dass ich meine Brüder gebraucht hätte, um mit Rüpeln fertigzuwerden, sehr zum Leidwesen meiner Mutter.

»Wahrscheinlich ein kurzes Gespräch«, sagt Dragomir und wechselt ins Englische. »Können wir bitte etwas Privatsphäre bekommen?«

Alex geht widerwillig zur Tür. Bevor er hinausgeht, dreht er sich um und wirft Dragomir vorsichtshalber noch einen bösen Blick zu. »Wenn Sie meine Schwester in irgendeiner Weise verletzen, wird es nicht gut für Sie enden.«

Er klingt so überzeugend, dass ich mich daran erinnern muss, dass er ein Software-Ingenieur ist und kein Mafia-Vollstrecker aus *Tödliche Versprechen – Eastern Promises.*

»Geht es Winnie gut?«, frage ich, sobald Alex die Tür geschlossen hat. »Ist die Kugel wieder rausgekommen?«

Dragomir nickt. »Alles hat sich noch am selben Tag erledigt.« Er betrachtet mich aufmerksam, und seine lebhaften Augen scheinen zwischen Grün und goldfarbenem Braun zu schwanken. »Haben Sie Bonaparte auf Geschlechtskrankheiten getestet?«

Mist. Ich bin versucht, zu lügen, aber das wäre nicht cool. Ich entscheide mich für die Wahrheit. »Es tut mir leid. Ich hatte Ihre Kontaktdaten nicht, deshalb hielt ich es nicht für nötig.«

Jetzt, wo ich darüber nachdenke, hätte ich es trotzdem tun sollen – und das hätte ich auch, wenn es nicht so viel Arbeit gegeben hätte mit dem ganzen Fundraising.

Dragomirs Lippen verziehen sich. »Wie ich schon sagte, eine bequeme Ausrede.«

Ich trete auf ihn zu und versuche, nicht daran zu denken, wie sexy diese Lippen schon jetzt wirken. »Hören Sie mir bitte zu. Ich weiß, wie das aussieht. An Ihrer Stelle wäre ich wahrscheinlich auch skeptisch, aber ich schwöre, das war eine Verwechslung. Ich habe einen Becher genommen, auf dem zwar etwas stand, aber es war *Barbara*. Ich bin sofort zurückgerannt, aber sie hatten gerade den Park gereinigt und den Müll aufgesammelt. Danach bin ich jeden Tag zurückgegangen und habe versucht, Sie und Winnie zu finden, damit ich es wiedergutmachen kann.«

Und damit ich ihn wiedersehen konnte, aber das sage ich ihm nicht. Es ist noch viel zu früh dafür. Außerdem war die Annäherung an ihn ein strategischer Fehler – zumindest, was mein klares Denken angeht. Mit diesem subtilen Hauch von Zimt, der meine Nasenlöcher kitzelt, will ich nur noch in seine Arme springen und …

Moment, ist sein harter Gesichtsausdruck gerade weich geworden?

Treffer!

Vielleicht hat er sich daran erinnert, den Namen *Barbara* auf einem der Becher gesehen zu haben.

Ich nutze meinen Vorteil aus. »Jetzt, wo wir uns wiedergefunden haben, werde ich Boner natürlich auf alles testen, was Sie wollen, und zwar so schnell wie möglich.«

Er neigt den Kopf. »Ist das so?«

»Natürlich.«

»Wie wäre es mit jetzt?«

Ich blinzele ihn an. »In diesem Moment?«

»Sie haben gesagt, so bald wie möglich.«

»Gut, dann machen wir es jetzt«, sage ich, nachdem mir klar geworden ist, wie sehr dieses Investment-Meeting ein Reinfall ist – was wirklich schade ist, denn ich hatte gehofft, mit dem Fundraising fertig zu sein, damit ich mich den angenehmeren Dingen widmen kann, wie dem Bau des Anzuges.

Er geht zur Tür und öffnet sie für mich.

Als wir hinausgehen, schauen uns alle fragend an, besonders Alex.

»Die Versammlung ist vertagt«, sagt Dragomir in seiner kompromisslosen Boss-of-the-World-Manier.

»Wir haben eine private Angelegenheit, um die wir uns kümmern müssen«, flüstere ich Alex auf Russisch zu. »Mach dir keine Sorgen. Er ist keine Bedrohung für mich.«

Zumindest nicht für mein körperliches Wohlbefinden. Für meine Hormone ist Dragomir Kryptonit, aber das ist nichts, worüber sich mein Bruder Sorgen machen muss.

»Schick mir eine SMS, wenn deine Angelegenheit abgeschlossen ist«, sagt Alex, und es ist klar, dass ich ihm die ganze Geschichte erzählen muss, ohne die Kugeln in meiner Vagina.

»Abgemacht«, sage ich, und wir fahren alle in der unangenehmsten Stille mit dem Aufzug nach unten, die ich je erlebt habe.

Marco ist der Erste, der den Aufzug in der Lobby verlässt, während Alex und der Rest der Investment-

Crew hinter ihm herlaufen. Dragomir und ich bleiben, um zum Parkplatz hinunterzufahren.

»Da sind wir.« Dragomir deutet auf ein eigenartiges Fahrzeug, das bereits am Bordstein wartet.

Ich starrte das Ding an.

Wenn ein Bus, ein Wohnmobil und eine Limousine in die Luft fliegen, und die Teile zufällig zu einem einzigen Hybridauto zusammengesetzt werden, könnte es so aussehen.

»Ist das auf den Straßen von New York überhaupt erlaubt?«, frage ich. »Es sieht aus wie ein Wohnmobil … für einen Öko-Tech-Milliardär.«

Sein Mund verzieht sich. »Es ist legal. Parken kann eine Herausforderung sein, aber dank Fjodor muss ich mir darüber keine Gedanken machen.«

Eine Tür öffnet sich, und eine Leiter fährt herab. Ein Mann in einem Frack begrüßt uns mit einer tiefen Stimme und britischem Akzent. »Bitte, kommen Sie herein.«

Das Wohnmobil hat einen Butler?

»Danke, Fjodor«, sagt Dragomir und bedeutet mir, dass ich zuerst gehen soll.

Kaum zu glauben, aber das Fahrzeug sieht innen größer aus als außen – wie die TARDIS von *Doctor Who*. Ich entdecke ein Laufband, das groß genug ist, damit ein Bär darauf rennen kann – und genau das macht Dragomirs Bärin gerade –, einen eleganten Computertisch, an dem man zwischen Sitzen und Stehen wechseln kann, eine weiche Ledercouch, die größer ist als die in meinem Wohnzimmer und eine

Bar in voller Größe, die mit allen erdenklichen Getränken bestückt zu sein scheint.

»Es gibt Einzimmerwohnungen in Manhattan, die kleiner sind als das hier«, sage ich erstaunt, als Dragomir sich zu mir gesellt.

»Winnie wird einsam, wenn ich sie zu Hause lasse«, erklärt er achselzuckend. »Auf diese Weise kann ich sie meistens mitnehmen.«

Und ich dachte, mein Boner wäre verwöhnt. Es stellt sich heraus, dass er die Bedeutung des Wortes nicht kennt.

»Darf ich Ihnen etwas zu trinken bringen?«, fragt Fjodor.

»Nein, danke«, sage ich.

»Wir haben es eilig«, sagt Dragomir. »Wir sind auf dem Weg zu Mrs. Chortskys Zuhause.« Er sieht mich an. »Wie lautet die Adresse?«

Ich verziehe das Gesicht. »Bitte nennen Sie mich nicht Mrs. Chortsky. Das klingt zu sehr nach meiner Mutter.«

»Soll ich Sie lieber Mistress nennen?«, fragt Fjodor ohne einen Hauch von Humor.

»Wenn Sie nicht wollen, dass ich Ihnen den Hintern versohle, nennen Sie mich bitte Bella«, sage ich, und um jede weitere Diskussion zu diesem Thema zu unterbinden, rattere ich meine Adresse herunter.

Mit einer Verbeugung huscht Fjodor davon, um seinen Platz am Steuer einzunehmen, und sobald sich das Fahrzeug in Bewegung setzt, fährt eine Trennwand zwischen uns und Fjodor hoch und versperrt ihm die Sicht.

Das Laufband hält an, und Winnie bemerkt Dragomir.

Einen Moment später ist sie auf ihren Hinterbeinen und leckt sein Gesicht.

Die Glückliche. Das würde ich auch gerne tun.

Während Dragomir mit der Zuneigung seiner Bärin beschäftigt ist, betrachte ich den Raum.

Neben all den Annehmlichkeiten, die ich bereits erwähnt habe, steht auf dem Regal neben dem Laufband das neueste und beste VR-Headset – noch besser als das, das ich besitze, und ich habe mir wirklich etwas geleistet.

Das ist wirklich scheiße. Neben dem Geldverdienen ist Dragomir auch ein Fan von VR. Er wäre der perfekte Investor für unser Vorhaben gewesen, wenn ich nicht alles vermasselt hätte. Wer weiß, wie lange es nun dauert, bis wir wieder einen Investor wie ihn finden.

Es wird wahrscheinlich genauso schwierig sein, einen anderen Mann zu finden, zu dem ich mich so hingezogen fühle. Selbst mit dem Schlabber im Gesicht … wenn er mich jetzt küssen wollte, würde ich ihn nicht aufhalten.

Endlich befreit er sich, holt eine Packung Feuchttücher heraus, reinigt sein Gesicht und wischt die Restfeuchtigkeit mit seinem Taschentuch auf.

Seltsam. Die Initialen auf dem Taschentuch sind

D. C. Sollten sie nicht D. L. sein? für Dragomir Lamian?

»Setzen Sie sich.« Er deutet auf die Couch.

Ich gehorche, und er gesellt sich zu mir – obwohl er sich leider auf das Kissen setzt, das am weitesten von mir entfernt ist.

»Stehen Sie auf VR?«, frage ich und zeige in Richtung seines Headsets.

Er nickt. »Das war es, was mir an Ihrem Projekt aufgefallen war. Kopfbedeckungen sind mittlerweile fast Mainstream, und es gibt auch einige spezielle Laufbänder auf dem Markt.« Er wirft einen Blick auf das Laufband, auf dem Winnie gerade läuft. »Ein Ganzkörper-VR-Anzug ist der logische nächste Schritt.«

»Das ist es«, sage ich enthusiastisch. »Und ich habe vor, diejenige zu sein, die es zu den Menschen bringt.«

Seine sexy Lippen verziehen sich zu einem Lächeln. »An Selbstvertrauen mangelt es Ihnen nicht, das steht fest.«

Ist das ein Kompliment? Ich nehme es an.

»Was ist Ihr Lieblings-VR-Spiel?«, fragt er, bevor ich das Gespräch auf die Möglichkeit lenken kann, dass er doch noch in Projekt Morpheus investiert.

»*Beat Saber*«, antworte ich mit einem Grinsen. »Und Ihres?«

Seine Augen scheinen sich von hellbraun zu grün zu verändern. »Dasselbe. Was ist Ihr Lieblingslied?«

»*Radioactive* von Imagine Dragons. Und Ihres?«

»Dasselbe. Haben Sie es auf *Expert* nachgeschlagen?«

»Natürlich.« Ich betrachte meine leuchtend roten Nägel. »Auch auf *Expert Plus*.«

Er hebt die Augenbrauen. »Wirklich?«

Vertrauensprobleme? Warum sollte ich bei so etwas lügen? Da ich guten Willen zeigen will, sage ich: »Auf jeden Fall. Mein Name steht auf der weltweiten Anzeigetafel in den Top Ten: BabushkaPwned. Schauen Sie nach. Oder besser noch: Ich kann meine Fähigkeiten demonstrieren.«

Er schüttelt den Kopf. »In einem fahrenden Auto wäre das gefährlich.«

Ja, klar. Die Fahrt ist butterweich. Ich wette, er will nur Expert Plus meistern, wenn ich nicht in der Nähe bin. Das würde ich auch tun, wenn ich erfahren würde, dass jemand, den ich im echten Leben kenne, besser ist als ich bei meinem Lieblingssong. Oder jedem anderen Lied. Oder jedem anderen Spiel.

Ich schätze, ich bin ein bisschen ehrgeizig.

Da ich bezweifele, dass ihn das Herausfordern zum Investieren animieren würde, wechsele ich das Thema. »Wie alt waren Sie, als Sie in die USA gezogen sind?«

»Vierundzwanzig«, sagt er. »Was ist mit Ihnen?«

Wow. Die Lehrer, die ihm Englisch beigebracht haben, müssen wirklich gut gewesen sein – oder er hat ein Talent für Sprachen.

»Ich war fünf«, sage ich. »Ich kann mich kaum an Russland erinnern.«

Er zieht eine Grimasse. »Ich erinnere mich gut an Ruskovia.«

Also mag er etwas zu Hause nicht. Ich denke, das ist normal für Leute, die einen Ort verlassen haben, um woanders hinzugehen.

»Was ist mit Ihrer Familie?«, frage ich. »Sind sie alle mit Ihnen umgezogen?«

Bei dem Wort *Familie* wird sein Gesicht kalt und ausdruckslos.

Interessant.

Bevor ich noch etwas fragen kann, hält das Auto an.

»Holen Sie Boner«, sagt er, und sein Tonfall ist wieder kühl-gebieterisch.

Während ich gehe, denke ich über seine Reaktion nach, und ein beunruhigender Gedanke schießt mir durch den Kopf.

Könnte er verheiratet sein und es verheimlichen, wie mein Arschloch-Ex?

Das ist möglich. Ein Kerl, der so heiß und reich ist, ist normalerweise mit jemandem zusammen. Das Fehlen eines Eherings an seinem Finger bedeutet nach meiner schmerzlichen Erfahrung nichts, genauso wenig wie das Fehlen von Familienfotos in seinem Wohnmobil.

In meiner Wohnung angekommen, gehe ich sofort zu meinem Computer und gebe bei Google *Dragomir Lamian* ein.

Nichts.

Es gibt null Informationen über ihn.

Das ist bizarr. Mein Bruder Vlad ist fast schon

krankhaft paranoid, was sein digitales Profil angeht, und sogar *er* hat mehr Daten da draußen und wird auf der Website seiner Firma erwähnt.

Dragomirs Risikokapitalfonds verrät nicht, wer am Ruder steht.

»Ist das nicht eigenartig?«, frage ich Boner, als ich ihn für die Fahrt bereitmache.

»*Oui*. Er könnte *une femme* haben.«

Mist. Die Möglichkeit, dass eine Frau existiert, bedeutet, dass ich aufhören muss, mich zu ihm hingezogen zu fühlen. Selbst wenn sich herausstellt, dass er nicht verheiratet ist, gibt es einfach zu viele andere Probleme. Es ist offensichtlich, dass er stinkreich ist und sich in High-Society-Kreisen bewegt – er hat einen Butler, verdammt nochmal –, also wird er wahrscheinlich seine königliche Nase über meine Sexspielzeugfirma rümpfen. Auch wenn seine Firma am Ende in unser Projekt investiert, so unwahrscheinlich das im Moment auch scheint … Geschäft und Romantik passen nicht zusammen.

Ich straffe meine Schultern.

Entscheidung getroffen.

Egal wie sehr ich sein Gesicht lecken möchte, im Bärenstil, ich werde diesem Drang nicht nachgeben.

Kapitel Zwölf

 it Boner in den Armen gehe ich zurück in die Wohnmobil-Limousine.

Verdammt!

Als ich Dragomirs gemeißelte Gesichtszüge noch einmal sehe, wird mir klar, dass es schwierig sein wird, mir einzureden, dass ich mich nicht zu ihm hingezogen fühle. Wenn ich das wirklich ernst meine, muss ich ihn nach dem Geschlechtskrankheiten-Test meiden.

Ja. Das wäre das Klügste, was ich tun kann.

Als Boner und Winnie sich gegenseitig entdecken, wedeln sie mit ihren Schwänzen, wobei sein Schwanz immer wieder an mein Kinn klatscht und der ihre Dragomir fast zum Stolpern bringt.

Unfähig, mir selbst zu helfen, lasse ich meine Interpretation von Boners Stimme ein paar Zentimeter weiter unten ertönen, dort, wo sein Kopf ist.

»Ah, Winnie, *ma petite*. Ich habe unser letztes *rendezvous* nicht aus dem Kopf bekommen.«

Es ist definitiv ein Lächeln, das in Dragomirs Augenwinkeln tanzt.

Im schlechtesten Beispiel für Bauchreden in der Geschichte lässt Dragomir Winnies Stimme viel zu tief klingen, als käme sie aus seinem Schritt – und verleiht ihr aus irgendeinem Grund einen russischen Akzent.

»Wie kannst du es wagen, Napoleon Carlovich? Einer Frau die Tugend nehmen und dann kein Anruf, keine Facebook-Nachricht, nicht einmal ein Tweet?«

Ich grinse. »Carlovich?« Versucht er, dem Hund einen russischen Vatersnamen zu geben? Es sei denn … haben sie die auch in Ruskovia? Meiner ist Borisovna, wie in *Tochter von Boris*. Heißt das …

»Carlo Bonaparte war der Vater des berühmten Generals«, antwortet Dragomir auf meine unausgesprochene Frage. »Apropos Geschichte: Wenn man jemanden als *petite* bezeichnen sollte, dann ist es Ihr Hund. Einer der vielen Spitznamen des echten Napoleon war *Le Petit Caporal*.«

»Ich hasse es, Ihnen das zu sagen«, sage ich in einem verschwörerischen Flüsterton, »aber mein Hund ist nicht wirklich eine Reinkarnation des echten Napoleon. Ich weiß, es erscheint unheimlich, wenn man bedenkt, wie intelligent er ist und so.«

Das Lächeln breitet sich auf Dragomirs Lippen aus. »Sie müssen zugeben, sie wären wie Zwillinge, wenn Sie ihm einen Dreispitz aufsetzen würden.«

Ich lache. »Stört es Sie, wenn sie zusammen spielen?«

Dragomirs Lächeln verschwindet. »Lassen Sie uns

erst sicherstellen, dass er sauber ist, dann werden wir sehen.«

Sowohl Boner als auch Winnie sehen unglücklich aus, als sie nicht interagieren dürfen, also lenken wir sie mit Leckerlis und Bauchkraulen ab, so gut wir können.

Zum Glück ist die Fahrt zu Dragomirs Tierarzt kurz.

»Bleib bei Fjodor«, sagt Dragomir zu Winnie, als wir parken. »Wir werden bald zurück sein.«

Winnie gibt einen seltsamen wimmernden Laut von sich und schaut zur Tür.

»Fjodor!«, ruft Dragomir und rasselt dann etwas auf Ruskovisch herunter.

Der Butler erscheint und legt Winnie eine Leine an. Nachdem wir alle aus dem Fahrzeug ausgestiegen sind, dreht sich Dragomir zu mir um und sagt: »Halten Sie die Luft an.«

Hm?

Bevor ich verstehen kann, was er meint, schaut er Winnie an und gibt ein Kommando auf Ruskovisch. Es klingt wie »Kraken« – obwohl mir dieses Wort wegen Liam Neeson aka Zeus in *Kampf der Titanen* im Kopf herumschwirren könnte.

THPPTPHTPHPHPHHPH.

Der Furz, der aus Winnies Hintern kommt, dauert gefühlt eine Stunde lang an.

Boner verkrampft sich in meinen Armen, und seine Augen weiten sich.

Ich bin so geschockt, dass ich Dragomirs Befehl,

den Atem anzuhalten, vergesse und versehentlich einatme.

Fuuuuuck. Meine Augen tränen, und ich beginne zu würgen.

Zu sagen, dass die Blähungen der Bärin nach faulen Eiern riechen, wäre eine Beleidigung für faule Eier. Wenn ich mein ganzes Leben lang fermentierten Kohl gegessen hätte, der mit reinem Schwefelwasserstoff versetzt war, und ein Jahrzehnt lang in einem Furz drinbehalten hätte, wäre das Endprodukt immer noch nicht annähernd so stinkend.

Hat diese Hunderasse Ruskovia auf diese Weise von Wölfen und Bären befreit?

Kopfschüttelnd hält sich Dragomir ein Taschentuch vor die Nase, wie eine chirurgische Maske. »Entschuldigen Sie bitte. Wie Sie sich vorstellen können, hätte ich mir ein neues Exemplar besorgen müssen, wenn sie das im Auto gemacht hätte.«

Ein neues Auto oder einen neuen Hund?

Er geht zum Gebäude, und Boner und ich eilen ihm hinterher.

Als wir drinnen sind, atme ich endlich auf.

Unmöglicherweise hat der Gestank es geschafft, uns zu folgen, aber zumindest ist er jetzt verwässert und erinnert mich nur an den schlimmsten Furz, den ich jemals zuvor riechen musste.

Boner schaut sehnsüchtig durch die Glastür zu Winnie. Wie ich Hunde kenne, könnte der Kraken-Vorfall seine Verliebtheit in Winnie noch verstärkt haben.

»*Ma petite*, grausames *destin* hat uns *à part* gerissen.«

Wir beeilen uns, um weiter vom Furz-Epizentrum wegzukommen und springen in den Aufzug.

Als wir das leere Wartezimmer des Arztes betreten, ist der Geruch endlich weg.

»Warum haben Sie Winnie nicht einfach auf Geschlechtskrankheiten getestet?«, frage ich Dragomir, nachdem ich dankbar die abgestandene Luft der Arztpraxis eingeatmet habe.

»Das habe ich. Aber was ist, wenn Boner etwas mit einer langen Inkubationszeit hat?«

Ich kann kaum widerstehen, mit den Augen zu rollen. »Was zum Beispiel?«

Er zuckt mit seinen breiten Schultern. »Ich will kein Risiko eingehen. In der Tat, nachdem Boner fertig ist, werde ich Winnie noch einmal testen lassen.«

Bevor ich fragen kann, was das soll, kommt der Arzt – ein bärtiger Mann, der vage wie Einstein aussieht – heraus. Er schaut Dragomir durch eine Brille mit den dicksten Gläsern an, die ich je gesehen habe, und sagt etwas auf Ruskovisch.

»Auf Englisch, bitte«, sagt Dragomir.

»Große Entschuldigung«, sagt der Arzt mit einem starken Akzent. »Erlauben Sie mir, zu übersetzen. Ich fragte: ›Was ist mit der Bitch?‹«

Ich schließe meine Augen. »Wie haben Sie mich gerade genannt?«

»*Winnie* ist bei Fjodor«, sagt Dragomir. »Wir sind wegen der anderen Sache hier.«

Ah. Der gute Doktor erkundigte sich nach *der* Bitch,

seiner Hundepatientin. Ich schätze, er wird einen weiteren Tag leben.

Der Doc ergreift Boner mit dem Blick eines verrückten Wissenschaftlers. »Also, das war Zuchthengst?«

»*Ma chérie*, ich erkläre hiermit, dass mich in Zukunft alle mit *Zuchthengst* anreden.«

Ich wölbe eine Augenbraue in Dragomirs Richtung.

»Ich habe Dr. Delomalov erzählt, was im Park passiert ist.«

Mit einem Nicken übergebe ich Boner dem Arzt.

Boner sieht mich flehend an.

»*Ma chérie*, lass sie mir nicht meine Männlichkeit nehmen, *s'il vous plaît*.«

»Es ist nur ein Test«, sage ich zu ihm.

»Dr. Delomalov hat mir versichert, dass der Test völlig schmerzfrei sein wird«, mischt sich Dragomir ein.

Der Tierarzt trällert etwas auf Ruskovisch, was Boner etwas zu beruhigen scheint, aber sobald sie verschwinden, ertappe ich mich dabei, wie ich ängstlich auf und ab gehe.

Als ich mir an dem Tisch mit den Magazinen das Schienbein stoße, bleibe ich stehen und zücke mein Handy, damit ich überprüfen kann, ob der Tierarzt über den Schmerzpegel des Tests gelogen hat.

Seltsam.

Mein Telefon hat keine Balken.

»Dieser Ort ist ein Faradayscher Käfig«, sagt

Dragomir. »Normalerweise bringe ich ein Buch mit, wenn ich weiß, dass es eine Weile dauern wird.«

Ich schnaufe vor Enttäuschung, dann setze ich meinen Weg fort.

»Machen Sie sich keine Sorgen«, sagt Dragomir, als ich das zehnte Mal hin- und hergehe. »Dr. Delomalov ist der renommierteste Hundeexperte der Welt.«

Ich zwinge mich dazu, mich hinzusetzen.

Er holt sein Telefon heraus. »Wie wäre es, wenn wir unsere Kontaktinformationen austauschen? Diesmal richtig.«

Mein Herz macht einen aufgeregten Rückwärtssalto. Ich bin mir sicher, dass er dies wegen unserer Hunde und einer möglichen zukünftigen geschäftlichen Zusammenarbeit vorschlägt, aber meine Hand zittert immer noch leicht, als ich einen neuen Kontakt anlege und ihn seine Nummer eingeben lasse. Er macht dann das Gleiche.

Ich stecke mein Handy ein und denke an die besagte geschäftliche Zusammenarbeit. Ich überlege, wie ich es am besten angehe, und entscheide mich dann, es einfach zu tun. »Wenn Boner sauber ist, würden Sie in Erwägung ziehen, in Morpheus zu investieren?«

Seine dicken Augenbrauen ziehen sich zusammen. »Ich würde es so oder so in Betracht ziehen. Geschäft ist Geschäft.«

Ich atme erleichtert aus. »Ich habe mir Sorgen gemacht, nach allem, was passiert ist – aber egal.«

Er reibt sich die Bartstoppeln am Kinn. »Es *gibt* eine Einschränkung.«

Mist. Weiß er schon von meiner Sexspielzeugfirma?

»Ich muss mich aus dem Entscheidungsprozess zurückziehen«, sagt er.

Puh.

»Sie werden mit Marco zusammenarbeiten und nicht mit mir.«

Zu früh gefreut.

Der Umgang mit Marco wird eine schreckliche Erfahrung sein, dessen bin ich mir sicher. Basierend auf unseren bisherigen Interaktionen könnte es mir leichter fallen, Marco davon zu überzeugen, die Tochter eines Mannes mit besonderen Fähigkeiten zu entführen.

Dragomir etwas davon zu erzählen würde natürlich die Pferde scheu machen, also frage ich einfach: »Warum ziehen Sie sich zurück?«

Er betrachtet mich mit diesen wechselhaften haselnussbraunen Augen. »Ich will vermeiden, geschäftliche Entscheidungen aufgrund von Emotionen zu treffen.«

Ich weiche zurück, irrational verwundet. »Hassen Sie mich so sehr für Winnies Missgeschick?«

Er zieht eine dunkle Augenbraue hoch. »Wer hat etwas von Hassen gesagt?«

Kapitel Dreizehn

Ich blinzele ihn an.

Wenn nicht Hass, welche Emotion würde seine geschäftlichen Entscheidungen durcheinanderbringen?

Bevor ich fragen kann, kommt der Arzt mit einem ziemlich wild dreinblickenden Boner heraus.

»*Ma chérie*, es war *terrible, horrible*. Lass uns nie wieder hierherkommen.«

»Der Hengst war Champ.« Dr. Delomalov reicht mir meinen Hund.

»Werden Sie uns beide über die Ergebnisse informieren?«, fragt Dragomir. »Vorausgesetzt, Bella hat nichts dagegen?«

»Das macht mir nichts aus«, sage ich und streiche Boner über den Kopf, um ihn zu beruhigen.

»Großartig«, sagt Dragomir. »Jetzt würde ich mich gerne um die Bezahlung kümmern.«

Stimmt. Bezahlung. Das hatte ich total vergessen.

»Ich kann die Rechnungen für meinen Hund selbst bezahlen«, sage ich. Meine Firma ist vielleicht kein schicker Venture Capital Fonds mit Büros in einem protzigen Gebäude – oder überhaupt irgendwelchen formellen Büros, da meine Mitarbeiter und ich von zu Hause aus arbeiten –, aber sie ist schön profitabel und wächst schnell, mit den diesjährigen Einnahmen bereits im niedrigen siebenstelligen Bereich.

Dragomir berührt mein Handgelenk, was mir einen Schauer über den Rücken jagt. »Bella, bitte, erlauben Sie es mir. Immerhin habe ich Sie hierhergeschleppt.«

Ich stehe einfach nur da und bin stumm. Es ist möglich, dass ich nach dieser Berührung zu allem Ja sagen würde. Sogar zu einigen unaussprechlichen Dinge. *Besonders* zu unaussprechlichen Dingen.

»Ich stimme dafür, dass Dragomir zahlt«, sagt der Arzt.

Ich runzele die Stirn. Ist er sexistisch oder ist mein Geld hier aus irgendeinem Grund nichts wert?

Mit einem wissenden Lächeln holt Dragomir eine echte Goldmünze aus der Tasche. Ich erhasche einen flüchtigen Blick auf das Gesicht eines älteren Mannes auf der einen Seite, bevor Dr. Delomalov die Münze in seine Brieftasche steckt.

Was zum Teufel sollte das? Bin ich eingeschlafen und in einem *John-Wick*-Film gelandet? Die kriminelle Unterwelt verwendet Goldmünzen in dieser Welt.

Wenn ich so darüber nachdenke, hat Dragomir noch andere Dinge mit John Wick gemeinsam. Zum Beispiel – Spoiler-Alarm – kann man sich leicht vorstellen, dass er auf einen Rachefeldzug geht, wenn jemand *seinen* Hund töten würde. Er könnte sogar in der Lage sein, jemanden zu ermorden, nur weil er Winnie auf die falsche Art und Weise ansieht.

»*Ma chérie*, bei diesen *critères* bist du auch John Wick.«

»Fast vergessen.« Der Arzt reicht mir ein Formular. »Brauche Informationen von Zuchthengst und Ihnen.«

»Gut.« Ich setze Boner ab und beginne, das Formular auszufüllen.

»Ich werde nach unten gehen, um sicherzugehen, dass Winnie für ihre Tests bereit ist«, sagt Dragomir. »Bis gleich.«

Ich beeile mich, das Formular auszufüllen, damit wir zusammen hinunterfahren können, aber er ist schon weg, als ich fertig bin.

»Danke, Doktor«, sage ich und reiche ihm das Formular. »Wenn Sie mich jetzt entschuldigen würden …«

Der Arzt nimmt mir das Formular ab und drückt mir dann, zu meinem Schrecken, einen leichten Kuss auf den Handrücken. »Es war Vergnügen, Napoleon und Sie zu treffen. Solche Schönheit und Anmut findet man nicht oft in diesem Land.«

Ja, okay, was auch immer, Kumpel. Ich kann mir kaum verkneifen, mit den Augen zu rollen, während ich meine Hand zurückziehe. Ältere Ruskovier müssen noch schlimmer sein als die Russen ihrer Generation, obwohl die Freunde meiner Eltern auch zu übertriebenen Komplimenten neigen.

Boner und ich fahren mit dem Aufzug nach unten und treffen in der Lobby auf Dragomir und Winnie. Als er sie entdeckt, beginnt Boner mit seinem Schwanz eine Drohnen-Imitation.

»*Ma petite. Ma petite.* Ist es schon ein Jahr her, dass ich deine *beau visage* das letzte Mal gesehen habe?«

Winnies Schwanz kracht mit solcher Wucht in Dragomirs Oberschenkel, dass ich fast erwarte, dass der Mann stolpert. »*Da*, Napoleon Carlovich. Ich habe mein Zeitgefühl verloren und mich nach unserer Begegnung gesehnt.«

»Fjodor wird Sie nach Hause bringen«, sagt Dragomir. »Es ist nicht nötig, dass Sie beide warten, während Winnie getestet wird.«

So viel dazu, dass die Hunde zusammen spielen. Oder wir beide.

Ich verberge meine Enttäuschung, nicke und verlasse das Gebäude.

Unmöglich, dass es draußen immer noch nach Bärenfurz riecht.

»*Le bouquet, ma chérie. Le bouquet exquis.*«

Ich halte Boner fest und rase zur Wohnmobil-Limousine. Fjodor öffnet die Tür, als ich sie erreiche, und wartet dann höflich, während ich drinnen Luft hole.

»Bereit, zu fahren, Madam?«, fragt er.

Ich atme selig die furzfreie Luft ein. »Bringen Sie uns bitte nach Hause.«

Kapitel Vierzehn

Als wir wieder bei mir zu Hause sind, mache ich mir ein Sandwich und gehe mit Boner spazieren.

Nach dem Trauma durch den Tierarztbesuch und der Trennung von Winnie braucht er eindeutig eine Aufmunterung.

Der Spaziergang ist ein Erfolg. Nicht nur, dass Boner sein Geschäft zügig erledigt, John beschuldigt mich auch nur einmal, eine Kommunistin zu sein, als ich ihm das Sandwich gebe – ein neuer Rekord.

Als ich nach Hause komme, finde ich eine Nachricht von Alex vor:

Gute Nachrichten. Sie haben das heutige Treffen verschoben. Was war das zwischen dir und dem Besitzer?

Ich rufe Alex per Video an und erkläre ihm, wie ich Dragomir getroffen habe – den Teil mit den Lustkugeln lasse ich aus, um ihn nicht zu traumatisieren.

»Hört sich an, als wolltest du dich mit dem Kerl verabreden«, sagt Alex, als ich fertig bin.

Ich verziehe das Gesicht. »Das wäre eine schlechte Idee.«

»Du hast gesagt, er hat sich zurückgezogen. Was ist das Problem?«

»So viele Dinge, aber das Wichtigste ist, dass ich glaube, dass er etwas verheimlicht.«

Alex trommelt mit den Fingern auf seinem Schreibtisch. »Du solltest mit unserem Schnüffelgeschwisterchen reden.«

Nun, *das* ist keine schlechte Idee. Abgesehen davon, dass er seine eigenen privaten Informationen vor der Welt versteckt, ist Vlad erschreckend gut darin, Dinge aufzudecken, die andere Leute verstecken wollen. Stalin hätte ihn sehr nützlich gefunden.

»Wäre das nicht ein Eingriff in Dragomirs Privatsphäre?«, frage ich und hadere mit mir selbst genauso wie mit Alex. »Ich würde es nicht mögen, wenn jemand, mit dem *ich* ausgehe, mich ausspionieren würde.«

Er winkt abweisend mit der Hand. »Wie du schon sagtest, ihr seid nicht zusammen. Noch wichtiger ist, dass wir dabei sind, zusammen ins Geschäft zu kommen, was das Ganze ziemlich vernünftig macht. Ich wette, er untersucht uns auch.«

Klasse. Das heißt, er wird von meiner Firma erfahren und sich zurückziehen. Und das nicht im Sinne von Verhütung.

Ich seufze. »Ich denke, ich werde mit Vlad reden.«

»Stell sicher, dass es von Angesicht zu Angesicht ist.« Alex grinst. »Du weißt, wie er ist.«

Vlad zieht es generell vor, von Angesicht zu Angesicht zu sprechen, denn, wie er es ausdrückt: »Warum die NSA zum Gespräch einladen?«

»Danke«, sage ich zu Alex. »Ich werde ein Treffen mit ihm vereinbaren. Jetzt …«

»Moment. Gehst du zu Mamas Geburtstag?«

»Wie könnte ich nicht? Für wen hältst du mich, Vlad?«

Er grinst. »Er ist schon viel besser darin geworden, an Familienfeiern teilzunehmen. Fanny hat einen positiven Einfluss.«

»Stimmt. Wir sehen uns auf der Party.«

Alex legt auf, und ich schreibe Vlad eine SMS.

Seine Antwort kommt sofort:

Willst du mich morgen um 9 Uhr bei Binary Birch besuchen kommen?

Ich grinse, als ich an ein Geschenk für ihn denke.

Sicher. Bis dann.

———

Als ich den Aufzug auf der Etage von Vlads Firma verlasse, werfe ich einen Blick auf das hochseriöse Schild.

Manchmal frage ich mich, ob meine Brüder sich vorgenommen haben, ihre Unternehmen wie komplette Gegensätze aussehen zu lassen. Binary Birch fühlt sich wie moderne Kunst an, auf diese kalte, utilitaristische Art. Es sind weder Spielzeuggewehre in Sicht noch Spielzimmer noch Schlafecken.

Tatsächlich sieht es ein bisschen aus wie die Büros von Dragomirs Risikokapitalfirma.

Ich checke mein Handy. Keine Anrufe oder SMS von Dragomir.

Schade. Ein Teil von mir hatte gehofft, dass er sich als Erstes meldet.

Es gibt auch keine Anrufe oder Sprachnachrichten vom Tierarzt wegen Boners STD-Tests – etwas, was mir einen Vorwand geben würde, Dragomir selbst anzurufen. Nicht, dass ich eine Ausrede bräuchte. Wenn es ein anderer Kerl wäre, würde ich wahrscheinlich anrufen oder eine SMS schreiben, aber nach allem, was zwischen uns passiert ist, möchte ich sehen, ob er sich von sich aus melden will.

Also warte ich erst einmal ab. Oder besser gesagt, da es fast neun ist, eile ich hinüber zu Vlads Büro.

Als seine Angestellten mich sehen, huschen sie aus dem Weg – obwohl ich mir nicht sicher bin, wessen Ruf sie so sehr erschreckt: meiner oder seiner.

»Hi, Schwesterherz«, sagt Vlad, als ich sein Büro betrete.

Wir umarmen uns, und ich küsse seine Wange, bevor ich ihm eine Plastikbox in die Hand drücke. »Ein Geschenk.«

Ohne einen Blick hineinzuwerfen, lässt Vlad es in eine Schublade fallen und schiebt sie zielsicher zu.

»Hey, willst du nicht wissen, was da drin ist?«

Der Gesichtsausdruck meines Bruders ist unverändert. »Ich kann es mir denken.«

»Gut, dann sage ich es dir einfach«, sage ich und schmolle enttäuscht. »Das ist eine Penispumpe. Ein Ersatz für die, die du und Fanny kaputtgemacht habt.«

Er schüttelt den Kopf. »Sie hatte nichts damit zu tun. Ich habe dir gesagt, dass es eine Frage der Größe war.«

»Sicher. Klar.« Ich halte mein Gesicht übertrieben ernst. »Deshalb ist diese Version, die ich für dich besorgt habe, doppelt so groß wie die, die du zertrümmert hast. Hoffentlich wird sie in der Lage sein, jemanden mit deiner erstaunlichen … Ausstattung zu beherbergen.«

Er seufzt vor Verzweiflung. »Ich vermute, du bist hierhergekommen, weil du etwas von mir willst. Denkst du wirklich, dass Necken der richtige Weg ist?«

Ich werfe ihm meinen besten Welpenblick zu. »Komm schon, sei doch nicht so. Du weißt, dass du zu deiner kleinen Belochka nicht Nein sagen kannst.«

Seine Lippen zucken. »Das stimmt. Trotzdem, sag noch ein Wort über die Größe meines Schwanzes, und ich werde die Willenskraft für dieses Nein finden.«

»Der Gefallen hat mit dem Geschäft zu tun, von dem du jetzt ein Teil bist«, sage ich. »Du hilfst dir also selbst. Und Alex.«

»Was ist der Gefallen?«

Ich erkläre das Rätsel von Dragomirs fehlender Online-Präsenz.

Vlad entsperrt seinen Computer. »Buchstabiere den Namen für mich.«

Das tue ich und füge dann hinzu: »Neben Dragomir könnte es sich lohnen, zu überprüfen, was du über Marco Fluroff herausfinden kannst – er ist der Typ, mit dem ich verhandeln werde, um die Finanzierung zu bekommen.«

Vlad nickt. »Ich werde sehen, was ich tun kann.«

»Ich nehme an, wir sehen uns auf Mamas Geburtstag?«

Er schafft es, widerwillig zu nicken, als würde ich ihn irgendwie zwingen, dort hinzugehen.

Ich stehe auf. »Bis dann.«

Er führt mich zum Aufzug, und diesmal weichen die Leute noch gründlicher aus.

Er muss ihnen mehr Angst machen als ich.

———

Nachdem ich nach Hause gekommen bin und Boner gefüttert habe, checke ich wieder mein Handy.

Keine Anrufe.

Verdammt!

Ich brenne darauf, zu erfahren, auf welche Emotionen Dragomir angespielt hatte, bevor er sich zurückzog. Außerdem wäre es schön, einfach von ihm zu hören.

Oh, na gut. Anstatt am Telefon zu warten, werde ich wohl besser arbeiten – das Tagesgeschäft von Belka wird sich nicht von selbst erledigen.

Ich beginne mit den E-Mails.

Ein Kunde möchte eine Bestellung unserer vibrierenden Gummi-Entchen mit angehängten Dildos, also maile ich dem entsprechenden Team. Ein anderer Kunde möchte unsere kamerafähigen Buttplugs und Dildos, also kümmere ich mich auch darum.

Jemand aus dem Marketing schlägt vor, dass wir unsere Reichweite auf Gleitmittel mit Lebensmittelgeschmack ausweiten und unseren Katalog an BDSM-Utensilien weiter ausbauen.

Hmm. Würde essbares Gleitmittel eine Lebensmittelzulassung benötigen? Außerdem, welche Geschmacksrichtungen würden die Leute wollen? Speck? Nein, das ist eher was für Boner. Erdbeere?

Auf jeden Fall klingt aromatisiertes Gleitgel nicht danach, als dass ich mir heute den Kopf darüber zerbrechen müsste, also schaue ich mir an, was in den BDSM-Sektionen der Online-Händler beliebt ist, um zu sehen, was wir nicht schon herstellen und was dem Markt vielleicht fehlt.

Interessant.

Wir könnten eine Reihe von Spanking-Paddles auf den Markt bringen, die lustige rote Flecken auf dem Hintern der Leute hinterlassen – sowie die Gesichter von Prominenten. Oh ja. Das sollte sich gut verkaufen. Wir produzieren bereits Buttplugs, die wie Politiker geformt sind, die die Leute lieben und hassen, und die laufen extrem gut.

Ich verbringe den Rest des Arbeitstages damit, mein Design für ein weiteres Spielzeug fertigzustellen – einen Schuh mit einem Dildo, so dass man seinen Partner mit dem Fuß penetrieren kann.

Wenn ich meine Karten richtig ausspiele, werde ich die Person sein, die den Ausdruck *Fußmassage* neu definiert.

———

Am nächsten Morgen gibt es wieder nichts von Dragomir.

Ich bereite vor, was ich Marco morgen sagen werde, und verbringe dann den Rest des Tages mit der Arbeit an dem Anzug für das Projekt Morpheus.

Es hat sich herausgestellt, dass die Stimulation der Brustwarzen eine echte Kopfnuss ist. Vibration und Luftdruck, die vielleicht anderswo am Körper funktionieren, reichen in diesem Fall nicht aus. Ich muss dafür sorgen, dass die Brustwarzen das Gefühl haben, gestreichelt, grob berührt, gekniffen, geleckt, gesaugt zu werden – die Liste ist endlos.

Außerdem, da wir sowieso in die BDSM-Ausrüstung abzweigen … Sollte der Anzug von Anfang an so etwas wie Nippelklemmen unterstützen?

Im Laufe des Tages muss ich meine Nippel immer wieder herausholen und sie gegen verschiedene Materialien drücken, um zu sehen, wie gut sie sich der menschlichen Berührung annähern.

Kein Anruf von Dragomir, als es Zeit ist, schlafen zu gehen.

Zu schade.

Ich stelle ihn mir in einem Rollkragenpullover vor und benutze eine Reihe von Spielzeugen, um mich zu ermüden und dann einzuschlafen.

———

»Lass Sie uns über die Finanzen reden«, sagt Marco zu Alex und rattert eine Liste mit Fragen herunter.

Zu sagen, dass ich über das heutige Treffen verärgert bin, wäre eine Untertreibung. Nicht nur, dass Dragomir komplett abwesend ist – was an und für sich schon schade ist –, Marco hat mir heute auch noch keine einzige Frage gestellt. Ich weiß, dass er nicht merkt, dass dieses Unternehmen im Grunde meines ist, aber trotzdem nervt die ganze Sache.

Da ich die Finanzierung will, bleibe ich bis zum Schluss freundlich.

»Danke, Alex.« Marco schüttelt die Hand meines Bruders. »Wir haben eine Menge zu bedenken. Ich werde mich bald bei Ihnen melden.«

»Wir werden auf Ihren Anruf warten«, sagt Alex und betont das *wir*.

Marco sieht mich an, als hätte er vergessen, dass ich da bin. »Natürlich. Ich meinte das im weiteren Sinne.«

Natürlich hat er das. Jetzt, wo ich darüber nachdenke, hat nur Alex neulich die neue Terminanfrage bekommen.

Wie dem auch sei.

Alex und ich verlassen den Konferenzraum und lassen Marco und sein Team zurück. Als wir aus dem Aufzug kommen, sehe ich ihn endlich.

Dragomir.

Er wartet in der Lobby – hoffentlich auf mich.

»Ich muss los«, sagt Alex mit einem Augenzwinkern und schätzt die Situation richtig ein.

Ich umarme ihn und murmele etwas in der Art von »Bis später«.

Mein Herz rast. Dragomir wiederzusehen ist aufregend. Vielleicht zu aufregend für mein eigenes Wohl.

»Hi«, sage ich, als ich ihn erreiche, unsicher, ob ich ihm eine Umarmung oder einen Kuss geben soll, wie ich es bei jedem anderen Bekannten tun würde.

Er löst mein Dilemma, indem er seine Hand ausstreckt. Ich schüttele sie – und erhalte einen Stromstoß, der direkt in meinen Unterleib fährt.

Er sieht auch nicht ungerührt aus. Seine Augen sind konzentriert auf mein Gesicht gerichtet, und seine Lider senken sich halb, während er meine Hand mit offensichtlichem Widerwillen loslässt.

»Nebenan gibt es ein sehr nettes Café«, sagt er, und seine Stimme hat einen Hauch von sexy Rauheit. »Oder, falls Sie Hunger haben …«

»Kaffee klingt toll«, platze ich damit heraus.

Innerlich hüpfe ich auf und ab.

Ist das ein Date?

Seit der Highschool habe ich mich nicht mehr so über die Aufmerksamkeit eines Kerls gefreut.

»Sind Sie mit Ihrem Wohnmobil gekommen?«, frage ich, als wir das Gebäude verlassen.

»Sicher.« Er deutet auf die Straße.

Ja. Es fährt gerade langsam vorbei.

»Fjodor konnte keinen Parkplatz finden, also dreht er Runden«, erklärt Dragomir, als wir in den Coffee Shop treten.

Der Laden ist leer, so dass wir nur wenige Augenblicke brauchen, um zu bestellen, was wir wollen. Als wir in den Wartebereich gehen, piept Dragomirs Handy mit einer SMS, und er entschuldigt sich, um sie zu lesen.

Ich erinnere mich daran, dass ich mein eigenes Telefon für das Meeting auf lautlos gestellt habe, schalte es wieder ein und checke meine Nachrichten.

Ich habe eine Sprachnachricht vom Tierarzt, die mir mitteilt, dass Boner sauber ist, und eine SMS von Xenia.

Bin in der Stadt. Willst du Sushi essen?

Bevor ich ihr eine Antwort geben kann, sehe ich, dass Dragomir mich entschuldigend ansieht.

»Was ist los?«, frage ich, während mein Puls bei seiner Nähe in die Höhe schnellt.

»Es ist etwas dazwischengekommen, und ich habe nur eine halbe Stunde Zeit, bevor ich zu einem Geschäftstreffen muss.«

»Das ist in Ordnung«, lüge ich. »Ich werde

ungefähr zur gleichen Zeit mit einer Freundin Sushi essen gehen.«

Also zumindest werde ich das jetzt.

Ist das Enttäuschung in seinen Augen?

Hey, er war derjenige, der als Erster etwas anderes vorhatte.

Dragomir entschuldigt sich noch einmal und geht wieder ans Telefon. Ich schreibe Xenia, dass ich sie in vierzig Minuten in unserem Lieblingsrestaurant treffen kann.

Sie sagt sofort erfreut zu.

Der Barista teilt uns mit, dass unsere Getränke fertig sind. Bevor ich nach meinem greifen kann, nimmt Dragomir beide Becher und trägt sie zu einem gemütlichen Tisch.

Ein Gentleman. Ich mag das.

Ich setze mich ihm gegenüber und puste auf die verführerischste Art und Weise, die ich hinbekommen kann, auf meinen Kaffee, aber er scheint meinen subtilen Flirt nicht zu bemerken.

Hmm. Was soll dieser ernste Gesichtsausdruck? Nicht sehr datelike.

Er stellt seinen Becher ab. »Wir müssen reden.«

Verdammt. Jetzt weiß ich, warum Jungs diese drei Worte so sehr fürchten.

Es ist definitiv ein Satz mit düsteren Vorahnungen.

»Klar.« Ich stelle meinen Becher ebenfalls weg. »Worüber wollen Sie reden?«

Er hält meinen Blick gefangen, und seine

haselnussbraunen Augen hypnotisieren mich mit ihrer Intensität.

Was auch immer er sagen wird, ist nicht gut.

Wirklich nicht gut.

Hat er schon von meiner Sexspielzeugfirma erfahren? Oder ist es etwas noch Schlimmeres?

Er holt tief Luft. »Wir sind schwanger.«

Kapitel Fünfzehn

Ich starre ihn ausdruckslos an. »Hast du ›schwanger‹ gesagt?« Vor lauter Schreck rutscht mir ein *du* heraus.

Er nickt.

Was. Zum. Henker?

Es scheint der Tag der Sätze zu sein, die Jungs fürchten. In der Tat könnte *Wir sind schwanger* oft auf *Wir müssen reden* folgen.

Auf jeden Fall dachte ich, dass ich diejenige sein sollte, die ihm das sagt – wenn wir Sex gehabt hätten und er mich geschwängert hätte.

»Erinnerst du dich, dass Winnie die Tests nach Boner gemacht hat?«, fragt er. »Einer von ihnen war ein Schwangerschaftstest.«

Oh.

Ich will mir selbst auf die Stirn schlagen. Boner hat Winnie gebumst. Deshalb haben wir sie beide auf

Geschlechtskrankheiten getestet. Bumsen kann zu Babys führen – oder in diesem Fall zu Welpen.

Daran hätte ich denken sollen. Die Tatsache, dass ich es nicht getan habe, könnte eine Beleidigung für Boners Männlichkeit sein, und ich bin froh, dass er nicht hier ist und dieses Gespräch mithört. Er würde traumatisiert sein.

Oh, und wenn er davon erfährt, wird er seinen Namen offiziell in Deckhengst ändern lassen wollen. Immerhin hat er eine verdammte Bärin geschwängert.

Dragomir legt seine Hand über meine. »Ich weiß, es ist viel zu verkraften, aber sag etwas.«

Die Hitze, die von seiner großen, warmen Handfläche ausgeht, fühlt sich unglaublich gut und mehr als nur ein wenig ablenkend an. Mühsam konzentriere ich mich wieder auf das Thema, um das es geht. »Bist du sicher, dass es von ihm ist?«

Er zieht seine Hand weg. »Wie würde es dir gefallen, wenn du einem Mann sagst, dass er der Vater deines Kindes ist, und er dich das fragt?«

Guter Punkt. »Es tut mir leid. Ich habe nur Schwierigkeiten, das zu verdauen, das ist alles.«

Er nickt, so gnädig wie ein König, der eine Begnadigung gewährt. »Winnie hat in ihrem ganzen Leben nur einmal Sex gehabt, also muss Boner der Vater sein.«

»Okay. Okay.« Wir haben es also mit einer fast jungfräulichen Bärin zu tun. Ich massiere meinen Nasenrücken. »Behält sie … ähm … es?«

Mist. Warum klinge ich immer wie der Typ, der

gerade erfahren hat, dass sein One-Night-Stand schwanger ist?

Dragomirs Augen sind nun zu Schlitzen verengt. »Wenn du über eine Abtreibung sprichst, kommt das in diesem Stadium nicht in Frage. Und es wird ein Wurf sein, also würde ich ›sie‹ sagen, und nicht ›es‹.«

Ich stürze ein wenig brennend heißen Kaffee hinunter. »Ich wollte nicht, dass es so klingt, als ob ich eine Abtreibung *will*. Das will ich wirklich nicht. Dass Boner Welpen bekommt, ist unglaublich. Ich war mir nur nicht sicher, wie Winnie zu der ganzen Pro-Life-versus Pro-Choice-Debatte steht.«

Er betrachtet mich mit einem ernsten Blick. »Winnie ist ein Hund, erinnerst du dich? Wir können ihre Einstellung nur erahnen, also kann ich bestenfalls annehmen, dass sie ihre Welpen behalten möchte.«

»Klingt vernünftig.« Ich reibe mir die Schläfen. »Das ist ziemlich verwirrend.«

Er nimmt seinen Kaffee in die Hand. »Das verstehe ich. Als ich die Nachricht erfahren habe, war ich auch etwas überrascht. Aber selbst wenn Winnie auf magische Weise sprechen lernen und uns sagen würde, dass sie die Abtreibung will, wäre es in diesem Stadium ihrer Schwangerschaft nicht sicher, dies zu tun. Der Arzt denkt, dass es die beste Option für ihre Gesundheit ist, die Welpen auszutragen. Nach der Geburt, wenn sie bereit ist, sich von ihnen zu trennen, werden wir ein schönes Zuhause für die Welpen finden. Oder ich behalte sie.«

Ich stelle mir vor, wie besagte Welpen aussehen

könnten, und meine Laune bessert sich rapide. »Ich werde dir helfen, für die Welpen das bestmögliche Zuhause zu finden. Lass mich auch wissen, wenn du noch etwas brauchst. Ich kann dabei sein, wenn es einen Ultraschall gibt. Wir können die Rechnungen teilen und …«

»Danke.« Ein echtes Lächeln erscheint auf seinem Gesicht, eines, das so sexy ist, dass sich mein Höschen unter meinem Rock fast auflöst. »Es gab tatsächlich etwas in dieser Richtung, worüber ich mit dir sprechen wollte.«

»Oh?«

»Ein DNA-Test, für Bonaparte«, sagt er. »Ich möchte wissen, ob es ein genetisches Krankheitsrisiko für die Welpen gibt.«

Ich zucke innerlich zusammen. »Noch eine Fahrt zum Tierarzt? Er ist immer noch traumatisiert.«

»Es ist nur ein Speichelabstrich. Ich lasse mir von Dr. Delomalov zeigen, wie man ihn macht, und dann komme ich zu dir und mache ihn selbst. Bonaparte wird nicht einmal merken, dass er getestet wird.«

»Nun, in diesem Fall, sicher«, sage ich.

Moment einmal. Er hat sich gerade selbst zu mir eingeladen. Und ich habe Ja gesagt!

Er nimmt einen Schluck von seinem Kaffee und betrachtet mich über den Rand des Bechers hinweg. »Also hast du deinen Hund offensichtlich nicht kastriert.«

Ich verziehe das Gesicht. »Nein. Ich konnte mich nicht dazu durchringen, es zu tun. Ich habe nichts gegen Leute, die das tun, aber für mich persönlich ist es einfach ein sensibles Thema. Boner ist ein sexuelles Wesen, und das würde er vermissen, wenn man es ihm wegnehmen würde.«

Soll ich ihm sagen, dass ich dieses Thema so ernst nehme, dass ich Boner ein Bumsspielzeug gebaut habe?

Nein. Zu nah am Thema Sexspielzeugfirma, das ich vermeiden möchte. Ich sollte ihm auch nicht sagen, warum es etwas so Persönliches ist. Wenn es gesellschaftlich akzeptabel wäre, hätten mich meine Eltern schon als Teenager kastriert. Nicht, dass ich andauernd mit jemandem geschlafen hätte oder so; aber jeder Ausdruck von Sexualität meinerseits war in ihren Augen tabu.

»Was ist mit dir?«, frage ich und unterdrücke die unangenehmen Erinnerungen. »Winnie war offensichtlich auch nicht kastriert.«

Jetzt ist er an der Reihe, eine Grimasse zu schneiden. »Ich konnte mich auch nicht dazu durchringen, es zu tun. Außerdem ist da noch Winnies Stammbaum. Sie ist von reinstem Misha-Blut – ein Teil der ruskovischen Geschichte.«

»Großartig. Boner hat eine historische Blutlinie befleckt.«

»Das ist nicht das, was ich meinte«, sagt er. »Außerdem hat er es nicht wirklich getan. Winnie kann später reinrassige Welpen bekommen. Diese können immer noch ein liebevolles Zuhause finden, ohne als ›Mishas‹ bezeichnet zu werden.«

»Oder wir können einen Mischlingstrend starten. Wir werden sie Chishas nennen. Oder Mishuahuas.«

Er lacht. »Ich mag den Klang von Chishas irgendwie.«

Ich grinse. »Also, noch eine ziemlich offensichtliche Frage ... Du hattest keine Ahnung, dass Winnie läufig war?«

Er zuckt mit den Schultern. »Vielleicht fühle ich mich nicht so wohl wie du, wenn es darum geht, meinen Hund als sexuelles Wesen zu betrachten. Ich habe nie nachgeschaut, wie das mit der Hitze funktioniert – ich dachte, ich würde es tun, wenn es eine Chance gäbe, die Misha-Blutlinie fortzusetzen. Außerdem, jetzt, wo ich nachgelesen habe, sind viele der Anzeichen weniger auffällig, weil Winnie so pelzig ist.« Er sieht leicht unbehaglich aus. »Sie hatte um die Zeit des Vorfalls herum Schmierblutungen, aber ich dachte fälschlicherweise, dass das bedeutet, dass sie dadurch weniger fruchtbar wäre.«

Ich behalte ein Pokerface bei. »Mach dir keine Vorwürfe. *So* funktioniert es ... für menschliche Weibchen.«

Es ist ihm hoch anzurechnen, dass er bei der Erwähnung einer menschlichen Periode nicht angewidert aussieht. Stattdessen lehnt er sich zurück und legt seinen Arm in seiner weltmännischen Art über einen Stuhl in der Nähe. »Wie wäre es, wenn wir über etwas anderes als unsere Hunde reden?«

»Abgemacht«, sage ich. »Aber nach dieser einen letzten hundebezogenen Bitte.«

Er neigt den Kopf. »Nur zu.«

Ich beobachte sein Gesicht, als ich sage: »Wenn du für den Speichelabstrich vorbeikommst, kannst du Winnie mitbringen, damit sie und Boner ein wenig Zeit miteinander verbringen können?«

Er runzelt die Stirn.

Ich wusste es. Ihm gefällt die Idee nicht, dass sie miteinander interagieren. Was für ein Snob.

»Sieh mal«, sage ich und werde wütend im Namen meines Hundefreundes. »Boner ist frei von Geschlechtskrankheiten. Und es ist ja nicht so, dass er sie noch schwangerer machen kann.«

»Gut«, sagt er zu meiner Überraschung. »Dann haben sie jetzt eine Verabredung zum Spielen.«

Eine Verabredung zum Spielen?

Warum klingt das so sexuell?

Ich bin plötzlich neidisch auf unsere Hunde.

Er schmunzelt. »Jetzt schuldest du mir ein Gesprächsthema, das nichts mit Hunden zu tun hat.«

Ich erwidere sein Grinsen. »Was ist mit Wölfen? Ist das zu nah an den Hunden?«

»Keine Wölfe, keine Bären, keine Ratten«, sagt er mit ernstem Gesicht.

»Sind Löwen auch vom Tisch?«

»Du kannst über Löwen reden, wenn du willst«, sagt er großmütig.

»Endlich. *Etwas*, über das wir reden können.«

Seine Lippen zucken. »Und das Etwas sind *Löwen*.«

»Also, ich fand es schon immer komisch, wie sehr fiktive Löwen brüllen, wenn sie etwas fangen wollen.

Ich glaube, die echten brüllen nur, um andere Löwen aus ihrem Revier zu vertreiben. Während einer Jagd sind sie sicher stille Pirscher. Ich wäre es jedenfalls.«

Er nickt ernsthaft. »Ich denke, du hast recht. Zu Hollywoods Verteidigung: Ein brüllender Löwe ist beeindruckender.«

»Ein Löwe mit Flügeln wäre noch beeindruckender, aber sie halten sich in dieser Hinsicht an die Realität. Jetzt, wo ich darüber nachdenke, passiert dieses Brüllen auch bei anderen fiktiven Tieren. Gab es nicht einen brüllenden Barrakuda in *Findet Nemo*?«

Er zuckt mit den Schultern.

»Ich denke schon. Vergessen wir mal die ganze Sache mit dem lautlosen Anpirschen – ich bezweifle, dass es überhaupt möglich ist, unter Wasser zu brüllen.«

»Ein U-Boot-Motor könnte aufheulen«, sagt er.

»Hmm.« Ich denke darüber nach. »Da könntest du recht haben.«

Er grinst mich an, und ich will gerade etwas anderes sagen, als ich einen Mann vor dem Laden bemerke, der eine Kamera auf uns richtet.

Zu meinem Schrecken erkenne ich ihn.

Dragomir brüllte genau diesen Kerl an, als Boner Winnie bumste.

Ich habe vorher nicht viel darüber nachgedacht. Ich war zu sehr damit beschäftigt, mich um Vaginas zu kümmern – also darum, die Liebeskugeln in meiner zu behalten und den Penis meines Hundes aus Winnies herauszuhalten. Jetzt ist mir klar, dass das Verhalten dieses Kerls ziemlich merkwürdig war.

Dragomir muss etwas in meinem Gesicht bemerken, denn er dreht sich um. Sofort spannt sich sein kräftiger Rücken an, und seine Schultern straffen sich.

Hm. Ich schätze, er und der Typ sind *wirklich* keine Freunde.

Dragomir springt auf, aber bevor er nach draußen treten kann, flüchtet der Kerl und verschwindet schnell um die Ecke.

Dragomir sieht aus, als würde er überlegen, ob er die Verfolgung aufnehmen soll.

Kurioser und kurioser. Wer ist dieser Typ? Was ist mit der Kamera?

Ein kaltes Gefühl setzt sich an der Unterseite meines Magens fest. Was, wenn er ein Privatdetektiv ist, den Dragomirs Frau angeheuert hat, weil sie ihren Mann des Betrugs verdächtigt?

Das ist meinem Ex passiert, nachdem ich mit ihm Schluss gemacht habe – vor allem dank Vlads anonymer E-Mail an die Frau, die genau das vorschlug.

Nun, wenn es eine Frau gibt, werde ich nicht diejenige sein, mit der das Arschloch fremdgehen wird.

Nie wieder.

Dragomir hat sich offenbar dagegen entschieden, seinen Feind zu verfolgen, und setzt sich wieder hin.

Ich bin jetzt ganz bei der Sache. Entweder gehe ich diesem Eheproblem auf den Grund – oder ich kann ihn nie wiedersehen. Egal, wie heiß er ist. Oder wie niedlich die Welpen ausfallen könnten.

»Wer war das?«, frage ich und gebe meine beste Schneekönigin-Imitation zum Besten.

Er zuckt mit den Schultern. »Ich kenne diesen Widerling nicht wirklich. Ich habe ihn bisher nur einmal gesehen. Ich habe ihm aber gesagt, dass er sich fernhalten soll.«

Okay, das war eine zu umständliche Frage. Ich muss ihn einfach ganz direkt fragen.

Er schaut mich aufmerksam an.

Ich atme tief durch. »Dragomir, bist du verheiratet?«

Kapitel Sechzehn

ie Frage scheint ihn zu verblüffen. »Nein.«

In dem Moment, als er das Wort ausspricht, muss er niesen.

Ich spüre eine große Erleichterung.

In Russland glauben wir, dass, wenn jemand nach einer Aussage niest, dies bedeutet, dass er die Wahrheit sagt. Aber wir glauben auch an *Vertrauen ist gut, Kontrolle ist besser*, also werde ich nicht ganz zufrieden sein, bis Vlad mir sagt, was er ausgegraben hat. Außerdem brauche ich eine bessere Antwort über den unheimlichen Kerl, der weggelaufen ist – irgendetwas sagt mir, dass Dragomir nicht die Absicht hat, das wirklich zu erklären.

Da wir sowieso bei diesem Thema sind, kann ich es genauso gut vertiefen. »Hast du eine Freundin? Einen Freund? Liebhaber? Geliebte?«

Seine Augen glänzen vor Belustigung. »Nein. Ich

bin Single. Ich muss sagen, das ist viel persönlicher als das Gespräch über Löwen.«

Mist. Er hat recht.

Ich wurde sehr persönlich. Zu persönlich, wenn man bedenkt, dass er ein potenzieller Investor ist.

»Was ist mit dir?«, fragt er, bevor ich mich entschuldigen kann. »Verheiratet?«

Ich atme erleichtert aus. »Nein.«

»Was ist mit einem Freund?«, fragt er und imitiert dabei meinen früheren Tonfall. »Freundin? Liebhaber? Geliebte?«

Ich schüttele den Kopf. »Ich bin seit fast drei Jahren männerfrei.«

Sein Blick wandert auf eine Art und Weise über mich, bei der ich mir wünsche, ich hätte diese Kugeln zum Quetschen. »Das ist sehr schwer zu glauben«, murmelt er, als sein Blick wieder auf mein deutlich erhitztes Gesicht fällt.

Als sechsundzwanzigjährige Frau widerstehe ich dem Drang, meine Haare wie ein Teenager-Mädchen vor ihrem ersten Schwarm nach hinten zu werfen. »Okay, dann sind wir beide Singles«, sage ich stattdessen schnell. »Ich frage mich, was wir sonst noch gemeinsam haben.«

Er betrachtet mich spekulativ. »Nun, ein osteuropäisches Erbe ist eine Sache, ganz sicher. Einige ruskovische Traditionen sind fast identisch mit den russischen. Auch die Architektur.«

»Richtig«, sage ich und stürze den Rest meines Kaffees hinunter. »Und vergessen wir nicht, dass wir beide verrückt nach unseren Hunden sind.« *Und uns gegenseitig das Hirn rausvögeln wollen* ist das, was ich hinzufügen möchte, aber dann entscheide ich mich dafür, es in meinem Kopf zu behalten – und das nicht nur für den Fall, dass dies ein einseitiger Wunsch ist.

»Wir mögen beide VR.« Er greift nach seinem Kaffee, während ich nach meinem greife, und unsere Finger berühren sich, was einen weiteren Mini-Blitz durch meine Nervenenden schickt.

Mein Atem wird unregelmäßig. »Wir sind beide ehrgeizig«, sage ich und konzentriere mich mühsam wieder auf das Gespräch. »Obwohl ich es natürlich viel mehr bin als du.«

Seine Nasenlöcher weiten sich. »Auf keinen Fall. Ich bin viel ehrgeiziger als du. Mit großem Abstand.«

»Oh, bitte. Ich bin so ehrgeizig, dass ein Bild von mir im Lexikon unter diesem Wort abgedruckt ist.«

Er beugt sich mit verengten Augen nach vorne. »Ich habe dieses Wort erfunden.«

»Trotzdem kennst du seine Bedeutung nicht. *Ich.*«

Er schnalzt mit der Zunge. »Gib dich schon geschlagen. Ehrgeiz ist mein offizieller zweiter Vorname.«

»Hmm … Dragomir Ehrgeiz Lamian – deine Eltern müssen schlimmer sein als meine.«

Sein Lächeln bröckelt.

Mist. Bin ich gerade in etwas hineingetreten? Sind seine Eltern überhaupt noch am Leben?

Sein Telefon piept.

»Es tut mir leid«, sagt er. »Das ist dieses

Geschäftsmeeting, das ich vorhin erwähnt habe. Es ist in ein paar Minuten.«

Ich checke mein Handy.

Ja. Ich muss mich auch beeilen, um Xenia zu treffen.

Ich schätze, die Zeit vergeht wie im Flug, wenn man mit dem Kerl, den man begehrt, über eine Hundeschwangerschaft spricht.

Er steht auf. »Ich hoffe, wir können uns ein wenig besser kennenlernen, wenn ich komme, um Bonapartes DNA zu nehmen.«

Sprachlos vor Freude nicke ich ein wenig zu energisch.

Er nimmt unsere leeren Becher. »Vielleicht wird die Liste unserer Gemeinsamkeiten wachsen?«

Als er die Becher entsorgt, ringe ich mit dem Drang, ihn gleich hier und jetzt zu bespringen, neben der Mülltonne. Das ist keine gute Idee. Er ist immer noch ein Investor. Er weiß immer noch nichts von meiner Sexspielzeugfirma. Noch wichtiger ist, dass Vlad seine Schnüffelei noch nicht beendet hat – was bedeutet, dass Dragomir immer noch verheiratet sein könnte, nur dass er offen darüber lügt. Soweit ich weiß, könnte er so verschlagen sein, dass er das Niesen genau im richtigen Moment vorgetäuscht hat.

Als Ruskovier könnte er alles über Wahrheit und Niesen wissen.

»Willst du bis zum Sushi-Restaurant mitfahren?«, fragt er.

In Anbetracht meiner Gedanken von eben würde eine vernünftige Frau Nein sagen, aber ich nicke benommen. Meine Zustimmung wird belohnt, indem er seine Hand auf meinen Rücken legt und mich aus dem Lokal führt.

Ich wäre bereit, mich von ihm einige hundert Kilometer zu Fuß in diese Richtung begleiten zu lassen, aber zu meiner Enttäuschung wartet die Wohnmobil-Limousine bereits.

Fjodor öffnet die Tür, und wir klettern hinein.

Winnie stellt sich auf die Hinterbeine und leckt wieder Dragomirs Gesicht ab. Oder besser gesagt: Sie sabbert es voll.

Während er sich säubert, wendet sie ihre Aufmerksamkeit mir zu, legt ihre Pfoten auf meine Schultern und geht mit einer riesigen, nassen Zunge auf die Jagd.

Ich lache halb und quieke halb – ein Fehler, denn ich bekomme Schlabber in den Mund.

Die Erfahrung ist zu gleichen Teilen eklig und bezaubernd. Außerdem glaube ich, dass ich durch eine transitive Eigenschaft gerade mit Dragomir herumgemacht habe. Oder zumindest ein paar Körperflüssigkeiten mit ihm ausgetauscht habe.

Als ich befreit bin, greift er zu einem Feuchttuch. »Darf ich?«

Er will mein Gesicht berühren?

»Ja, bitte.« Ich halte den Atem an.

Er reibt mir sanft das Gesicht … und Hundesabber hin oder her, das ist die sinnlichste Erfahrung meines Lebens – und es geht immer weiter. Er ist wirklich gründlich und achtet darauf, dass er auch das letzte bisschen Sabber von meiner Haut entfernt. Ich denke kurz darüber nach, dass sich das ganze Make-up mit ablöst, aber das ist es wert. Hoffentlich denkt er nicht, dass ich ohne ein Troll bin. Oder ein Goblin. Oder ein Oger. Nein, Moment, Fiona von *Shrek* ist ein Oger, richtig? Ja, Oger sind süß.

Schließlich hört er mit dem Reiben auf und trocknet mein Gesicht sanft mit seinem Taschentuch ab. Der Hitze nach zu urteilen, die in seinen haselnussbraunen Augen schimmert, waren meine Troll-Kobold-Sorgen übertrieben.

Er tritt zurück, und ich atme den Atem aus, den ich angehalten habe.

Verfügt dieses Wohnmobil über eine Dusche? Ich könnte jetzt eine kalte gebrauchen. Außerdem weiß ich genau, woran ich denken werde, wenn ich heute Abend meinen Vibrator in der Hand halte: an seine Hände auf meinem Gesicht.

»Es tut mir leid«, murmelt er.

Wie bitte? Dafür? Das ist wie Michelangelo, der sich für seine David-Statue entschuldigt. Es sei denn, es tut ihm leid, dass er mein Make-up ruiniert hat?

»Das hat sie noch nie mit jemandem gemacht«, fährt er fort.

Ah. Er entschuldigt sich in Winnies Namen.

»Das ist in Ordnung«, sage ich. »Ich hoffe, es bedeutet, dass sie mich mag.«

Er schaut auf Winnie herab. Sie wedelt nun unaufhörlich mit dem Schwanz und schenkt uns ein hündisches – oder bäriges – Grinsen. »Um ehrlich zu sein, dachte ich immer, dass diese Begrüßung ein Zeichen von Liebe ist und nicht nur von Sympathie.«

»Na, was hast du denn erwartet?«, sage ich mit ernstem Gesicht. »Bitches lieben mich.«

Bevor er antworten kann, hält das Auto an, und die Trennwand zu Fjodor rutscht herunter.

»Das Sushi-Restaurant«, verkündet der Butler pompös.

»Ich bringe Bella raus«, sagt Dragomir zu Fjodor und öffnet mir die Tür.

Als ich aus dem Fahrzeug steige, fühle ich mich so leicht, als ob ich schwebte. Dragomir geht mit mir den ganzen Weg zum Bürgersteig.

Ich bleibe stehen und schaue zu ihm hoch. »Das ist das Restaurant.« Ich zeige darauf. »Meine Freundin sollte jeden Moment hier sein.«

Er kommt nah genug heran, dass ich die Zimtnoten seines Parfums wahrnehmen kann. Seine Augen glänzen mit warmen bernsteinfarbenen Untertönen. »Ich hatte eine großartige Zeit mit dir.«

»Ich auch mit dir«, sage ich, und mein Herz flattert – genau wie nach einem Date in der Highschool.

Vielleicht bin ich ohne mein Wissen durch die Zeit gereist.

»Ich melde mich wegen der Verabredung zum Spielen«, sagt er leise.

Ich befeuchte meine Lippen. »Ich freue mich darauf.«

Sein Blick fällt auf meinen Mund, und eine merkwürdige Spannung scheint in seinen Körper einzudringen. Langsam, als ob er von etwas gezogen wird, neigt er seinen Kopf.

Mein Puls schießt in die Höhe, und ich stelle mich auf die Zehenspitzen, um ihm entgegenzukommen. Unsere Lippen sind jetzt nur noch einen Hauch voneinander entfernt. Wenn ich nur …

»Bella?«, ruft eine böse Person mit Xenias Stimme. »Bist du das?«

Dragomir zieht sich zurück.

Ich drehe mich um und richte einen eisigen Blick auf die Quelle des Geräusches.

Ja. Die Anstandsdame ist tatsächlich jemand, den ich immer als Freundin betrachtet habe.

»Dragomir«, sage ich mit heiserer Stimme. »Das ist Xenia.«

Dragomir streckt seine Hand aus. Xenia schnappt sie sich, schüttelt sie wie ein nasses Handtuch, und ihre Augen sind so groß wie Untertassen.

»Schön, dich kennenzulernen«, schafft sie schließlich mit einem starken Akzent zu sagen.

»Ganz mein Vergnügen«, sagt er und schaut auf die Hand, die Xenia nicht loslässt.

»Wir sollten gehen«, sage ich mit Nachdruck zu ihr.

Xenia schaut mich an, dann auf ihre Hand, dann erinnert sie sich endlich daran, dass man Menschen irgendwann loslässt.

Dragomirs Lippen verziehen sich zu einem schiefen Lächeln. »Ich melde mich«, sagt er zu mir und verschwindet in seinem Wohnmobil.

Xenia beobachtet die Abfahrt des Wohnmobils mit

einem seltsamen Ausdruck. Schließlich wendet sie sich mir zu. »Es ist gegen die Regeln der Natur, dass ein Mann so wunderschön ist.«

Ausnahmsweise stimme ich ihr zu – einer Frau, die gerne sagt, dass ein Mann nur etwas besser aussehen muss als ein Gorilla.

Kapitel Siebzehn

»Erzähl mir alles«, verlangt Xenia, als wir unsere Plätze einnehmen und zweimal Sushi de luxe bestellen.

Ich informiere sie über die Hundeschwangerschaft.

»Seine Hündin macht es richtig«, sagt sie.

Ich nehme mein Glas Wasser und trinke einen Schluck. »Tut sie das?«

»Du solltest das Baby dieses Mannes bekommen.«

Ich spucke fast das Wasser über den Tisch. »Baby?«

Sie nickt weise. »Ihr zwei seid die schönsten Menschen, die ich jemals im echten Leben gesehen habe. Wenn ihr ein Baby macht, wird es ein Filmstar werden.«

Ich benutze eine Serviette, um die Wassertropfen aufzuwischen, die in meine Nase gelangt sind. »So etwas würde ich von Mutter erwarten, nicht von dir.«

Sie wirft mir einen beleidigten Blick zu. »Du vergleichst mich mit Natasha?«

»Du hast recht. Es tut mir leid. Das war zu hart.«

Der Kellner bringt zwei schiffsförmige Teller, und wir tauschen die Sushi-Stücke, wie wir es immer tun: Ich gebe ihr all die langweiligen Dinge, wie Krabbenstäbchen und gekochte Garnelen, und sie gibt mir all die Dinge, vor denen sie zu viel Angst hat, wie Uni, das sind Keimdrüsen vom Seeigel. Wie der Rest meiner Familie bin ich ein abenteuerlustiger Esser, während Xenia deutlich weniger experimentierfreudig ist – etwas, was sie als Köchin zweifellos einschränkt.

Während des restlichen Essens plaudern wir über die letzten Fernsehsendungen, die wir gesehen haben, und sie gibt mir die neuesten Informationen über sich und Boy Toy, was damit endet, dass sie vermutet, dass er bald um ihre Hand anhalten könnte.

»Wirst du Ja sagen?«, frage ich und stecke mir den letzten Löffel meines frittierten Grüntee-Eises in den Mund.

Sie zuckt mit den Schultern. »Ich bin kein junges Huhn mehr. Das könnte meine letzte Chance für so etwas sein.«

Ich sage ihr nicht, dass sie wieder einmal wie meine Mutter klingt. Stattdessen sage ich einfach, dass sie Boy Toy nur heiraten sollte, wenn sie es will, nicht, um sich niederzulassen.

»Ich möchte es. Er ist nur so jung …«

Ich rolle mit den Augen. »Er ist fünfundvierzig und achtet nicht besonders auf sich. Eure Lebenserwartung ist wahrscheinlich die gleiche – vorausgesetzt, das ist es, worüber du dir Sorgen machst, wenn du über sein Alter sprichst.«

Sie seufzt. »Wer weiß, ob er mir überhaupt einen Antrag machen wird.«

Ich vermute stark, dass er das tun wird. Xenia ist eine tolle Frau, und der Weihnachtsmann – ich meine Boy Toy – kommt mir nicht wie ein dummer Mann vor. Fröhlich, sicher, aber nicht dumm.

———

Als ich nach Hause komme, ist Boner besonders aufgeregt, mich zu sehen.

»Riechst du Winnie an mir?«, frage ich ihn.

»*Oui.*«

»Kannst du an ihrem Duft erkennen, dass du sie geschwängert hast?«

»*Oui.* Nenn mich von nun an Deckhengst.«

Ich trage das Make-up wieder auf, das ich bei der Begegnung mit der Bärin verloren habe, hole ein Sandwich für John und gehe mit Boner spazieren. Als ich nach Hause zurückkehre, erhalte ich eine Nachricht von Vlad, der um ein Treffen bittet, also mache ich einen weiteren Ausflug zu Binary Birch.

———

»Ich konnte nichts über Dragomir finden«, sagt Vlad, nachdem wir uns begrüßt haben

»Nichts? Das ist an und für sich schon verdächtig.«

Vlad zuckt mit den Schultern. »Wer sind wir, dass wir das sagen? Wenn er nach einem von uns recherchieren würde, würde er auch nicht viel finden.«

Ich zucke zusammen. »Ich verstecke *tatsächlich* etwas. Meine Sexspielzeugfirma.«

Mein Bruder schiebt seine Brille höher auf seine Nase. »Richtig, und sie müssten sehr, sehr tief graben, um das zu erfahren – wir haben dir einen Firmensitz in New Mexico verpasst und so weiter.«

»Gibt es eine Möglichkeit, dass du auch ›tief graben‹ kannst?«

Er reibt sich das Kinn. »Ich bräuchte mehr Infos über ihn.«

»Was zum Beispiel?«

»Namen von Menschen, die ihm nahestehen, wie Geschwister oder Eltern. Vielleicht der Name seines besten Freundes. Jeder, der vielleicht nicht so paranoid ist wie er.«

»Das weiß ich alles nicht«, sage ich. »Aber wenn ich es herausfinde, werde ich es dich wissen lassen.«

»Sei einfach subtil. Wenn er so ist wie ich, wird er es nicht mögen, wenn er denkt, dass du schnüffelst.«

»Gutes Argument. Es ist scheiße, dass es sich als so schwierig herausgestellt hat.«

Vlad nickt mitfühlend. »Das Gute daran ist, dass ich etwas über diesen Marco herausgefunden habe.«

Ich setze mich gerade hin. »Ist es pikant?«

»Er hat zwei Frauen«, sagt Vlad. »Zwei Familien, um genau zu sein – eine in Ruskovia und eine hier in den Staaten.«

Wow. Selbst mein Ex war nicht so weit gegangen.

»Glaubst du, sie wissen voneinander?«, frage ich. »Vielleicht ist es eine polyamoröse Beziehung oder so etwas in der Art.«

»Das bezweifle ich.«

Ich schüttele angewidert den Kopf. »Was für ein Arschloch.«

Vlad wirft mir einen spekulativen Blick zu. »Was willst du mit dieser Information tun?«

Ich blinzele ihn verständnislos an. »Was meinst du damit? Ich kann Dragomir nicht wirklich damit konfrontieren, ohne ihn wissen zu lassen, dass ich herumschnüffle – und ich glaube nicht, dass ihm das gefallen würde.«

»Nun«, Vlad blickt auf seine Bürotür und senkt seine Stimme, »Jemand, der keine Skrupel hat, könnte diese Informationen nutzen, um sich die Finanzierung zu sichern, die er braucht.«

»Was? Nein! Ich werde den Kerl nicht erpressen. Das ist nicht mein Stil.«

Vlad schenkt mir ein zustimmendes halbes Lächeln. »Ich hatte nicht gedacht, dass du das tust. Ich sage es einfach nur. Alex erzählte mir, dass es schwer war, weitere Investoren zu gewinnen.«

Ich beiße meinen Kiefer zusammen. »Es geht immer noch nicht.«

Zum Glück lässt Vlad das Thema fallen und fragt mich nach dem Design des Anzugs, von dem ich ihm gerne alles erzähle. Ich genieße besonders die Art und

Weise, wie er sich windet, als ich ausführlich über die Stimulation der Brustwarzen spreche.

Als ich gehe, kann ich mir nicht helfen. »Wenn ich erst einmal einen funktionierenden Anzug habe«, sage ich clever, »meinst du, du und Fanny könntet ihn für mich ausprobieren, um der alten Zeiten willen?«

Kapitel Achtzehn

Am nächsten Morgen bekomme ich eine SMS von Dragomir:

Können wir um 11 Uhr vorbeikommen?

Als ich das bejahe, spüre ich einen Ruck aufgeregter Energie, der weit über das hinausgeht, was ich von meinem morgendlichen Espresso erwarte.

In einer Stunde wird er hier sein.

In meiner Wohnung.

Nicht weit von meinem Schlafzimmer entfernt.

Ich beruhige meine Atmung und versuche, die Fassung zu bewahren, indem ich mich vorzeigbar mache. Sobald meine Haare gebürstet und das Make-up aufgetragen ist, wird mir klar, dass ich meine Wohnung aufräumen muss.

Im Moment sieht es aus wie das Versteck eines sexspielzeugbesessenen Serienmörders.

Alle paar Minuten werfe ich einen Blick auf die Uhr und beginne mit der epischen Suche nach Verstecken für alle Dildos, Buttplugs, Vibratoren, Analperlen und anderen Belka-Produkten. Um fünf vor elf, als ich sehe, dass ich nicht schnell genug vorankomme, greife ich zu verzweifelten Maßnahmen. Anstatt die übrig gebliebenen Sachen ordentlich in Schubladen zu verstauen, kicke ich sie einfach unter die Couch und das Bett, wo auch immer sie sich gerade befinden.

Everest – ein besonders großer Dildo – endet eingeklemmt unter dem Fernsehtisch.

Es ist elf.

Puh. Ich glaube, ich habe es geschafft.

Ich mache einen schnellen Rundgang und finde einen Nippelklammer-Prototyp, der als Clip für eine Tüte Karamell-Popcorn verwendet wird.

Mist. Was habe ich noch übersehen?

Es klingelt an der Tür.

»Wer ist da?«, schreie ich, während ich hektisch das Popcorn in den Müll werfe und die Klammern im Gefrierschrank verstaue.

»Winnie und Dragomir.«

»Ich komme!«, rufe ich und renne zur Tür. Dabei stolpere ich fast über Boner, der schon im Flur steht und heftig mit dem Schwanz wedelt.

Ich fange an, zu atmen, öffne die Tür und fange wieder an zu hyperventilieren.

Ich … wer macht so etwas schon?

Dragomir trägt ein enges Hemd, das seinen breitschultrigen, muskulösen Körperbau in fast anatomischen Details zeigt.

Die einzige Möglichkeit, wie es noch schlimmer

sein könnte, wäre, wenn er einen Rollkragenpullover tragen würde.

»Hi«, murmelt er.

Bevor ich auf eine Vielzahl unangemessener Ideen reagieren kann, die sich in meinem Kopf abspielen, eilt Winnie wie ein Bärentornado an mir vorbei.

Dragomir sagt etwas Strenges auf Ruskovisch, aber es nützt nichts.

Sie ignoriert ihn, beschnuppert Boner gründlich und leckt ihn von Kopf bis Fuß ab, wie einen Lolli.

Boner scheint im Himmel zu sein – bis er beschließt, an Winnies Hintern zu schnüffeln, aber feststellt, dass er viel zu hoch ist, als dass seine Nase ihn erreichen könnte.

Selbst wenn er hochspringt, kommt er nur halbwegs dorthin, wo er hinwill, und dann dreht sich Winnie weg, bevor er einen weiteren Sprung machen kann.

Ich rede zu Dragomirs Freude mit Boners Stimme:

»*Ma petite, destin* hat uns wieder *ensemble* gebracht – aber warum hat es deine *postérieure piquant* so, so weit weg positioniert?«

Mit einem Grinsen macht Dragomir Winnies Stimme nach:

»Es könnte das Beste sein, Napoleon Carlovich. Ich trage bereits die Frucht deiner Lenden.«

Ich grinse wie eine Verrückte. »Nenn mich Deckhengst, *ma petite*. Nenn. Mich. Deckhengst.«

Kopfschüttelnd holt Dragomir eine kleine

Schachtel aus der Tasche seiner Jeans. »Ich habe den Test. Wollen wir uns zuerst darum kümmern?«

»Sicher«, sage ich. »Während er beim Anblick von Winnie sabbert, sollte der Abstrich eine Menge Speichel abbekommen.«

Dragomir und ich arbeiten gemeinsam. Ich halte Boner fest, Dragomir bietet ihm ein Leckerli an, um das Sabbern zu verstärken, und sobald mein kleiner Freund sein Maul öffnet, schiebt Dragomir den Tupfer hinein und belohnt Boner dann mit dem Leckerli.

Alles in allem scheint Boner nicht zu bemerken, dass er einen medizinischen Eingriff überstanden hat.

Wenn sie nur alle so sein könnten.

Dragomir versiegelt den Tupfer in einem Plastikbeutel. »Das sollte reichen.«

»Großartig. Warum gehen wir nicht ins Wohnzimmer?«

Er folgt mir, bleibt dann stehen, pfeift und schaut sich um. »Hast du ein Kind?«

»Bitte pfeif nicht im Haus«, sage ich, bevor ich mich stoppen kann.

Er sieht amüsiert aus. »Noch ein russischer Aberglaube?«

»Wenn man drinnen pfeift, bedeutet das finanzielles Pech«, sage ich. »Und wie du weißt, bin ich auf der Suche nach einer Finanzierung.«

»Ich werde darauf achten, von nun an nicht mehr im Haus zu pfeifen«, sagt er, und seine Lippen verziehen sich zu einem Lächeln. »Aber du hast nicht geantwortet – hast du ein Kind?«

»Nein«, sage ich abwehrend.

Ich glaube, ich weiß, worum es hier geht.

Und – natürlich – die nächste Frage lautet: »Stehst du auf Disney?«

»Nein. Ich mag nur *Frozen*.«

Er zeigt auf das große Poster von Elsa an meiner Wand, Figuren von Anna und dem Rest ihrer Familie im Bücherregal und den ausgestopften Olaf auf der Couch. »Eindeutig.«

Klasse. Nächstes Mal muss ich nicht nur das Sexspielzeug verstecken, sondern auch alle normalen, kindgerechten Spielsachen. Man weiß nie, wofür einen jemand verurteilen wird.

Dragomir schaut nun auf das VR-Headset auf dem Couchtisch. »Du hast *Beat Saber* geübt?«

Ich schließe die Augen. »Lass mich raten. Du kannst jetzt *Radioactive* auf Expert Plus machen.«

Sein Grinsen ist großspurig. »Nicht nur das – ich wette, ich kann deine Bestmarke schlagen.«

»Ich bin dabei. Es ist ein Dance Off. Oder ist es ein Schwertkampf?«

Er zuckt mit den Schultern. »So oder so, ich werde gewinnen.«

Ich schnappe mir das Headset und die Controller und reiche ihm alles. »Zeig mir, was du draufhast.«

Während er das Headset für seinen viel größeren Kopf einstellt, schaue ich nach den Hunden, um sicherzustellen, dass sie nicht unter seinen Füßen landen – ein kniffliges VR-Problem.

Ich erwische Boner dabei, wie er Winnie seinen

größten Kauball gibt, den, den er kaum in sein Maul stecken kann.

»Nein.« Ich schnappe den Ball weg. Winnie war ohne Zweifel kurz davor, das Ding ganz zu verschlucken, was einen weiteren Tierarztbesuch bedeuten würde.

Boner eilt davon und kommt mit einem Knochen zurück, an dem er die letzten paar Tage genagt hat.

»Das ist besser«, sage ich und schaue dann nach Dragomir.

Er hat bereits das Headset auf und die Controller in der Hand.

Bevor ich fragen kann, ob er bereit ist, ertönt *Radioactive* aus den Lautsprechern des Headsets, und Dragomir beginnt, sich im Rhythmus zu bewegen.

Oje.

Er schwingt die virtuellen Schwerter mit königlicher Anmut und zerschneidet die Noten in einer geschmeidigen, athletischen Mischung aus Kampfsport und Tanz.

Es ist gut, dass das Headset seine Sicht blockiert. Ich sabbere mehr als Boner beim Anblick der Leckerei.

Ein Teil von mir fragt sich, ob ich eines meiner Spielzeuge aus dem Versteck holen und es benutzen könnte, bevor der Song zu Ende ist.

»Zweihunderttausend Punkte«, ruft Dragomir aus und atmet schwer vor Aufregung.

Moment einmal. Ich glaube nicht, dass ich bei der *Deep-in-my-bones*-Zeile im Song so viele Punkte hatte – und das ist ein Problem. Ich war zu sehr damit beschäftigt, seine Show zu bewundern, um zu erkennen, dass ich diesen Wettbewerb tatsächlich verlieren könnte.

Zur Hölle, nein. Ich werde mir einfach den Hintern abtanzen und um mich hauen, wenn ich an der Reihe bin. Scheitern ist keine Option.

Für den Moment kann ich die Show genauso gut genießen – und das tue ich auch. Das heißt, bis er anhält und seinen Endstand verkündet, der höher ist als mein Rekord, aber zum Glück nur um ein paar Punkte.

»Sei nicht so selbstgefällig«, sage ich ihm, während ich das Headset wieder auf die Größe eines normalen Kopfes einstelle. »Ich werde gleich deinen Punktestand übertreffen.«

Er verdoppelt die Selbstgefälligkeit. »Ich bin sicher, dass du es versuchen wirst.«

Grimmig entschlossen setze ich das Headset auf und greife nach den beiden Controllern – die in der Spielwelt wie zwei Lichtschwerter aussehen, rot und blau.

Die Musik beginnt, und die Noten fliegen auf mich zu wie Kugeln.

Während ich jede einzelne aufschlitze, Bomben ignoriere und Wänden ausweiche, kann ich nicht anders, als mich zu fragen, wie ich für Dragomir außerhalb der VR aussehe.

Hoffentlich grimmig wie ein Ninja und anmutig wie eine Ballerina.

»I'm waking up to ash and dust«, singt Dan

Reynolds, und obwohl dies die erste Zeile des Songs ist, beginne ich bereits zu schwitzen – und ich kann mir nicht die Stirn abwischen wie im Song.

Als ich beim ersten Refrain und seinem Erkennungszeichen *Radioactive, Radioactive* ankomme, schwitze ich ernsthaft, aber mein Punktestand ist an diesem Punkt der höchste, den ich je hatte.

Ich könnte tatsächlich gewinnen.

Plötzlich höre ich Dragomir auf Ruskovisch schreien. Alles, was ich ausmachen kann, sind zwei Worte: »Winnie« und »Fu!«.

Scheiße.

Der Bär ist in meinen Spielraum eingedrungen.

Bevor ich an Ort und Stelle erstarren kann, beendet mein rechter Arm das Schneiden eines Satzes von Noten – und meine Faust kracht gegen etwas Hartes.

Ich schreie vor Schmerz auf.

Ein Mann grunzt.

Bärenfell streift mein Bein.

Ich reiße mir das Headset vom Kopf, damit ich sehen kann, welches Unheil über mich hereingebrochen ist.

Es ist schlimmer, als ich dachte.

Dragomir streichelt Winnie mit einer Hand, mit der anderen hält er sich sein Auge.

Ein Auge, das bereits anfängt anzuschwellen.

Kapitel Neunzehn

»*L*ass mich die Hand sehen«, befiehlt Dragomir mit einer so strengen Stimme, dass ich wie auf Autopilot gehorche, was sehr untypisch für mich ist.

Er nimmt meine Hand und untersucht sie wie ein Chirurg. »Kannst du deine Finger bewegen?«

Ich wackele mit ihnen, und er nickt zufrieden. »Hast du einen Eisbeutel oder gefrorene Erbsen?«

»Eine Sekunde.« Beinahe stolpere ich über Winnie, dann über Boner und eile in die Küche, um im Gefrierschrank nachzuschauen.

Die Nippelklemmen sind jetzt schön kalt, aber ich glaube nicht, dass die Verwendung als Kältekompresse auf irgendetwas anderem als den Brustwarzen so gut funktionieren würde. Da ich kein Eis und keine Erbsen habe, schnappe ich mir ein großes Stück gefrorenes Hähnchen, schließe die Tür des Gefrierschranks, bevor

jemand die Klammern sehen kann, drehe mich um –
und pralle gegen Dragomirs Brust.

Wir stolpern beide zurück und starren uns an. Die
erhitzte Energie, die gerade zwischen uns geflossen ist,
fühlt sich geradezu … radioaktiv an.

»Nimm das für deine Hand«, sagt er in demselben
Befehlston und blickt auf das Huhn in meiner Hand.

»Was? Nein, das ist für dein Gesicht.«

»Es geht mir gut. Tu einfach, was ich sage.«

War das ein Knurren? Und ist es komisch, dass
mich seine Bevormundung anmacht?

»Du tust so, als ob ich mir die Hand gebrochen
hätte«, sage ich verärgert.

Er runzelt die Stirn. »Gutes Argument. Lass uns das
mal röntgen lassen.«

»Mann, ich habe sie mir nur gestoßen. Dein Gesicht
…«

»Es ist nichts. Fang an, die Hand zu kühlen.«

Ich rolle mit den Augen. »Wie wäre es mit einem
Kompromiss? Ich halte das Huhn in meiner *verletzten*
Hand neben dein Auge.«

Er seufzt. »Wenn es das ist, was dich dazu bringt,
sie zu kühlen.«

Ich setze mich zu ihm und halte ihm das Fleisch ans
Auge, während ich mich die ganze Zeit frage, wie
unhygienisch das ist.

Kann man über das Auge Salmonellen bekommen?

Bald fühlen sich meine Finger an, als würden sie
Erfrierungen bekommen, aber auf der anderen Seite

gibt mir die Nähe zu ihm ein warmes Gefühl in der Brust.

Nach gefühlten zwanzig Minuten ununterbrochener Anspannung sage ich mit klappernden Zähnen: »Ich friere, und meiner Hand geht es viel besser. Kannst du das an Ort und Stelle halten?«

»Mein Auge ist auch in Ordnung.« Er nimmt das Fleisch und geht hinüber zum Gefrierschrank.

»Lass mich das machen.« Ich reiße ihm das Huhn aus der Hand und tue mein Bestes, um die Gefriertruhe und die Klammern darin mit meinem Körper zu verstecken, während ich es weglege.

Er sagt nichts, also muss ich erfolgreich gewesen sein.

Erleichtert atme ich aus und drehte mich zu ihm um, um den Schaden zu begutachten.

Ja.

Eis hin oder her, er hat ein Veilchen – da ich mit zwei Brüdern aufgewachsen bin, bin ich mit dem Phänomen sehr vertraut.

»Gehen wir uns waschen.« Ich gehe hinüber zum Waschbecken und benutze Spülmittel, um sicherzugehen, dass keine Hühnersäfte mehr auf meiner Hand sind.

Er wäscht sich auch das Gesicht, benutzt dann eines seiner Winnie-Feuchttücher und trocknet sich mit seinem Taschentuch ab.

Klasse. Jetzt kann ich sein Gesicht sicher lecken.

Moment, was?

Ich muss hungrig sein. Das muss es sein. »Willst du etwas zum Mittagessen bestellen?«

Er nickt und beobachtet mich mit einem sinnlichen bernsteinfarbenen Blick.

Scheiße, ist der sexy. Sogar mit einem Veilchen.

Ich schiebe den Gedanken beiseite, und bevor ich mich auf Dragomir stürze, schnappe ich mir ein paar Speisekarten vom Kühlschrank, und wir einigen uns schnell auf eine Pizza.

Nachdem ich die Bestellung aufgegeben habe, öffne und schließe ich meine Hand, um zu testen, ob ich irgendwo Schmerzen habe. Alles gut.

»Ich bin bereit, das Lied neu zu starten«, verkünde ich.

»Nein.« Das Wort klingt wie ein königlicher Erlass.

Ich verschränke die Arme vor der Brust. »Nein?«

»Ich will nicht, dass du verletzt wirst«, sagt er viel diplomatischer. »Ich verliere den Wettbewerb. Du hast gewonnen.«

»So funktioniert das nicht.« Ich weiß, ich klinge mürrisch, aber ich kann nicht anders.

Ich muss gewinnen. Es ist ein Zwang.

»Bitte. Strapaziere deine arme Hand nicht mehr. Tu es für mich.« Der flehende Blick, der die Worte begleitet, lässt meine nächsten Einwände verstummen.

Mist. Ich hoffe, er benutzt diesen Blick nicht für etwas Böses, wie zum Beispiel, mich hier und jetzt zu verführen.

Das würde auch funktionieren.

Doch leider kommt es zu keiner Verführung.

Stattdessen schaut er sich in der Küche um und runzelt die Stirn. »Die Hunde waren verdächtig ruhig. Wir sollten nach ihnen sehen.«

»Nur zur Erinnerung, Winnie kann nicht mehr schwanger werden«, sage ich, führe ihn aber trotzdem ins Wohnzimmer.

Wir kommen gerade noch rechtzeitig, um Zeuge einer erstaunlichen Demonstration von Super-Chihuahua-Kräften zu werden.

»Was zum Teufel …?«, murmelt Dragomir.

Oh Fuck! Die ganze Aufräumarbeit war umsonst.

Boner hat es irgendwie geschafft, den Everest-Dildo von dort herauszuziehen, wo ich ihn unter dem Fernseher eingeklemmt hatte, und zieht das Ding nun zu Winnie – eine doppelt beeindruckende Leistung, denn der Silikonschwanz in seinem Mund ist fast so groß wie sein ganzer Körper.

»Es ist nicht das, wonach es aussieht«, platzt es aus mir heraus.

Dragomir wirft mir einen Blick zu, der zu sagen scheint: »Dein Hund hat nicht vor, mir einen riesigen Dildo zu schenken?«

Ich bin kurz davor, einen weiteren Rückzieher zu machen, aber dann merke ich, dass a) Dragomir eher amüsiert als verurteilend aussieht und b) ein Dildo keine Sexspielzeugfirma ausmacht.

Oh, na gut.

Soll er denken, dass ich auf riesige Fake-Schwänze stehe.

Es ist nicht so, dass ich das nicht tue.

Keuchend, als hätte er gerade einen Triathlon absolviert, lässt Boner den Dildo triumphierend zu Winnies Füßen fallen.

Gibt es hier irgendeine phallische Symbolik oder so? Oder ist das das hündische Äquivalent zu einem Heiratsantrag?

Was auch immer es ist, Winnie ist glücklich. Ihr Schwanz wedelt so stark, dass er einen spürbaren Luftzug im Raum erzeugt. Ohne innezuhalten, schnappt sie sich den Dildo und sprintet in die Küche.

»Nun«, sage ich weise. »Zumindest ist er zu groß, als dass sie ihn verschlucken kann.«

Dragomir hört nicht zu. Er jagt seinem Hund hinterher – was sie als lustiges Spiel interpretiert, denn sie weicht ihm aus und rennt zurück ins Wohnzimmer, den Dildo immer noch zwischen den Zähnen.

»Weißt du«, sage ich zu ihm, als die beiden wieder ins Zimmer stürmen. »Wenn du versuchst, den Everest für mich zurückzuholen, dann lass es. Sie kann ihn behalten. Ich kaufe mir einen neuen.«

So. »Kaufen« impliziert, dass ich keine riesige Sammlung davon in einem Lagerhaus habe – und sagt ihm, dass ich nicht prüde bin, wenn es um diese Dinge geht. Er kann genauso gut anfangen, mein wahres Ich kennenzulernen.

Ich bin keine viktorianische Dame.

Er schüttelt den Kopf und sieht wieder mehr amüsiert als verurteilend aus. »Sie wird damit im Park Stöckchenholen spielen wollen.«

Er hat nicht ganz Unrecht. Nicht jeder wird so verständnisvoll sein, wie er es ist.

Zu diesem Zweck schließe ich mich der Bärenjagd an, und nach fünfzehn Minuten Gebrüll und Verfolgungsjagd fängt Dragomir endlich Winnie ein, und ich helfe ihm, den Dildo aus ihrem Mund zu entfernen.

Sie sieht mich an, als hätte ich sie betrogen, hebt ihr Maul in die Luft und lässt ein wolfsähnliches Heulen hören.

Eine Menge Leckerlis und das Versprechen eines neuen Spielzeugs später beruhigt sich Winnie und geht hinüber, um Boners Schnauze noch einmal sabbernd abzulecken.

Er strahlt sie an. »Ich habe jetzt eine ehrliche Hündin aus dir gemacht, *ma petite*.«

Ein weiteres Zungenbad von ihr. »Du bist für immer mein Deckhengst, Napoleon Carlovich.«

Als es an der Tür klingelt, bellen beide Hunde wie wild, und ich überlasse es Dragomir, sie zu beruhigen, während ich öffne.

Es ist unsere Pizza.

Ich bringe sie herein, stelle sie auf den Küchentisch und gebe dann Boner und Winnie ein paar Leckerlis.

»Hast du Hunger?«, frage ich Dragomir, als er sich hinsetzt.

»Ich sterbe vor Hunger«, sagt er und schnappt sich ein Stück. Wir essen ein paar Minuten lang die Pizza, und dann sagt er: »Also, dein Bruder hat erwähnt, dass du auf das MIT gegangen bist. Das ist beeindruckend.«

Ich zucke mit den Schultern. »Ich hatte Glück. Ich hatte diese Schule schon früh im Visier, also hielt ich meinen Highschool-Notendurchschnitt bei einer soliden 4,0, belegte alle Vorbereitungskurse, bestand die Befähigungstests mit Bravour und nahm an allen wichtigen außerschulischen Aktivitäten teil. Als ich mein Vorstellungsgespräch bei ihnen hatte, habe ich dafür gesorgt, dass ich sie beeindrucke, und der Rest ist Geschichte.«

Er lacht. »Das ist kein Glück. Du hast dein Schicksal selbst in die Hand genommen. Deine Eltern müssen sehr stolz sein.«

Ich seufze. »Du kennst meine Eltern nicht.« Mit einem starken Akzent und meiner besten Imitation der Stimme meiner Mutter, sage ich: »Dein Vater und ich haben alles aufgegeben, um nach Amerika zu kommen. Auf ein gutes College zu gehen ist das Mindeste, was du tun kannst.«

Anstatt stolz zu sein, sind meine Eltern enttäuscht von mir – und das nur zum Teil wegen des Berufs, für den ich mich entschieden habe.

»Es tut mir leid.« Sein Blick verrät echtes Mitgefühl. »Eltern können hart sein.«

Meine Kehle schnürt sich unerklärlicherweise zu, und mein nächster Bissen Pizza schmeckt nach Pappe. Mühsam beherrsche ich mich und sage leichthin: »Meine sind die härtesten, das ist sicher.«

Er zieht eine Grimasse. »Du kennst meine noch nicht.«

»Das ist ein Wettbewerb, den du nie gewinnen

wirst«, sage ich. »Meine Eltern sind grenzwertig böse – jedenfalls zu mir. Meine Brüder behandeln sie okay.«

»Blödsinn«, erwidert er, für meinen Geschmack ein wenig zu harsch. Er atmet tief durch und fährt in einem ruhigeren Tonfall fort: »Es ist unmöglich, dass deine Eltern schlimmer sind als meine, wenn es darum geht, Geschwister zu bevorzugen – oder enttäuscht zu werden oder sonst etwas.«

»Schau«, sage ich sanft. Auch für ihn ist das offensichtlich ein sensibles Thema. »Dies ist kein Wettbewerb, den ich gewinnen *möchte*, aber ich würde es.«

Er schüttelt hartnäckig den Kopf.

»Wie wäre es dann mit einer Wette?«

»Ich würde um alles wetten«, sagt er prompt.

Alles? Pornografische Bilder tanzen vor meinen Augen und vertreiben etwas von meinem Trübsinn.

»Das Problem ist«, fährt er fort, »wie würden wir entscheiden?«

Eine böse Idee kommt mir in den Sinn. »Der Geburtstag meiner Mutter steht vor der Tür. Du kannst als meine Begleitung kommen und sie kennenlernen. Wenn du dich geschlagen gibst und schreiend wegläufst, gewinne ich die zweifelhafte Ehre, die schlechtesten Eltern zu haben.«

Moment einmal. Habe ich ihn gerade gebeten, meine Eltern kennenzulernen?

»Abgemacht«, sagt er, bevor ich einen Rückzieher machen kann.

Klasse. Selbst wenn jetzt etwas zwischen uns

passieren sollte, wird es vorbei sein, nachdem er meine Eltern in ihrer ganzen Pracht kennengelernt hat. Andererseits wäre das vielleicht auch das Beste.

Zwischen uns *sollte* nichts passieren.

»Es ist ewig her, dass ich auf einer russischen Geburtstagsfeier war«, sagt er.

Ich atme hörbar aus. »Das wirst du so was von bereuen.«

Er sieht unbeeindruckt aus. »Was machen deine Eltern?«

Ich schnappe mir ein weiteres Pizzastück. »In Russland war mein Vater ein Chirurg und meine Mutter eine Architektin. Jetzt besitzen sie ein Restaurant in Brighton Beach – etwas, was sie als einen Rückschritt betrachten. Sie lassen meine Brüder und mich nie vergessen, welch edles Opfer sie gebracht haben.« Ich beiße in die Pizza und frage, immer noch kauend, »Was ist mit deinen? Was machen sie?«

Dragomirs Lippen verziehen sich. »Sie hatten noch nie so etwas wie einen Job – außer Intrigieren zählt als einer.«

Hm. Das ist seltsam. »Sie sind immer noch in Ruskovia?«

Seine Augen nehmen die Farbe von kalter, harter Jade an. »Das sind sie, aber sie kommen regelmäßig nach New York.«

Okay, vielleicht hat er wirklich größere Probleme mit seinen Eltern als ich.

»Wie viele Geschwister hast du?«, frage ich, in der Hoffnung, die Stimmung aufzulockern.

Nein. Nach der Art und Weise zu urteilen, wie sich seine Schultern anspannen, habe ich die Dinge vielleicht nur schlimmer gemacht. »Wir sind zu zehnt«, sagt er mit spürbarer Abneigung.

»Wow.« Ich versuche, mir die Geburt von zehn Babys vorzustellen, und erschaudere bei den blutigen Bildern in meinem Kopf. Die Vagina seiner armen Mutter – kein Wunder, dass sie gemein ist. »Ist es eine ruskovische Tradition, eine so große Familie zu haben?«, frage ich vorsichtig.

Er schüttelt den Kopf. »Nur die meiner Familie. Was ist mit dir? Alex habe ich ja schon getroffen. Aber gibt es noch jemanden?«

Ich lächele. »Ja. Vlad.«

»Ist das die Abkürzung für Vladimir?«

»Du hast es erraten.«

»Ich hoffe, du kommst mit ihm genauso gut klar wie mit Alex.«

»Oh ja«, sage ich. »Meine beiden Brüder verehren mich.«

Er schaut wehmütig. »Das muss schön sein.«

Ich suche verzweifelt nach einem anderen Thema. »Wo bist du zur Schule gegangen?«

»Eine Universität in Ruskovia«, sagt er. »Ich bezweifle, dass du davon schon gehört hast.«

Ich habe kaum etwas von dem Land gehört, also ja. »Wann hast du deinen Venture-Capital-Fonds gegründet?«

Bitte schön. Das sollte ein schönes, neutrales Thema sein.

»Ein paar Jahre nach dem College-Abschluss«, antwortet er.

Ich ziehe beeindruckt eine Augenbraue hoch. »Braucht man kein Kapital, um so etwas zu starten?«

Sein Kiefer spannt sich an.

Hoppla. Offensichtlich bin ich nicht aus dem Minenfeld seiner Vergangenheit herausgetreten.

»Kannst du mir bitte einen Gefallen tun?«, fragt er nach einem angespannten Moment des Schweigens.

Ich betrachte ihn misstrauisch über mein Pizzastück hinweg. »Kommt drauf an, was es ist.«

»Frag mich nicht nach meinem Geschäft.«

Ich stopfe die Pizza in meinen Mund und konzentriere mich auf die Twix-Werbung.

Denn wenn ich mich nicht irre, ist das genau das Zitat aus *Der Pate*, und es pflanzt einen Gedanken in meinen Kopf, der mir überhaupt nicht gefällt.

Könnte Dragomir zur Mafia gehören?

Kapitel Zwanzig

W
ährend ich kaue, merke ich, dass es nicht so verrückt ist, wie es vielleicht klingt.

Er ist Osteuropäer – passt also genau in das neuere Hollywood-Stereotyp des organisierten Verbrechers – und verdammt geheimnisvoll, da er weder über sein Geschäft noch über seine Familie sprechen will.

Vielleicht ist seine Familie *die* Familie, im Sinne der Mafia.

Das würde die Goldmünze erklären, die er dem Tierarzt zugesteckt hat.

Moment einmal. Könnte der Typ, den ich für einen Privatdetektiv hielt, ein echter Ermittler sein – einer, der für die Polizei oder das FBI arbeitet? Werde ich eines Tages angesprochen und gebeten, bei einer verdeckten Operation zu helfen?

Ist seine Risikokapitalfirma ein Weg, um Geld zu waschen?

Ich muss mich anstrengen, um endlich mein Essen hinunterzuschlucken.

Ich wünschte, ich hätte diese Möglichkeit in Betracht gezogen *bevor* ich ihn zum Geburtstag meiner Mutter eingeladen habe. Meine Eltern hatten vor ein paar Jahren eine Auseinandersetzung mit russischen Mafiosi, und das war kein Spaß. Zum Glück konnte Vlad ihnen da heraushelfen.

Apropos Vlad. Er sollte in der Lage sein, etwas Licht in diese Sache zu bringen. Wenn gegen Dragomir von irgendeiner Behörde ermittelt wird, ist das ein Hinweis für meinen schnüffelnden Bruder.

»Bist du verärgert?«, fragt Dragomir, und ich merke, dass ich eine Weile geschwiegen habe. »Wenn es dir so wichtig ist, kann ich …«

»Nein«, sage ich schnell. »Ich versuche mich gerade zu erinnern, ob ich heute Morgen mit Boner spazieren gegangen bin oder nicht.«

Bei der Erwähnung des Wortes *spazieren* und seines Namens beginnt mein Hund einen Freudentanz.

Dragomir lächelt Boner an, dann sieht er die Bärin an. »Winnie geht gerne am Nachmittag spazieren. Wollen wir zusammen gehen?«

»Sicher«, sage ich.

Das könnte nicht die schlechteste Idee sein, um einen möglichen Kriminellen aus meiner Wohnung zu bekommen. Der Park ist öffentlich, also sollten Boner und ich sicher sein.

»Ich habe aber nur eine halbe Stunde Zeit«, sage ich. »Dann treffe ich mich mit Vlad.«

Es ist nicht wirklich eine Lüge – ich werde auf jeden Fall vorbeischauen und sehen, was mein Bruder über meine verrückte Theorie denkt.

Dragomir nickt, und wir stürzen uns auf den Rest der Pizza. Dann bereiten wir unsere Schützlinge vor und gehen in den Park.

Während wir gehen, frage ich Dragomir, ob er mir etwas Interessantes über Ruskovia erzählen kann, denn das ist unter allen Umständen ein sicheres Thema.

»Wie was?«, fragt er.

»Ich weiß es nicht. Interessante Traditionen vielleicht?«

Er kratzt sich am Kinn. »Wir haben einen Feiertag, an dem sich alle gegenseitig mit reifen Trauben bewerfen – ein bisschen wie La Tomatina in Spanien, nur dass sie dort aus irgendeinem seltsamen Grund Tomaten verwenden.«

»Klar«, sage ich mit einem Grinsen. »Trauben sind logische Geschosse, aber Tomaten sind völlig verrückt.«

»Es gibt eine Sache, die du vielleicht amüsant findest«, sagt er und verkürzt Winnies Leine, bevor sie ihre Nase in den Pferdekot steckt, den eine der Kutschen im Central Park hinterlassen hat. »Wir haben ein Bärenfest, bei dem die Leute Essen auslegen, das Bären mögen, und sich sogar wie Bären kleiden.«

Ich grinse. »Bist du sicher, dass es nicht ein Tag ist, der der Misha-Rasse gewidmet ist?«

»Treffer«, sagt er und erzählt mir noch von ein paar weiteren Traditionen, wie die Abneigung aller gegen die Farbe Rot, dank der Sowjets, und dass die Ruskovier Babyzähne auf das Dach werfen, anstatt sie unter dem Kopfkissen zu lassen. Mein Favorit sind ihre Geschichten über Opa Krampus – eine Art dämonischer Anti-Weihnachtsmann, der Kindern Angst macht, damit sie nett sind.

Als wir versehentlich einen Baum zwischen uns kommen lassen, zwinge ich Dragomir, einen Bogen zurück zu machen. »Das ist ein weiterer russischer Aberglaube«, erkläre ich ihm. »Zwei Menschen sollten nicht auf verschiedenen Seiten eines Baumes gehen. Du musst dich für eine Seite entscheiden, sonst gibt es einen Kampf.«

Er berührt sein blaues Auge. »Ich habe das Gefühl, dass der Kampf bereits stattgefunden hat.«

Zwinkernd entschuldige ich mich noch einmal für das Auge, und wir gehen weiter, bis die Hunde ihr Geschäft erledigt haben.

»Hast du eine Zwangsstörung?«, fragt er, als wir zurück in meine Wohnung gehen.

»Nein. Warum?«

Er deutet auf dem Bürgersteig. »Du trittst nie auf einen Riss.«

»Oh. Das ist keine Zwangsstörung. Auf Risse zu treten bringt Unglück.«

»Sicher, sicher«, sagt er mit einem Grinsen.

Ich beobachte mich dabei, wie ich den Rest des Weges zu meinem Haus laufe, und merke, wie automatisch meine Rissvermeidung ist.

Na ja, egal. Ich brauche mein Glück unbedingt –

vor allem für den Rest dieser Verabredung zum Spielen.

Als wir endlich die Straße überqueren und neben meinem Hauseingang stehen, zücke ich demonstrativ mein Handy und schaue auf die Uhrzeit. »Ich gehe jetzt besser.«

Er tritt näher an mich heran. »Das hat Spaß gemacht.«

Mein Herzschlag beschleunigt sich bei seiner Nähe. »Wir sollten das mal wieder machen.«

Moment. Was sage ich da? Habe ich nicht gerade die Theorie aufgestellt, dass er ein Mafioso ist? Ich sollte einen Weg finden, ihn zu meiner Familienfeier auszuladen, und nicht …

Er überbrückt den Abstand zwischen uns.

Die zimtige Köstlichkeit seines warmen, männlichen Duftes springt in meine geblähten Nasenlöcher und verwirrt mein Gehirn.

Seine Augen wechseln von hellbraun zu grüngesprenkeltem Gold und er legt seine Hände auf meine Hüften.

Verdammt.

Meine Hormone bekommen die Oberhand, und ich schmelze dahin, wobei meine Augen die seinen nie verlassen.

Er beugt sich herunter.

Ich erhebe mich auf Zehenspitzen.

Unsere Lippen verschmelzen miteinander.

Kapitel Einundzwanzig

Fuuuuuck.

Das. Ist. Unglaublich.

Mein allererster Mundgasmus. Meine Haut kribbelt, und als ob sie einen eigenen Willen bekämen, fahren meine Finger über die große Beule in seiner Jeans.

Eine sehr große Ausbuchtung.

Wir reden hier von Mount-Everest-Niveau.

Mit einem leisen Knurren vertieft Dragomir den Kuss, und ich habe das Gefühl, dass ich vor Erregung explodieren könnte.

Er könnte in der Tat *der Eine* sein, denn wir sind weit entfernt von Sexspielzeug, und ich bin fast bereit, zu kommen.

Meine Kleidung beginnt zu scheuern, und meine Finger machen sich an seinem Reißverschluss zu schaffen. Warum ist er nicht schon nackt? Bevor ich den Berg aus seiner Hose befreien kann, spüre ich, wie sich Dragomirs ganzer Körper versteift. Schwer atmend hebt er seinen Kopf, tritt zurück, und seine Augen spiegeln meine Frustration wider.

Ich starre dumm auf seine vom Kuss geschwollenen Lippen, dann auf seine fast offene Hose.

Mist.

Ich hatte vergessen, dass wir draußen sind.

Ich habe auch vergessen, dass ich einem Kerl niemals beim ersten Date die Hose ausziehe – nicht, dass das heute überhaupt ein klares Date war.

Errötend, schnappe ich nach Luft und weiche von seiner Jupiter-ähnlichen Anziehungskraft zurück.

Winnie neigt ihren Kopf zu mir. »Ts, ts, Bella Borisovna. Welpen machen in der Öffentlichkeit?«

Ein langsames Grinsen umspielt Dragomirs Lippen, während seine haselnussbraunen Augen meinen Körper von Kopf bis Fuß abtasten. »Fortsetzung folgt?«, fragt er heiser.

Oh nein. Nein, nein, nein. Potenzieller Krimineller, erinnerst du dich?

»Ich muss los«, murmele ich, ziehe Boner ins Gebäude, und mein Gang ist unsicher.

Ich kann Dragomirs brennenden Blick auf meinem Rücken spüren.

Boner schleppt seine Füße den ganzen Weg zum Aufzug. Als sich die Türen zu schließen beginnen, wimmert er und wirft Winnie einen sehnsüchtigen Blick zu.

»Ich weiß, wie du dich fühlst, Kumpel«, sage ich heiser.

»Oh, *ma chérie*. Die Lamians und Chortskys sind ein Match made in *paradis*.«

»Nicht, wenn die Lamians zur Mafia gehören«, sage ich und arbeite daran, meine Atmung während der restlichen Aufzugfahrt zu beruhigen.

———

Als ich Boner absetze, überlege ich, ob ich eines meiner Spielzeuge ausgraben soll, aber ich entscheide, dass es wichtiger ist, Vlad zu sehen, als meine fehlgeleitete Libido zufriedenzustellen.

Ich nehme ein Taxi in die Innenstadt und versuche, nicht daran zu denken, was gerade passiert ist. Aber meine Gedanken drehen sich trotzdem um diesen umwerfenden Kuss, und alle möglichen Fragen wirbeln durch meinen Kopf.

Wie konnte ich ihn nur wenige Minuten nachdem ich dachte, er könnte ein Mafioso sein, küssen?

Bedeutet das, dass ich damit einverstanden wäre, eine Mafiabraut zu werden?

Nein. Auf keinen Fall. Nicht, wenn es bedeutet, dass er mich betrügen würde, so wie Tony es mit Carmela in *Die Sopranos getan hat.* Nicht, dass ich ihm das durchgehen lassen würde. Wenn *ich* meinen Mann beim Fremdgehen erwischen würde, würde ich ihn umlegen lassen. Aber Scheiße. Ich müsste dann seine kriminelle Organisation allein leiten, und das zusätzlich zu meiner Sexspielzeugfirma. Auf keinen Fall würde ich beides hinbekommen. Ich würde ausbrennen und zu Drogen greifen. Wie Koks. Ich wäre in kürzester Zeit ein Kokser und würde die Kardinalregel brechen, nicht vom eigenen Vorrat high zu werden.

Fazit: Ich sollte ihn nie wieder küssen.

Aber was ist, wenn er das will?

Was ist, wenn er mich gekostet hat und mich nun so sehr will, dass er bereit ist, mich zu entführen? Würde ich auf einem abgelegenen Gelände in Ruskovia enden, wo ich den schnellsten Fall des Stockholm-Syndroms der Geschichte entwickeln würde?

Als das Taxi anhält, stürme ich wie ein Wirbelwind in Vlads Büro.

Er schaut von seiner Programmierung auf und mich besorgt an. »Was ist los?«

Ich lasse mich auf den Stuhl gegenüber von ihm fallen und erkläre ihm meine Überlegungen.

Er schüttelt den Kopf. »Ich habe bereits nachgesehen, ob gegen ihn ermittelt wird – und das ist nicht der Fall.«

»Wirklich?«

Er lächelt. »Ich musste ein paar Fäden ziehen, aber hey, wie viele Lieblingsschwestern habe ich denn?«

Ich springe fast auf und ab vor Freude. »Du glaubst nicht, dass er zur Mafia gehört?«

Sein Lächeln verstärkt sich. »Ich glaube ehrlich gesagt nicht einmal, dass es so etwas wie eine ruskovische Mafia gibt. Nicht in seinem Heimatland und schon gar nicht in den USA.«

Ich fange an, mich dumm zu fühlen. »Warum nicht?«

»Ruskovia hat eine der niedrigsten Kriminalitätsraten der Welt. Sie haben keine Gefängnisse – oder Datenbanken von Kriminellen, in die sich jemand einhacken könnte.«

Will Vlad damit sagen, dass er bereit wäre, sich für mich in die Verbrecherdatenbank einer ausländischen Regierung zu hacken? Wenn dem so ist, könnte es das letzte Mal sein, dass ich ihn bitte, jemanden auszuspionieren. Ich möchte nicht der Grund sein, warum er in Schwierigkeiten gerät.

Ich bekämpfe den Drang, mit ihm zu schimpfen. Er ist ein großer Junge. Stattdessen sage ich: »Japan hat eine niedrige Kriminalitätsrate, aber sie haben die Yakuza.«

»Gutes Argument. Aber es gibt auch nicht genug Ruskovier in den USA, um eine kriminelle Organisation zu betreiben. Oh, und im Gegensatz zu den Japanern sind so ziemlich alle Ruskovier wohlhabend. Keine Neureichen – also weniger Motivation für die Risiken, die mit Kriminalität verbunden sind.«

Ich atme erleichtert aus. »Okay, in diesem Fall hast du recht. Ich schätze, dass eine Mafia aus Ruskovia ungefähr so wahrscheinlich ist wie eine aus Monaco.«

»Genau«, sagt er.

»Na, das freut mich aber. Ich habe ihn zu Mamas Geburtstag eingeladen und …«

»Nur, weil er nicht in der Mafia ist, heißt das nicht,

dass *das* eine gute Idee war«, sagt Vlad mit einem Stirnrunzeln. »Er ist immer noch ein Rätsel, und was du sagst, klingt nach einem Date.«

Ich seufze. Er hat recht – und er weiß nicht einmal von dem Kuss. »Vielleicht kannst du etwas über ihn herausfinden, wenn ihr euch von Angesicht zu Angesicht trefft?«

Mein Bruder mustert mich fragend. »Wie?«

Ich zucke mit den Schultern. »Ein Foto von ihm machen und die Bildsuche umkehren? Dich in sein Telefon hacken? Ich weiß nicht, das ist doch dein Fachgebiet.«

»Alles keine guten Ideen. Es sei denn, es ist dir egal, dass er von meiner Schnüffelei erfährt.«

»Ich will definitiv nicht, dass er es herausfindet.«

»In diesem Fall ist die umgekehrte Bildersuche raus. Wenn er so ist wie ich, hat er eine Seite eingerichtet, die einen Alarm auslöst, wenn auf diese Weise gesucht wird. Was das Telefon angeht, müssten wir es stehlen, um hineinzukommen. Ich bin nicht die NSA – ich kann das nicht einfach aus der Ferne machen.«

Ich stehe auf. »Vergiss es. Wir bleiben bei dem alten Plan, bei dem ich versuche, dir mehr Infos zu besorgen. Vielleicht wird er den Namen eines seiner vielen Geschwister erwähnen. Oder seine Eltern.«

Vlad steht ebenfalls auf. »Das ist schlau.«

Ich umarme ihn, erinnere ihn daran, dass er besser zu dem Geburtstag kommt, und gehe nach Hause.

———

Für den Rest des Tages arbeite ich an meinen Produktdesigns und freue mich immer mehr auf das bevorstehende Date mit Dragomir. Am nächsten Morgen gibt mir Alex ein Update: Kein Wort von Marco und dem Team, und auch keine anderen Interessenten.

Danke, Bruder. Ein toller Weg, um meiner Aufregung einen Dämpfer zu verpassen. Trotz der Tatsache, dass Dragomir sich zurückgezogen hat, ist ein Date mit ihm ein Spiel mit dem Feuer, was unsere Finanzierung angeht.

Mich mit Arbeit zu beschäftigen ist vielleicht nicht die reifste Art, mit meinen Dragomir-Zweifeln umzugehen, aber das ist der Weg, den ich gehe, und letzten Endes hat Belka ein neues Produkt: einen Analplug, aus dem ein flauschiger Eichhörnchenschwanz herausragt, alles aus einem spülmaschinen- und waschmaschinenfesten Material für eine einfache Reinigung.

Was mich daran erinnert: Ich muss meiner Mutter ein Geburtstagsgeschenk besorgen.

Ich denke eine Weile darüber nach.

Ein offensichtliches Sexspielzeug würde sie verärgern, also ist das ein No-Go. Aber dann wiederum klagt sie oft über Nackenschmerzen, also warum besorge ich ihr nicht etwas, was angeblich dagegen hilft?

Ich brauche nicht lange, um mich zu entscheiden.

Mutter wird Belkas schärfste Konkurrenz bekommen: Den Hitachi-Zauberstab.

Dieser *Personal Massager* wurde 1968 als Markenzeichen eingetragen und war der Vibrator der Wahl für Frauen in einer Zeit, in der weibliches Vergnügen – insbesondere Masturbation – mehr tabu war als heute. Das heißt, er passt perfekt in den Haushalt meiner Eltern.

Und wenn Mutter ihn nur am Hals benutzt, ist das ihr Problem.

Nachdem ich das Geschenk ausgewählt habe, checke ich mein Telefon.

Treffer! Eine Nachricht von Dragomir.

Er möchte mehr Details über den Geburtstag wissen.

Ich simse ihm eine Wegbeschreibung zum Restaurant meiner Eltern und sage ihm, dass er mich dort treffen soll. Auf diese Weise kann ich früh dort sein und meine Familie anflehen oder bestechen, sich von ihrer besten Seite zu zeigen – was nicht mit der ganzen *Meine-Eltern-sind-schlimmer-als-deine*-Wette vereinbar ist, die wir geschlossen haben.

Ich schätze, ich will nicht, dass er schreiend wegläuft und nie wieder über mich als romantische Möglichkeit nachdenkt, was er sicher tun wird, wenn er meine Eltern unzensiert sieht.

Moment, was denke ich da? Ich *sollte* ihn schreiend weglaufen lassen. Das war der ganze …

Soll ich ein Geschenk mitbringen? Seine SMS reißt mich aus meinen Grübeleien.

Ich habe eins, das von uns beiden sein kann, antworte ich. *Du kannst Blumen mitbringen, wenn du willst. Achte nur darauf, dass es eine ungerade Zahl ist. Für Russen ist eine gerade Anzahl von Blumen für Beerdigungen.*

Seine Antwort ist ein Smiley, was meine frühere Aufregung noch verstärkt.

Als Nächstes auf meiner Liste steht, Boner aufzumuntern. Er schaut immer noch düster aus, wahrscheinlich, weil er Winnie vermisst. Zum Glück weiß ich genau das Richtige. Ich schalte *Ratatouille*, Boners Lieblingszeichentrickfilm, im Wohnzimmer ein.

Es funktioniert.

Wie immer wird er munter und fängt an, durch den Raum zu laufen, während er einen Blick auf den Bildschirm wirft, der so lange anhält, wie es seine hündische Aufmerksamkeitsspanne erlaubt.

Es ist ein lustiges Rätsel, warum ihm dieser spezielle Film so gut gefällt. Ich denke gerne, dass er vielleicht davon träumt, ein großer französischer Koch zu werden, wie der Rattenheld, obwohl ein pragmatischerer Teil von mir weiß, dass die Antwort einfacher sein könnte. Er könnte denken, dass es in diesem Film um einen anderen Chihuahua geht.

Dann wiederum könnten beide Theorien falsch sein. Er mag weder andere Filme mit Chihuahuas, wie *Natürlich blond*, noch die Filme über die französische Küche, wie *Julie & Julia*.

»*Ma chérie*, zerbrich dir nicht deinen hübschen kleinen Kopf darüber. Ich bin nur ein Mysterium, eingewickelt in ein Rätsel … und Speck, okay?«

———

Am Morgen des Geburtstages meiner Mutter bekomme ich eine SMS von Xenia:

Riesige Neuigkeiten. Kann ich vorbeikommen?

Obwohl ich die Neuigkeit erahnen kann, tue ich so, als ob ich es nicht wüsste, bis sie herüberkommt und mir genau das erzählt, was ich mir gedacht habe: Boy Toy hat ihr einen Antrag gemacht.

»Es war auch so romantisch«, sagt sie, als ich mit all dem erwarteten Springen, Umarmen und Quietschen fertig bin. »Hier.«

Sie zeigt den Ring, dann ein Bild von einer Tiefkühltruhe mit einer Reihe von vier Stolichnaya-Wodkaflaschen, bei denen Boy Toy die üblichen Etiketten durch solche ersetzt hat, die einen Satz bilden: *Willst du mich heiraten?*

»Oh, das *ist* romantisch«, sage ich.

Es ist auch ein mögliches Zeichen dafür, dass jemand in das Zwölf-Schritte-Programm hineinschnuppern sollte, aber was soll's, es ist definitiv originell.

»Ich habe das perfekte Geschenk für euch beide«, sage ich und eile aus dem Zimmer.

Ich komme mit einem Tablett zurück, das Xenia misstrauisch begutachtet.

»Sind das eine Art Eheringe? Wenn ja, sehen die meisten viel zu groß aus.«

»Das sind Cockringe«, sage ich. »Vibrierende Cockringe.«

Xenia schaut auf das Tablett, dann auf mich, ihr Ausdruck ist immer noch verwirrt.

»Sie sind für Boy Toy, um sie an einem besonderen Abend zu tragen«, erkläre ich. Dann schnappe ich mir einen Dildo vom nahen Couchtisch und zeige ihr, wo ein Cockring hingehört und wie man ihn einschaltet.

»Und er vibriert?« Sie klingt neugierig.

»Ja. Nimm einfach seine Größe.«

Xenia schaut wehmütig auf die XXL, XL und L. Dann richtet sich ihr Blick auf einen der größeren Ms.

»Gut für dich«, sage ich, als sie sich den Ring schnappt. »Lasst mich wissen, was ihr davon haltet.«

———

Ich steige neben dem Restaurant meiner Eltern aus dem Taxi und bete, dass ich Dragomir wenigstens hierbei geschlagen habe. Murphys Law hat dafür gesorgt, dass ich zu einem weiteren Familientreffen zu spät komme – und ich bin eine halbe Stunde früher losgefahren als beim letzten Mal.

Eigentlich ist es wahrscheinlich, dass ich gesiegt habe. Sonst gäbe es eine Nachricht von ihm, aber die ist noch nicht angekommen.

Das Restaurant meiner Eltern heißt *Die Hütte*, was kurz für *Die Hütte auf Hühnerbeinen* ist. Es ist eine Anspielung auf Baba Yaga, eine kannibalistische Hexe aus meinen Kindheitsalpträumen. Die perfekte Assoziation für ein Restaurant eben.

Kopfschüttelnd gehe ich die knarrende Holztreppe

hinauf und schlüpfe zwischen den dekorativen Hühner-*Beinen* hindurch.

Ich glaube, meine Leute sind so prüde, dass sie die vaginale Symbolik, die sie hier versehentlich geschaffen haben, gar nicht bemerken.

Im Inneren des Restaurants ist die Party in vollem Gange.

Der Namensvetter meines Vaters, Boris, ist heute der Sänger, und aus irgendeinem Grund schmettert er einen Song aus seinem nicht-russischen Repertoire: *Gangnam Style.*

Ich spreche kein Koreanisch, aber ich kann trotzdem erkennen, dass Boris einen starken russischen Akzent hat, während er den Text des Liedes zermetzelt. Dank seiner stämmigen Statur und der verspiegelten Sonnenbrille, die er trägt, sieht er dem Originalsänger tatsächlich ähnlich – oder würde es, wenn Boris sich den Bart abrasieren würde. Außerdem sind seine Reiter-Tanzbewegungen sehenswert. Das Gleiche gilt für die Backgroundtänzer auf der Bühne.

Als ich mich auf der Tanzfläche bewege, werde ich fast von älteren Russen zertrampelt, die ohne Angst vor Herzinfarkten oder gebrochenen Hüften zu K-Pop reiten. Die Party hat gerade erst begonnen, aber ich wette, dass der durchschnittliche Blutalkoholspiegel hier schon nicht mehr im fahrtüchtigen Bereich liegt.

Einige dieser Leute sind entfernte Verwandte, aber die meisten sind Freunde und Bekannte meiner Mutter. Wie eine Einheit werfen sie mir böse Blicke zu, zweifellos, weil ich der Grund bin, warum sich die armen Schlucker über die Jahre ihre Beschwerden über mich anhören mussten.

Meine Familie ist am üblichen Tisch versammelt, komplett, also bin ich offiziell wieder der Nachzügler.

»Hallo, alle zusammen«, sage ich auf Englisch, da ich davon ausgehe, dass wir die meiste Zeit des Abends in dieser Sprache sprechen werden, da Fanny mit am Tisch sitzt.

Meine Brüder lächeln mich an, genauso wie Fanny – aber meine Eltern schauen finster drein, wie immer.

Hey, wenigstens haben sie dieses Mal nicht angefangen, ohne mich zu essen oder zu trinken – eine große Beleidigung in der russischen Kultur.

»Wieder zu spät?« Mutters Make-up ist heute so schwer, dass eine Dragqueen neidisch werden würde. Außerdem zeigt sie genug Dekolleté, um ein Pferd zu erwürgen.

Vlad wirft ihr einen Blick mit verengten Augen zu, und Alex rollt mit den Augen.

Ich zwinge mich zu einem Lächeln. »Alles Gute zum Geburtstag, Mom.« Ich drücke ihr die Geschenkbox in die Hand. »Mögest du gesund und wohlhabend sein.«

Ich bin auf dem richtigen Weg.

Mal sehen, wie lange ich auf ihm bleiben werde.

Mutter schnappt sich die Schachtel und sieht kurz besänftigt aus. Dann werden ihre Gesichtszüge wieder missbilligend, als sie fragt: »Wo ist deine Verabredung?«

»Ich habe ihm gesagt, dass die Party etwas später anfängt, als sie es tatsächlich tut«, sage ich.

»Warum?«, fragt Vater. Sein Schnurrbart sieht heute besonders buschig aus, ebenso wie seine Augenbraue.

Ich atme tief ein. »Er ist ein potenzieller Investor, deshalb möchte ich euch alle bitten, mich heute nicht vor ihm zu blamieren.«

Mit anderen Worten: Ich bitte um ein Wunder.

»Wann haben wir dich jemals in Verlegenheit gebracht?«, fragt Mutter mit blinzelnden Augen.

Meint sie das gerade ernst?

Da ich denke, dass ein Streit mir nicht helfen wird, sage ich: »Ich sage nicht, dass du das hast. Mach es einfach heute nicht.«

»Wir werden uns von unserer besten Seite zeigen«, sagt Vlad betont. Fanny an seiner Seite nickt feierlich, und Alex sagt: »Wir werden uns an die Themen halten, die für eine höfliche Konversation angemessen sind. Keine Gespräche über Religion, Politik oder Geld.«

»Wir vermeiden diese Themen auch immer«, mischt sich Mutter ein. »Außerdem … Wenn jemand Schande über die Familie bringen würde, dann wäre es Bella.«

Ich versuche, glückliche Gedanken zu denken. Sie hat mich auf die Welt gebracht. Das muss wehgetan haben. Es ist ihr Geburtstag. Ich will nicht, dass Fanny schreiend wegläuft, wenn wir in eine unserer berüchtigten Streitereien geraten.

Apropos Fanny. Vlad springt auf und faltet seine

Serviette, als ob er vorhat, zu gehen. Alex sieht aus, als wolle er ebenfalls abhauen, und Fanny zappelt, extrem unangenehm berührt.

»Wartet«, quiekt Mutter, die sieht, wohin die Sache führt. »Keine Gespräche über Religion, Politik oder Geld – ich schwöre.«

Ist das tatsächlich ein Kompromiss von Mutter? Wenn ja, ist ein Einhorn dabei, einen Regenbogen zu furzen? Wenn ich raten müsste, warum das passiert, würde ich sagen, dass sie versucht, Vlads Gunst nicht aufs Spiel zu setzen. Jetzt, wo er Fanny hat, denkt sie, dass er ihr direktester Weg ist, ein Enkelkind zu bekommen – eine Besessenheit von ihr, die an Wahnsinn grenzt.

»Ich werde mich setzen«, sage ich und steuere auf einen Stuhl zu, der am weitesten von meinen Eltern entfernt ist.

»Setz dich nicht dorthin«, sagt Mutter. »Das ist die Ecke.«

Natürlich. Wie könnte ich einen Aberglauben vergessen haben? In der Ecke des Tisches zu sitzen bedeutet, dass man erst in sieben Jahren heiraten wird.

»Setz dich neben Fannychka«, schlägt Vlad vor.

Das tue ich gerne. Ich habe heute sogar eine Kleinigkeit für Fanny mitgebracht, die ich ihr auf diese Weise heimlich schenken kann, ohne auf Mutters Radar zu geraten.

»Hi«, flüstert Fanny, als ich mich neben sie sinken lasse. »Schön, dich wiederzusehen.«

»Schön, dich zu sehen«, sage ich – und meine es auch so.

Ich bin tatsächlich platonisch in Vlads Freundin verknallt. Sie ist eines der süßesten Wesen, das ich je getroffen habe – und das schließt meinen Hund mit ein. Mit ihrem runden, oft errötendem Gesicht strahlt sie geradezu Liebreiz und Güte aus – und doch weiß ich, dass sie eine heimliche, wilde Seite hat und jede Menge Zunder.

Wenn ich sie und Vlad anschaue, kann ich verstehen, warum Mutter sich nach einem Enkelkind von ihnen sehnt. Da sie beide blass, dunkelhaarig und blauäugig sind, kann man sich leicht vorstellen, wie ihr potenzieller Nachwuchs aussehen würde: eine liebenswerte Mischung aus einem Cherub und einem Vampir.

»Das habe ich für dich mitgebracht«, flüstere ich Fanny verschwörerisch ins Ohr.

Sie schaut mich wie das sprichwörtliche Reh im Scheinwerferlicht an.

Ich reiche ihr die Tasche mit meinem Geschenk. »Das ist meine neueste Kreation.«

Noch zögernder schaut Fanny in die Tasche. Sobald sie den Buttplug mit Eichhörnchenschwanz entdeckt, weiten sich ihre Augen cartoonhaft, und ihre Wangen färben sich in einem Rotton, von dem ich nicht dachte, dass er in der Natur existiert.

»Danke«, stammelt sie und sieht aus, als wolle sie im Boden versinken.

»Gerne«, antworte ich mit einem Grinsen. »Vlad

wollte als Kind ein Pony haben – also solltest du vielleicht so tun, als ob das ein Pferdeschwanz wäre anstatt eines Eichhörnchenschwanzes.«

Vlad muss etwas mitbekommen haben, denn er verengt seine Augen auf mich.

Bevor ich mit einem unschuldigen Welpenblick kontern kann, sehe ich, wie sich Mutters Augen weiten und sie in die Menge schaut. Dann fächelt sie sich Luft zu und beißt sich auf die Lippe.

Nun, das ist seltsam.

Ich folge ihrem Blick und verstehe ihre Reaktion sofort.

Dragomir ist hier, in seiner ganzen mundwässernden, höschenschmelzenden Pracht.

Kapitel Zweiundzwanzig

Er trägt einen maßgeschneiderten Anzug, der seinen muskulösen Körper betont, und hält einen Blumenstrauß in der Hand, der so riesig ist, dass jemand dafür ein ganzes Feld mit Pflanzen abgeholzt haben muss.

Ich stehe auf und winke ihn herüber.

Seine Lippen verziehen sich zu einem sexy Grinsen, und er nähert sich dem Tisch.

Zu meiner Erleichterung ist sein blaues Auge entweder weg oder bei der aktuellen Beleuchtung nicht sichtbar.

Mutter springt mit solchem Schwung auf die Beine, dass es ein Wunder ist, dass ihr großer Busen im Kleid bleibt.

»Leute, das ist Dragomir«, sage ich. »Dragomir, das ist …«

»Natasha«, sagt Mutter atemlos.

»Ich wollte ›meine Familie‹ sagen«, sage ich mit einem leichten Augenrollen.

»Hallo, Familie und Natasha«, sagt er.

»Das sind Fanny«, ich zeige auf sie, »und Vlad.« Ich mache eine Geste in Richtung meines Bruders. »Alex kennst du ja schon, und das«, ich nicke meinem Vater zu, »ist mein Vater, Boris.«

Ich schaue in Dragomirs Gesicht, um zu sehen, ob er bemerkt hat, dass meine Eltern Boris und Natasha heißen, wie aus dem *Rocky-und-Bullwinkle*-Cartoon. Die meisten Leute erkennen den Zusammenhang sofort, weil meine Eltern tatsächlich wie das Bösewicht-Duo aussehen und sogar einen ähnlichen Akzent haben.

Falls Dragomir die Verbindung herstellt, zeigt er es nicht.

»Alles Gute zum Geburtstag, Natasha«, sagt er in fast perfektem Russisch. »Mögest du vor allem Gesundheit haben.«

Mutter sieht aus, als würde sie gleich ohnmächtig werden, als sie ihren Dank murmelt.

Igitt.

Mit einer königlichen Verbeugung überreicht Dragomir ihr die Blumen.

Mutter fasst sich an die Brust – im wahrsten Sinne des Wortes –, dann winkt sie einen Kellner heran und reicht ihm den Strauß. Befreit, stürzt sie sich auf Dragomir und küsst ihn erst auf die rechte, dann auf die linke Wange, bevor sie ihn umarmt, als wolle sie ihn in ihrem Schoß erdrücken.

Vater steht auf und schreitet auf Dragomir zu.

Zuerst frage ich mich, ob er eifersüchtig auf die Aufmerksamkeit ist, die seine Frau dem Mann schenkt, und etwas tun oder sagen wird, um die Familie in Verlegenheit zu bringen.

Nein. Sobald Mutter aufhört, mein Date anzusabbern, lässt Vater Dragomir die Wangenkuss-Behandlung zuteilwerden.

Hey, wenigstens hat er die Umarmung weggelassen. Ich bin mir ziemlich sicher, dass Mutter nach einer weiteren Minute ihre Hände wandern lassen hätte.

Meine Brüder, die normal sind, schütteln einfach Dragomirs Hand, und Fanny winkt schüchtern, errötet und murmelt ein Hallo.

Gut gemacht, Fanny. Du darfst weiterleben.

Als Dragomir sich auf den Stuhl neben meinem setzt, bringen mich die Zimtnoten seines Parfums dazu, ihn anknabbern zu wollen.

Oder ablecken.

Ich habe Heißhunger, und das nicht wegen des Essens.

Ich möchte ihn auf die Tanzfläche zerren und mich an ihm reiben, sobald es gesellschaftlich akzeptabel ist – wahrscheinlich nach mindestens ein paar Trinksprüchen.

Vater schnappt sich die Wodkaflasche.

Fanny hebt ihr Schnapsglas, aber Vlad drückt ihre Hand sanft zurück auf den Tisch – es bringt Unglück, ein Glas in der Luft zu füllen.

»Nun, da alle hier sind, lasst uns beginnen.« Vater

wirft mir einen bösen Blick zu. Er trinkt gerne, und ich habe ihn ein paar Minuten länger warten lassen.

Ohne zu fragen, ob jeder Wodka möchte, schenkt er eine Runde ein. Zu seiner Verteidigung: Das ist die russische Tradition.

»Vergiss nicht, nicht zu viel für dich selbst«, sagt Mutter zu ihm. »Du hast es versprochen.«

Mit einem Seufzer schenkt er sich ein Schnapsglas statt eines vollen Glases ein und sagt: »Als Ehemann des Geburtstagskindes fällt es mir zu, den ersten Toast auszusprechen.« Er denkt angestrengt nach und sieht dann Fanny entschuldigend an. »Liebes, stört es dich, wenn ich den ersten auf Russisch sage?«

Fanny lächelt und schüttelt den Kopf.

»Ich werde nachher übersetzen«, sagt Vlad mit einem leichten Stirnrunzeln. »Wir wollen nicht, dass sich jemand ausgegrenzt fühlt.«

Vater beginnt mit seinem Trinkspruch.

Ich lehne mich nah genug an Dragomir heran, um an seinem Ohr zu knabbern, und flüstere: »Auf jeden Wodka gibt es einen Trinkspruch, und es wird viele davon geben.«

Dragomir nickt.

»Wenn du nicht wie ein Weichei aussehen willst, kippst du jeden mit einem Schluck hinunter«, fahre ich fort. »Generell gilt: Sei vorsichtig. Wenn du versuchst, mit irgendjemandem aus meiner Familie mitzuhalten, wirst du in kürzester Zeit unter dem Tisch liegen.«

Was ich nicht hinzufüge, ist: wenn er zu betrunken wird, können wir nicht tanzen.

Dragomir lehnt sich zu mir, sein Atem ist warm an meinem Ohr. »Das ist nicht das erste Mal, dass ich an einem russischen Fest teilnehme. Was die Leute angeht, die unter dem Tisch liegen – du wirst lange vor mir dort sein.«

»Ach ja?« Ich grinse. »Herausforderung angenommen.«

»Ich wiege mindestens dreißig Kilogramm mehr als du«, flüstert er. »Du fängst ständig Kämpfe an, die du nicht gewinnen kannst.«

Mein Grinsen wird breiter. »Trink einfach dasselbe wie ich, und wir werden sehen, was passiert.«

Er schüttelt verzweifelt den Kopf.

Ich richte meine Aufmerksamkeit wieder auf Vaters Toast, der selbst für ihn lang ist.

Als der Toast endlich vorbei ist, kippt jeder seinen Wodka hinunter und isst eine Gurke – außer Fanny. Sie nippt nur an ihrem und lässt die Gurke komplett weg. Ersteres ist ein großes Tabu, was den russischen Aberglauben angeht, aber wir tun so, als würden wir es nicht bemerken. Ein bisschen Pech ist besser, als sie durch eine Alkoholvergiftung zu verlieren.

Jeder bedient sich selbst am Essen, und Vlad übersetzt den Trinkspruch für Fanny, die sichtlich bemüht ist, ein Pokerface zu bewahren.

»Einen schönen perfekten Tag, engelsgleiches Wesen. Sie, die mein Herz immer noch zum Zittern bringt wie ein Blatt im Wind. Sie, die ich mit meiner Liebe streicheln möchte. Die Mutter meiner Kinder.

Mögest du ewige Gesundheit und Glück haben ...« Und so weiter und so fort, in diesem Sinne.

Ich schüttele den Kopf über Vlads Übersetzung. Mit meiner Liebe streicheln? Das ist a) *too much information* und b) nicht genau das, was Vater gesagt hat. Es war eher wie *kuscheln mit meiner Leidenschaft*, was wohl auch zu viel der Information ist.

»Iss etwas«, flüstere ich in Dragomirs Ohr. »Sonst ist es keine Herausforderung mehr, dich unter den Tisch zu trinken.«

Mit einem Augenrollen greift er zu *sel'edka pod shuboy* – einem Gericht, das übersetzt so viel bedeutet wie *Hering im Pelzmantel*.

»Bitte richten Sie Ihrem Chefkoch mein Kompliment aus«, sagt Dragomir laut, nachdem er es probiert hat. »Das ist die beste Version dieses Gerichts, die ich je probiert habe.«

Meine Eltern strahlen beide vor Stolz. Obwohl sie das Essen nicht selbst kochen, beteiligen sie sich an der Rezeptentwicklung.

Ich höre, wie Vlad Fanny das Heringsgericht erklärt. »Der Fisch ist fermentiert«, sagt er, »und er wird unter einer Schicht aus zerkleinerten gekochten Rüben und Eiern serviert, gemischt mit Mayonnaise.«

Eher in Mayonnaise ertränkt.

Fanny lässt sich tapfer eine kleine Portion geben und kostet, ohne die Nase zu rümpfen. Das letzte Mal, als ich sie hier sah, war sie ein viel vorsichtigerer Esser. Mein Bruder färbt eindeutig auf sie ab – in mehr als einer Hinsicht.

Dennoch zieht sie die Grenze bei *kholodetz*, einem Fleischgericht in Gelee, das Zutaten enthält, die sie inakzeptabel findet, wie Schweineschnauze und -ohren, Hühnerfüße und Rinderschwänze.

Auf meinem eigenen Teller liegt mein Favorit, *vinegret*, ein Salat aus gekochten Rüben, Kartoffeln, Gurken, Karotten, Zwiebeln, Sauerkraut und Erbsen.

Sobald ich mit meiner Portion fertig bin, bietet mir Dragomir mehr davon an, und ich lasse mir von ihm eine Portion auffüllen.

Als sie das sieht, flüstert Mutter anerkennend zu Vater: »Ihr Date bedient sie. Jemand zum Warmhalten.«

Hat sie nicht mitbekommen, dass Dragomir Russisch spricht?

Mit einem Nicken zu meiner Mutter greift Vater wieder nach der Wodkaflasche. »Die Zeit zwischen dem ersten und dem zweiten Toast sollte kurz sein.«

Sein Trinkspruch ist dieses Mal kürzer – aber gerade noch lang genug, damit alle anfangen zu gähnen – und dann trinken wir.

Ich werfe heimlich einen Blick auf die Tanzfläche. Hoffentlich können wir bald dort sein.

Auch die Zeit zwischen dem zweiten und dem dritten Wodka scheint kurz zu sein, und ich beginne, ein angenehmes Summen zu spüren. Das heißt, bis Mutter aufsteht, um einen Toast auszusprechen, dann wird das Summen durch Entsetzen ersetzt.

»Ich hoffe, man kann einer Frau in meinem Alter verzeihen, wenn ich an mein Familienerbe denke, besonders an meinem Geburtstag«, sagt Mutter und verengt ihre Augen auf Alex – wahrscheinlich, weil er die einzige Person am Tisch ohne Begleitung ist. Dann, mit einem anerkennenden Blick auf Fanny und Dragomir, sagt sie: »Auf die Gesundheit meiner ungeborenen Enkelkinder.«

Obwohl es nicht das erste Mal ist, dass sie das durchmacht, errötet Fanny.

Ich erwarte fast, dass Dragomir sich an seinem Essen verschluckt oder zumindest blinzelt, aber er nimmt es gelassen, als ob sie auf die Gesundheit unserer Hunde anstoßen würde – was sicher keine so schlechte Idee ist.

Vielleicht fehlt den Ruskoviern auch jegliches Feingefühl, wenn es um diese Dinge geht?

Wir trinken den Wodka.

Vlad füllt die Gläser auf und spricht den nächsten Toast.

Dann Alex.

Als ich an der Reihe bin, stoße ich nicht auf die Gesundheit unserer Hunde an, sondern sage, dass wir auf die Gesundheit aller Haustiere trinken sollten, »was auch immer sie sein mögen.«

Ärgerlicherweise scheint Dragomir noch nicht betrunken zu sein – oder ich bin zu benommen, um es zu bemerken.

Jetzt wäre es okay, zu tanzen, und ich will es gerade sagen, aber dann wird das Licht gedimmt.

Mist.

Wie konnte ich die Show vergessen, wenn es doch

auf jeder Feier eine gibt und ich als Kind gezwungen war, bei ihnen aufzutreten?

Ja, meine Bauchrednerei war nicht gerade ein Hobby, das ich mir selbst angeeignet habe, obwohl es eine Fähigkeit ist, für die ich jetzt dankbar bin.

Diese Shows finden bei jeder größeren Feier hier statt und werden von meiner unqualifizierten Mutter choreographiert. So sind sie ein Sammelsurium von Dingen, die sie mag, einschließlich, aber nicht beschränkt auf Ballett, Märchen, Cirque du Soleil und die Rockettes.

Wie es sich gehört, schwingen als Bäume verkleidete Showgirls die Beine auf der Bühne, bis unser Gastgeber Boris – jetzt als Baba Yaga verkleidet – sein Bestes gibt, um zwischen ihnen Ballett zu tanzen und dabei eher wie ein Nilpferd als eine Hexe aussieht.

Fannys Augen werden im Laufe der Show immer größer, aber Dragomir tut so, als würde er die ganze Zeit schnauzbärtige Kannibalenhexen herumwirbeln sehen.

So gesehen ist es eine der gängigeren Baba-Yaga-Geschichten – die wiederum *Hänsel und Gretel* sehr ähnlich ist. Natürlich ist es in Mutters Version ein Ballett, und meiner Meinung nach wird Hänsel zu handgreiflich, als er Gretel in die Luft wirft. Ich werde mir einfach sagen, dass sie in dieser Adaption Stiefgeschwister sind.

Glücklicherweise endet die Show damit, dass Baba Yaga in einem Ofen verbrannt wird, der von orange gekleideten Showgirls dargestellt wird.

»Meine Damen und Herren«, verkündet Boris. »Die Tanzfläche gehört Ihnen.«

Damit beginnt er, *A Million Scarlet Roses* zu singen, einen russischen Slow-Dance-Klassiker.

Es ist so weit.

Ich möchte tanzen.

In einer Demonstration wahrer psychischer Kräfte erhebt sich Dragomir geschmeidig auf seine Füße und streckt mir seine Hand in einer unmissverständlichen Geste entgegen.

In meinem peripheren Blickfeld sehe ich, wie meine Eltern zustimmend nicken, und Mutter wirft Vlad einen spitzen Blick zu, bevor sie Fanny anspricht.

»Darf ich um diesen Tanz bitten?«, murmelt Dragomir.

Ich ergreife seine Hand und springe auf meine Füße. Mein Herz schlägt schneller, als ich seine starken Finger um meine spüre.

Er nimmt eine Gesellschaftstanzhaltung ein.

Ich legte meine andere Hand auch in seine.

Wow.

Seine Berührung entzündet jeden meiner Nervenenden, seine Nähe macht es mir schwer, zu atmen.

Wir beginnen, uns zur Musik zu bewegen.

Doppeltes Wow.

Seine Augen sind hypnotisierend. Beanspruchend.

Ist der Boden heute ein wenig wackelig?

Ich fühle mich ein wenig schwach.

Atemlos.

Flatterhaft.

Ich drücke mich an ihn.

Sein harter Körper drückt gegen meinen weichen, und mein Atem stockt.

Wenn der langsame Tanz eine Verführung sein soll, ist die Mission erfüllt. Wenn er ein Vorspiel sein soll, dann bringt den Hauptgang.

Er zieht mich näher zu sich.

Ich spüre, wie der Mount Everest gegen meinen Bauch drückt.

Er beugt sich herunter.

Dank meiner hohen Absätze stehen wir uns direkt gegenüber, so dass es nur eine Frage des Herzschlags ist, bis unsere Münder aufeinandertreffen.

Dreifach wow.

Der Raum um uns herum scheint zu verschwinden.

Ich bin die pure Sensation – ich nehme nur seine weichen Lippen wahr, seine gleitende Zunge, seinen großen, harten Körper.

Apropos Letzteres, ich schleiche mit meiner Hand nach unten und fühle den Berg durch seine Hose.

Wie viele Wows waren es jetzt?

Er löst seine Lippen von den meinen und flüstert heiser: »Nicht hier.«

Verdammt.

Ich habe wieder vergessen, wo ich war. Oder es hat mich nicht interessiert.

In gewisser Hinsicht ist es mir *wirklich* immer noch egal – so sehr will ich ihn.

Plötzlich ändert sich die Musik. Die langsame

Melodie wird durch die fröhlichen Noten eines von Mutters Lieblingstänzen ersetzt: Lambada.

Basierend auf einem bolivianischen Volkslied namens *Llorando se fue*, hat diese Melodie über die Jahre ihren Weg in das Repertoire einer Reihe von Sängern gefunden, und ab der ersten Zeile, die Boris anstimmt, erkenne ich Jennifer Lopez' *On the Floor*.

Mit einem überheblichen Grinsen lässt Dragomir seine Hand auf meinen unteren Rücken gleiten und zieht mich nah zu sich – die Lambada-Position.

Ein weiteres Wow.

Die Beine wölben sich, wir machen schnelle Schritte von einer Seite zur anderen, manchmal drehen wir uns, manchmal schwanken wir und strecken dabei unsere Hüften so weit wie möglich.

Oder in anderen Worten: Trockenbumsen in der Öffentlichkeit.

Sie nannten die ursprüngliche Inspiration für diesen Song nicht zum Spaß *den verbotenen Tanz*. Er *sollte* verboten werden – zumindest auf der Tanzfläche im Restaurant der eigenen Eltern.

Vor allem, wenn besagte Eltern bereits denken, dass man eine übersexualisierte Nymphomanin ist.

»If you go hard, you gotta get on the floor«, singt Boris in seiner besten JLo-Imitation – die besser sein könnte.

Allerdings ist Dragomir hart. Das ist das Problem. Ich spüre, wie sich jeder Zentimeter an mir reibt, und ein antwortender Druck baut sich in meinem Inneren auf.

Wow Nummer dreitausend.

Ich bin kurz davor, zu kommen. Kein Spielzeug, nicht einmal tatsächliche Berührungen.

Ich vergesse, dass er *der Eine* ist. Er ist eher mein persönlicher Orgasmus-Auslöser – denn ich bin gerade dabei, einen zu haben, hier und jetzt, mitten auf Mutters Party.

Dragomirs Pupillen weiten sich, und seine Augen färben sich zu einem satten, tiefen Bernstein. Ich glaube, er weiß es.

»Grab somebody, drink a little more«, singt Boris.

Ich ignoriere den Text und konzentriere mich auf meinen sich aufbauenden Orgasmus.

Es ist fast so weit.

Ich brauche nur noch ein paar trockene Stöße – ich meine … Schwünge zur Musik.

Nur noch ein bisschen mehr.

Wir sind fast da.

Fast …

Das Lied hört auf.

Nein!

Dragomir zieht sich zurück – und ich kann sehen, warum. Wir haben eine so gute Figur beim Tanzen gemacht, dass die Leute klatschen.

Mist. Mist. Mist.

Ich fange Fannys Blick auf. Sie wird rot und zwinkert mir zu.

Verdammter Mist.

Der nächste Song gibt mir besser eine Ausrede, um mich weiter an Dragomir zu reiben.

Nein. Nicht mein Tag.

Ich erkenne anhand der ersten paar Töne, um welches Lied es sich handelt. Das tut jeder. Boris ist im Moment eindeutig auf einem Latino-Trip. In seinem bisher stärksten russischen Akzent singt er: »When I dance they call me Macarena.«

Wie eine Horde von Zombies strecken Mutters Freunde und alle meine entfernten Verwandten ihre Arme aus.

Mit einem Seufzer tue ich dasselbe, ebenso wie Dragomir. Dann klappen wir unsere Handflächen nach oben, zusammen mit allen anderen.

»They all want me.« Boris scheint diese Zeile wirklich zu genießen, und hey, warum *nicht* die Hoffnung am Leben erhalten?

Jede Person legt ihre rechte Hand auf die linke Schulter und wiederholt dann die Aktion mit der anderen Hand.

Mein Beinahe-Orgasmus ist nur noch eine ferne Erinnerung. Das ist so nah, wie ein Tanz an eine kalte Dusche herankommen kann.

Wir legen unsere Hände auf die Hinterköpfe.

Erschießt mich jetzt bitte.

Die Hände wandern auf unsere Hüften, und jeder beginnt, die Hüften zu drehen.

Okay, das ist interessanter. Mit dieser Hüftbewegung schafft Dragomir das Unmögliche: Er macht Macarena tatsächlich sexy.

Traurigerweise macht er bald mit allen anderen einen Neunzig-Grad-Sprung zur Seite, genau wie ich.

Einige Leute machen eine Tauchbewegung, während andere klatschen. Dann wiederholt sich die Sequenz erneut. Und wieder. Und wieder.

Als das Lied endlich aufhört, ziehe ich ihn zu mir und flüstere: »Lass uns zu dir gehen.«

Seine Augen weiten sich, werden gold-grün, und sein Gesicht wird angespannt. »Du meinst jetzt sofort?«

Ups, er hat recht. Wir können zu diesem Zeitpunkt nicht gehen. Der zweite Gang wurde noch nicht serviert. Würde Mutter merken, dass wir türmen, würde sie auf die Bühne springen und singen: *It's my party and I'll cry if I want to.*

Na schön.

Wir werden einfach weitertanzen.

»Meine Damen und Herren«, sagt Boris, anstatt in ein weiteres Lied einzusteigen. »Jetzt ist die Gelegenheit für Sie, dieses Mikrofon zu ergreifen und einen Toast auf unsere liebe Natashen'ka auszusprechen.«

Klasse. Sie machen auch noch diesen Teil? Normalerweise ist er superlangweilig.

Wir kehren an den Tisch zurück, und Vater schenkt eine Runde Wodka ein.

Meine Großtante trägt ein Gedicht vor, das sie zu Mutters Ehren verfasst hat.

Nachdem das Gedicht endlich zu Ende ist, trinken wir.

Die Kellner bringen den Schaschlik heraus, also trinken wir auch darauf.

Jemand aus Mutters Buchklub wünscht ihr »kräftigen Nachwuchs«, und darauf trinken wir ebenfalls.

Einer von Vaters üblichen Trinkkumpanen ergreift als Nächstes das Mikrofon. »Meine Freunde, es ist nicht gut, einzeln zu trinken, viel besser ist es, dies im Kollektiv zu tun.« Er erhebt sein Wodkaglas. »Auf die Kraft des Kollektivs.«

»Klingt wie ein Kommunisten-Slogan«, murmele ich, während ich meinen nächsten Schnaps hinunterkippe.

»Kameraden«, sagt die nächste Person. »Lass uns so viel Kummer haben, wie es Tropfen in unseren Gläsern gibt.«

Prost. Darauf stoßen wir an.

Der nächste Trinkspruch lautet: »Es soll Menschen in deinem Leben geben, auf die du anstoßen möchtest, nicht solche, die dich dazu bringen, dich zu betrinken!«

Noch ein Wodka.

Dann ein weiterer.

Ich höre auf, die Toasts und Kurzen zu zählen – ich sehe nur, dass Dragomir irgendwie mithält.

Beeindruckend.

»Kann mir jemand einen Vovochka-Witz erzählen?«, fragt Fanny, als die Trinksprüche endlich vorbei sind. »Ich mag sie wirklich, und Vlad kennt keine mehr.«

Ich lehne mich zu Dragomir und flüstere ihm ins Ohr: »Vovochka ist das russische Äquivalent vom Fritzchen.«

»Ich weiß«, sagt er. »Ich kenne sogar einige dieser Witze.«

Hört dieser Mann denn nie auf, zu beeindrucken?

»Ich fange an«, sagt Alex und füllt allen die Schnapsgläser nach. »›Streiten sich die Eltern wieder?‹, fragt die Großmutter Vovochka. ›Ja‹, antwortet er. ›Als Mama aus dem Urlaub zurückkam, brachte sie etwas mit, das *Tripper* heißt. Zuerst schenkte sie es Papa, dann Onkel Sergej, dann dem Nachbarn von gegenüber. Jetzt schreien und streiten sie alle, aber ich bin mir nicht sicher, ob es daran liegt, dass sie nicht genug mitgebracht hat, oder weil sie es nicht gerecht aufgeteilt hat.‹«

Fanny errötet und lacht, wie alle anderen auch.

Wir trinken noch einen Wodka.

»Ich habe auch einen«, sagt Dragomir, und meine Eltern tauschen einen beeindruckten Blick aus. »Großmutter fragt Vovochka, warum er weint. ›Mama hat Papa gesagt, dass er ein Arsch ist, und er hat sie daraufhin eine Kuh genannt.‹ Großmutter gibt ihm einen Klaps auf den Kopf. ›Ja und?‹ Er weint noch heftiger. ›Was bin *ich* dann?‹«

Gekicher rundherum und ein weiterer Kurzer.

Ich weiß, ich sollte es nicht tun, aber ich kann mir nicht helfen. »Ich kenne auch einen. Aber er ist derb.«

»Lass ihn uns hören«, sagt Mutter großmütig.

Alle Augen sind jetzt auf mich gerichtet, also sage ich: »Der Mathelehrer sagt: ›Vovochka, ich gebe dir 300 Rubel. Wenn du 50 an Vera, 50 an Dasha und 50 an

Elena gibst, was bekommst du dann?‹ Vovochkas Augen glänzen aufgeregt. ›Eine Orgie?‹«

Mehr Lachen und Wodka folgt.

»Ich weiß auch einen«, sagt Mutter. »»Mama, gib mir ein Foto von Papa‹, bittet Vovochka. ›Warum?‹, antwortet sie. ›Der Lehrer will den Idioten sehen, der meine Hausaufgaben gemacht hat‹.«

Einen Wodka später erzählt auch Vater einen: »Als der sechsjährige Vovochka von der Schule zurückkommt, fragt sein Vater: ›Wie fandest du die neue Lehrerin?‹ Vovochka reibt sich das Kinn. ›Ich mochte sie sehr. Schade, dass wir so einen großen Altersunterschied haben.‹«

Noch eine Runde Wodka.

Die Kellner kommen, bevor jemand noch mehr Witze erzählen kann. Sie bringen den Nachtisch. Genauer gesagt den Kuchen, der der Namensvetter meines Hundes ist: Napoleon.

Treffer! Jetzt ist es gesellschaftlich akzeptabel, zu gehen.

Die Operation *Dragomirs Zuhause* läuft wieder an.

Kapitel Dreiundzwanzig

Ich stehe auf, um mich zu entschuldigen, aber Boris meldet sich von der Bühne. »Es ist Spielzeit, meine Damen und Herren.«

Mutter klatscht in die Hände, winkt Boris zu und zeigt auf mich und Dragomir.

Boris grinst. »Sieht so aus, als ob wir unsere ersten Freiwilligen haben.«

Das war's mit unserer Flucht.

Alle klatschen, als Dragomir und ich uns auf den Weg zur nun geräumten Tanzfläche machen.

Boris überreicht mir ein fluoreszierendes Strumpfband und erklärt uns das Spiel.

Es ist die russische Version dessen, was Amerikaner manchmal auf Hochzeiten machen: Ich soll das Strumpfband an meinem Bein befestigen, und Dragomir soll es entfernen.

Ja.

Wodka ist eine wichtige Voraussetzung für dieses Spiel.

Bevor einer von uns beiden kneifen kann, umringen mich die Tänzerinnen, so dass ich einen unbeobachteten Moment habe, das Strumpfband unter mein Kleid zu stecken.

Ich stecke mein Bein in den dehnbaren Stoff, grinse verrucht und ziehe das Strumpfband so weit hoch, wie es geht. Kein Grund, Dragomir die Aufgabe *zu* einfach zu machen.

Die Tänzer führen mich auf einen Stuhl.

Boris legt Dragomir eine Augenbinde an. Nettes Detail. Der Gastgeber führt Dragomir dann zu meinem Stuhl und hilft ihm auf alle viere.

Lecker. Wenn wir endlich bei ihm sind, werde ich das ganze Szenario nachstellen wollen. Ihn mich mit verbundenen Augen kosten zu lassen, könnte heiß sein.

Dragomir tastet zunächst blindlings herum, entdeckt aber bald meinen Knöchel.

Oje. Hitze schießt von seiner Berührung mein Bein hinauf. Dann gleiten seine Finger immer höher, bis er ganz oben ist, unter meinem Rock.

Ich liebe dieses Spiel.

Ich möchte es stundenlang spielen.

Alle um uns herum jubeln und schreien und erinnern mich daran, dass dies ein öffentlicher Ort ist, also wird keine meiner Fantasien wahr werden.

Dragomirs Finger streichen über die Innenseite meines Oberschenkels. Dann, vielleicht mit Absicht, verfehlt er das Strumpfband. Es endet damit, dass er meinen Tanga ergreift.

Okay. Ein bisschen höher und nach links und …

Nein. Er erkennt seinen Irrtum und umfasst schließlich das Strumpfband.

»Nein. Nimm es mit den Zähnen!«

Hat meine *Mutter* das gerade geschrien?

»Mit den Zähnen«, rufen alle im Sprechchor. »Zähne, Zähne!«

Grinsend taucht Dragomir unter meinen Rock.

Ich atme tief ein.

Sein Mund ist fast da, wo ich es mir erträumt habe. Ich kann seinen warmen Atem durch meinen schnell schmelzenden Tanga spüren.

Ist gerade ein leises Stöhnen meinen Lippen entkommen?

Zu meiner großen Enttäuschung entfernt sich Dragomir von meinem schmerzenden Kitzler und schnappt sich das dumme Strumpfband mit den Zähnen.

Er zieht daran.

Das Strumpfband zerreißt an meinem Oberschenkel.

Dragomir taucht unter meinem Rock auf und steht auf.

Beim Anblick des Strumpfbandes zwischen seinen Zähnen jubeln die Zuschauer frenetisch.

Er nimmt die Augenbinde ab und küsst meine Wange.

Der Jubel ist so ohrenbetäubend, dass mir der Kopf

schwirrt.

Ich atme zitternd aus und kehre auf unsicheren Beinen zum Tisch zurück.

»Tschüss, Leute«, sagt Alex und steht auf. »Ich habe morgen einen großen Tag, also werde ich abhauen.«

Aha! Der Nachtisch wurde serviert, und nun geht Alex. Das bedeutet, dass es absolut akzeptabel ist, mit der Operation *Dragomirs Zuhause* fortzufahren – was gut ist, denn ich bin so kurz davor, vor Geilheit zu platzen, wie eine Frau nur platzen kann.

»Ja«, sage ich. »Dragomir und ich müssen auch gehen.«

Vlad küsst meine Wangen, und Fanny lächelt strahlend und winkt zum Abschied.

Mutter kommt herüber und umarmt mich fest.

Moment, was?

Das hat sie schon seit Jahren nicht mehr gemacht.

Bevor ich mich erholen kann, erlebe ich eine noch größere Überraschung. Vater umarmt mich nicht nur, sondern sagt auch: »Es war so schön, dich zu sehen.«

Das muss *The Day After Tomorrow* sein – die Hölle ist zugefroren.

Dann wird das Verhalten meiner Eltern nachvollziehbarer.

Mutter umarmt Dragomir so fest, dass er einige Teile von ihr spürt, die er nicht spüren sollte, und sabbert dann auf seine Wangen, wie Winnie.

Sobald sie fertig ist, gibt Vater meinem Date eine ähnliche Behandlung.

Als wir endlich entkommen, bin ich so benommen, dass meine Schritte unsicher sind.

Als wir an Boris vorbeikommen, krame ich in meinem Portemonnaie nach Bargeld, finde einen Hunderter und lege ihn in seine pummelige Hand. »Wähle Vlad und sein Date für das nächste Spiel«, flüstere ich. »Mach wieder das Strumpfband.«

Boris nickt.

Ich werfe meinem Bruder lachend einen Blick zu. Ich bin überzeugt, dass mein Platz in seinem Leben darin besteht, ihn dazu zu bringen, mehr Spaß zu haben. Und für heute ist diese Mission erfüllt. Ich hoffe nur, dass es physisch nicht möglich ist, vor Erröten zu sterben. Wenn Fanny das durchmacht, was ich auf dem Stuhl gemacht habe, könnte sie sonst auf der Stelle verenden.

Hey, man könnte diese Art von Tod nach ihr benennen: das Fanny-Pack-Syndrom. Das arme Mädchen. Ich kann immer noch nicht glauben, dass ihre Eltern sie Fanny genannt haben, obwohl ihr Nachname Pack lautet.

Vielleicht sind meine *nicht* die schlimmsten.

»Deine Eltern sind süß«, sagt Dragomir, als wir die Tanzfläche räumen.

Ist er irre?

Ich habe Schluckauf. Süß vor ihm, vielleicht. »Mutter würde ihre Seele an den Teufel verkaufen für ein so wunderschönes Enkelkind wie dich.«

Moment einmal. Habe ich das gerade laut gesagt?

Mist. Wie die meisten Jungs wird er wahrscheinlich

bei der Erwähnung von Kindern weglaufen – und ich kann ihn nicht weglaufen lassen. Ich will ihn wenigstens ein Stück des Weges begleiten.

Zu meinem Schrecken grinst er nur. »Ausreden, Ausreden. Du wirst unsere Wette verlieren. Meine Eltern sind genauso besessen von Enkelkindern, aber im Vergleich zu ihnen sind deine immer noch Engel.«

Grr. Ich verliere immer wieder Wettbewerbe. Ich konnte ihn nicht unter den Tisch trinken. Habe ihn nicht in *Beat Saber* besiegt – außer, dass ein blaues Auge zählt. Und jetzt konnte ich nicht einmal beweisen, dass meine Eltern schlimmer sind als seine – obwohl ich mich in diesem Fall wohl nicht besonders angestrengt habe.

Als wir das Restaurant verlassen, spüre ich ein seltsames, unangenehmes Gefühl in meinem Magen. Wenn ich nicht wüsste, wie akribisch Mutter auf frische Zutaten achtet, würde ich vermuten, ich hätte etwas Schlechtes gegessen.

Dragomir winkt mir mit seinem Handy zu. »Fjodor sagt mir, dass er im Verkehr feststeckt. Er meint, er könnte in zehn Minuten hier sein.«

»Nee, lass uns jetzt fahren.« Ich zeige auf ein Taxi, das bereits am Straßenrand wartet.

Dragomir stimmt zu, und wir steigen ein. Er rattert seine Adresse herunter, holt ein Bündel Bargeld heraus und gibt dem Kerl die Hälfte davon. »Bring uns schnell hin, dann bekommst du die andere Hälfte«, verspricht er.

Der Taxifahrer nickt routiniert und gibt Gas.

Als das Auto ruckartig anfährt, spüre ich einen kleinen Anfall von Reisekrankheit, aber ich sage nichts. Schnell zu Dragomir zu gelangen ist die Unannehmlichkeiten wert.

Außerdem weiß ich genau das Richtige, um meinen Geist zu beschäftigen.

Ich stürze mich auf Dragomir und küsse ihn. Intensiv.

Sein Erwiderungskuss ist versengend.

Das Taxi und die Welt verschwinden. Alles, was bleibt, sind diese sinnlichen Lippen und die starken, warmen, leicht schwieligen Hände, die über meinen Körper fahren.

Nach einer gefühlten Minute der Glückseligkeit schlingert das Auto zu einem kreischenden Stopp.

Sind wir schon da?

Die Zeit vergeht wie im Flug, wenn man kurz vor einem Orgasmus steht.

Dragomir gibt dem Fahrer den Rest seines Bargeldes und führt mich in ein protziges Hochhaus. Auf der Fahrt mit dem Aufzug küssen wir uns wieder – aber es dauert nur einen Wimpernschlag, bevor wir aussteigen müssen.

»Willkommen in meiner Wohnung«, sagt er, als wir in ein riesiges Penthouse treten. Bevor ich mich auch nur umsehen kann, greift mich eine bärenähnliche Kreatur an – und sabbert mir das ganze Gesicht voll. Schon wieder.

Igitt. Winnies Hundeatem ist heute sehr stark. Ich muss würgen.

Ich muss mich so schnell wie möglich sauber machen. Nicht nur, dass mein Magen bei dem Geruch rebelliert, auch Dragomir wird mich so nicht küssen wollen.

Als sie fertig mit mir ist, sabbert die bärige Anstandsdame ihr Herrchen voll.

Das holt seine Feuchttücher heraus und bietet mir eines an, aber ich schüttele den Kopf. »Kann ich ein Waschbecken benutzen?«

Mit Winnie auf den Fersen führt er mich durch ein Wohnzimmer, in dem jedes Regal mit Trophäen bedeckt ist.

Hmm. Jede goldene Statue hält etwas vage Phallisches in ihrer Hand. Kann man einen Preis fürs Masturbieren bekommen?

Nee, das bezweifele ich. Wenn man das könnte, hätte ich jetzt schon olympisches Gold.

»Ich fechte«, sagt er und folgt meinem Blick.

Fechten. Natürlich. Das ergibt mehr Sinn.

»Stopp mal«, sage ich und gebe mein Bestes, um nicht zu viel Hundesabber in meinen Mund zu bekommen, während ich spreche. »Du hast geschummelt.«

Er zieht eine Augenbraue hoch, als wir in die Küche gehen.

»Du hattest einen Vorteil in *Beat Saber*, weil du gut mit dem Degen umgehen kannst. Oder Rapier oder was auch immer«, sage ich, während ich zum Waschbecken gehe, um den Hundesabber abzuwaschen. Meine Foundation und mein Rouge sind bereits versaut, aber ich tue mein Bestes, um meine Wimperntusche nicht abzuwaschen. Wenn ich wie ein Waschbär aussehe, könnte Winnie versuchen, mich zu fressen.

Sie beäugt mich bereits mit etwas, was leicht Hunger sein könnte.

Als ich mein Gesicht fertig gewaschen habe, hält er mir ein Handtuch hin.

»Seit wann gilt es als Betrug, wenn man gut in etwas ist?«, fragt er, während ich mich abtrockne.

»Es scheint einfach unsportlich für einen Profi zu sein, so gegen einen Anfänger zu spielen. Du bist im Grunde ein *Beat-Saber*-Betrüger.«

Mit einem Grinsen lehnt er sich über das Waschbecken und spritzt sich ebenfalls etwas Wasser ins Gesicht.

Ich nutze die Gelegenheit, um mich in der Küche nach irgendwelchen Bildern einer Frau oder Freundin umzusehen. Zum Glück gibt es keine. Allerdings gibt es ein Foto von ihm in voller Fechtkleidung.

Oh Mann.

Ich hatte das vorher nicht bemerkt, aber diese Schutzanzüge sind eng. Und was noch schlimmer ist: Sie sehen verdächtig nach Rollkragenpullover aus.

Sobald ich den Zusammenhang sehe, schalten meine Eierstöcke auf Hochtouren. Ich räuspere mich plötzlich trocken. »Du musst Winnie für die nächsten Stunden beschäftigen.«

Er richtet sich auf, trocknet sein Gesicht, und seine

Augen verdunkeln sich, als sein Blick auf meine Lippen fällt. »Bin schon dabei«, sagt er heiser.

Er greift in den Schrank und holt etwas heraus, das wie ein T-Rex-Oberschenkelknochen aussieht. Er reicht ihn Winnie, sagt etwas in Babysprache auf Ruskovisch, und sie beginnt, an dem Knochen zu knabbern.

Er nickt zum Ausgang der Küche.

Ich schleiche mich an Winnie vorbei ins Wohnzimmer, und er folgt mir.

Endlich allein.

Mit räuberischer Anmut pirscht er sich an mich heran und küsst mich erneut.

Der Raum fühlt sich an, als ob er sich drehen würde.

Ehe ich mich versehe, reiße ich ihm die Klamotten vom Leib, und er schält mich aus meinen.

Endlich.

Passiert.

Es.

Ohne den Kuss zu unterbrechen, hebt er mich hoch. Einen Moment später liegt mein nackter Rücken auf der Couch, und seine Augen wandern über meine entblößte Haut.

Hey, unfair. Er hat immer noch seine Hosen an – aber sein muskulöser Oberkörper macht diese Sünde vorerst wieder wett.

Als ich die schimmernde, leicht gebräunte Haut mit dem maskulinen dunklen Haar betrachte, läuft mir das Wasser im Mund zusammen.

Er beugt sich über mich. »Ist das okay für dich?« Seine Stimme ist rau und sein Blick mit so viel Hitze gefüllt, dass ich erschaudere.

»Oh ja. Mehr als okay.«

Sein Gesicht spannt sich plötzlich an. »Wir müssen vorsichtig sein. Wir wollen nicht in die Fußstapfen unserer Hunde treten.«

Ich befeuchte meine Lippen. »Ich nehme die Pille.«

Sein Gesichtsausdruck wechselt zu ausgehungert. »Ich bin clean.«

»Ich auch«, sage ich und küsse ihn, bevor er noch mehr Zeit mit Nebensächlichkeiten verschwenden kann.

Wir tanzen Lambada mit unseren Zungen.

Er beißt mir auf die Unterlippe.

Ich öffne den Reißverschluss seiner Hose und schiebe meine Hand hinein.

Der Mount Everest fühlt sich seidig glatt an und ist hart wie … nun ja, ein Berg.

Dragomir küsst meinen Hals und knabbert dann ein wenig an ihm.

Meine Haut kribbelt am ganzen Körper.

Seine Zunge wandert mein Schlüsselbein hinunter und hinüber zu meiner rechten Brustwarze.

Während ich keuche, zieht sich meine Hand über dem Everest zusammen und ich beginne, auf und ab zu streichen.

Er stöhnt vor Vergnügen und zieht ihn weg, während er sich seinen Weg hinunter zu meinem

Bauchnabel leckt, tiefer und tiefer, bis er genau dort ist, wo ich ihn haben will.

Wo ich ihn brauche.

»Lehn dich zurück«, befiehlt er heiser.

Dem komme ich nur zu gerne nach. Hier und jetzt werde ich herausfinden, ob er der Richtige ist.

Als sein warmer Atem meine Klitoris berührt, weiß ich ohne den geringsten Zweifel, dass er es ist.

Das wird unglaublich werden. Besser als Schokolade und Welpen.

Er leckt meine sehnsüchtige Klitoris ganz leicht.

Ich stöhne vor Vergnügen.

Er flacht seine Zunge ab und stellt einen weiteren Kontakt her.

Die Lust beginnt, sich in meinem Inneren zu winden, als ein weiteres Stöhnen meinen Lippen entrissen wird.

Das Lecken wird zu Küssen.

Meine Hände krallen sich in seine Haare. Bei diesem Tempo könnte ich den armen Mann skalpieren.

Seine Küsse verwandeln sich wieder in Lecken.

Ich lasse sein Haar los und komme mit einem Schrei. Die Lust ist so intensiv, dass meine Zehen krampfen und jeder Muskel in meinem Körper zuckt und zittert.

Es ist amtlich. Meine dreijährige Phase der reinen Spielzeugorgasmen ist vorbei.

Er schaut mit purer männlicher Zufriedenheit zu mir auf, und seine Augen sind wie geschmolzenes Gold.

Mein Herzschlag verlangsamt sich ein wenig, und ich winde mich unter ihm hervor. »Jetzt legst du dich hin.«

Er nimmt meinen Platz ein.

Der Raum um uns herum dreht sich wie eine Achterbahn.

Seltsam. Das muss das Nachglühen des Orgasmus sein.

Ich beruhige meine Hände und befreie Dragomir von seiner blöden Hose, dann den Everest von seinem Slip.

Fuuuuuck. Trotz Xenias Warnung, dass Ruskovier gut ausgestattet sind, und obwohl ich ihn mit meinen Händen gefühlt habe, habe ich nicht erwartet, dass der Mount Everest so groß ist … und so schön.

Er ruft nach mir, so wie der namensgebende Berg Abenteurer auf der ganzen Welt rufen muss. Ich verstehe, warum sie ihr Leben für diesen Aufstieg riskieren. Die Besteigung des Everest steht jetzt auf meiner Bucket List – und ich werde ihn besteigen, und wenn es das Letzte ist, was ich tue.

Aber zuerst wollen wir sehen, ob er in meinen Mund passt. Es könnte knifflig sein, aber ich habe noch nie eine Herausforderung gescheut.

Ich beginne mit einem Lutscherlecken.

Dragomir stöhnt, und der Everest zuckt unter meiner Zunge und drängt mich zum Weitermachen.

Also los.

Ich öffne meinen Mund weit und lasse ihn so weit hinein, wie es geht.

Moment einmal. Normalerweise habe ich keinen starken Würgereflex, aber irgendetwas stimmt nicht.

Etwas wird aktiviert.

Oh-oh.

Es ist, als ob all die vorherigen kleinen Probleme – das vielleicht schlechte Essen, die holprige Autofahrt, der Atem des Hundes und das Drehen des Zimmers – auf einmal an die Oberfläche kommen würden.

Oh meine Wodka-Götter. Ich wollte nicht wahrhaben, dass ich schon wieder einen Wettkampf gegen Dragomir verloren hatte.

Das Trinken.

Schwindelig, befreie ich mich vom Everest und erhebe mich auf wackeligen Beinen.

Ja. Ich bin am Ende. Und was noch schlimmer ist, der Inhalt meines Magens steigt auf.

»Was ist los?« Dragomirs Gesicht ist angespannt vor Sorge.

»Toilette«, keuche ich. »Toilette! Wo ist die Toilette?«

Er springt auf, aber ich bin zu sehr damit beschäftigt, seine herrliche Nacktheit zu bewundern.

»Hier.« Er eilt einen Gang entlang und stößt eine Tür auf, bevor er sich mir zuwendet. »Geht es dir gut?«

Ich kann nicht antworten, denn dazu müsste ich meinen Mund öffnen.

Stattdessen spare ich meine ganze Kraft, meinen ganzen Fokus dafür auf, es in das gelobte Land zu schaffen, das dieses Badezimmer darstellt.

Ich tue mein Bestes, um zu sprinten.

Da der Wodka den Energieverbrauch meines Kleinhirns längst auf ein Schneckentempo reduziert hat, endet mein Sprint damit, dass ich gegen die Wand stoße. Hart.

Nein. Nein. Nein.

Der Schlag bringt mich fast dazu, zu schreien und den Mund zu öffnen.

Aber das tue ich nicht. Wie ein Held.

Ich muss meine epische Suche nach diesem Badezimmer beenden. Die Einsätze könnten nicht höher sein.

Ich nutze jedes Quäntchen meiner Willenskraft, um so schnell und gerade zu laufen, wie es unter diesen Umständen möglich ist. Wenn sie neben Masturbation auch olympisches Gold für das Gehen unter schwerem Alkoholeinfluss vergeben würden, würde es danach in meine Tasche wandern.

Geschickt vermeide ich es, Dragomir oder die Tür, die er immer noch festhält, zu treffen. Ich stürze ins Badezimmer, falle auf die Knie und bete am behelfsmäßigen Porzellanaltar heftig zu den Wodkagöttern.

Starke Hände halten mein Haar zurück, und beruhigende Worte werden über mir gemurmelt.

Es ist mir so peinlich, dass ich, wenn ich durch die Fliesen in eine andere Wohnung fallen könnte, es tun würde.

Das ist nicht nur ein Gebet, sondern auch ein Speiseopfer. Ich hoffe, die Wodkagötter mögen gekochte Rüben, Kartoffeln, Karotten, Zwiebeln, Sauerkraut, Erbsen und Gurken.

Nun, jeder weiß, dass sie ihre Gurken mögen, aber bei dem Rest bin ich mir weniger sicher.

In den Altar zu schauen ist ein großer Fehler.

Ein weiteres Gebet sprudelt aus meinem Mund, im Stil eines Exorzisten.

Dann ein weiteres.

Irgendwann geht mir der spirituelle Eifer aus. Zitternd erröte ich und weiche vom Altar zurück.

Unfähig, Dragomirs Blick zu erwidern, wasche ich mir das Gesicht, nehme dann die Flasche Listerine vom Waschbeckenrand und nehme einen kräftigen Schluck. Als Nächstes nehme ich die Zahnpastatube, spritze mir etwas in den Mund, verteile und schlucke es.

»Du darfst das niemals einem Russen erzählen.« Meine Worte hören sich selbst in meinen Ohren undeutlich an. »Sie werden mir die Mitgliedschaft entziehen.«

Er hüllt mich sanft in einen Bademantel ein. »Lass uns dich anziehen.«

Ich lasse mich von ihm ins Wohnzimmer führen, wo er mir hilft, meine Kleidung anzuziehen.

Winnie ist hier, und wie Dragomir schaut sie mich besorgt an.

»Mir geht es gut«, lüge ich, aber meine Worte sind jetzt noch undeutlicher.

»Warum legst du dich nicht hin?«, fragt er.

»Ich will …« Ich bekomme einen Schluckauf. »Ich

möchte nach Hause gehen. Ich brauche ein Nickerchen.«

Er runzelt die Stirn. »Wäre es nicht besser, wenn du hierbleibst?«

Ich schüttele heftig den Kopf und spüre ein weiteres Gebet aufkommen. »Ich werde ein Taxi nehmen.«

»Das wirst du nicht.«

Das klingt wie eine Feststellung der Tatsachen, also widerspreche ich nicht und lasse mich von ihm die Treppe hinunter und in den bereits wartenden Limousine-Wohnwagen führen.

»Leg dich hin«, befiehlt er, sobald wir eingestiegen sind.

Ich tue es, dankbar, nicht mehr auf meinen zitternden Beinen stehen zu müssen, und er setzt sich neben mich und streichelt mein Haar.

»Das ist schön«, murmele ich, während meine Lider zufallen.

»Gut. Entspann dich.«

Ich tue, was er sagt, und einen Moment später bin ich eingeschlafen.

Kapitel Vierundzwanzig

Ich wache in meinem Bett auf und wünsche mir, ich hätte es nicht getan.

Nie. Wieder. Alkohol.

Meine Kopfschmerzen haben eine Migräne, und der Geschmack in meinem Mund ist gegen die Genfer Konvention.

Wie bin ich hierhergekommen?

Ist die letzte Nacht wirklich passiert – oder war es ein grausamer Alptraum?

In Anbetracht des Geruchs von Wodka in der Luft ist sie passiert. Ich muss im Wohnmobil eingeschlafen sein. Aber was dann?

Hat Dragomir mich nach Hause getragen?

Das klingt eigentlich ganz nett. Ich hoffe, das ist das, was passiert ist, und nicht, dass er und Fjodor mich an meinen Armen und Beinen zusammen geschleppt haben wie einen Sack vergorener Kartoffeln.

Ich schaue unter die Decke.

Keine Kleidung.

Interessant. Er hat mich auch ausgezogen?

Wenn ja, keine große Sache. Er hat mich sowieso nackt bei sich zu Hause gesehen. Es ist auch möglich, dass ich mich selbst ausgezogen habe, mich aber aufgrund der alkoholbedingten Amnesie nicht mehr daran erinnern kann.

Hm. Wenn ich mich ausgezogen habe, könnte ich vielleicht auch Sex mit Dragomir gehabt haben?

Aber nein. Ich bin mir ziemlich sicher, dass ich mich an diesen bedeutsamen Anlass erinnern würde. Außerdem würde ich angesichts des Umfangs des Mount Everest einen gewissen Muskelkater verspüren, was ich aber nicht tue. Eher das Gegenteil. Da ist eine nagende Leere zwischen meinen Beinen, die wahrscheinlich nicht verschwinden wird, *bis* ich den Everest da hineinbekomme – vorausgesetzt, dass das nach meinem Fauxpas letzte Nacht möglich ist.

Mit einem Stöhnen setze ich mich auf und schiebe meine Füße in die Hausschuhe, die jemand neben das Bett gestellt hat.

Boner stürmt in den Raum, und sein Schwanz wedelt zu schnell, als dass mein verwirrtes Gehirn es verarbeiten könnte.

»*Ma chérie*, du riechst wie der Hintern eines Hundes, der vergorene Schnecken in Wodkasauce gegessen hat. *Délicieux*.«

Ich stolpere auf die Beine.

Hm. Meine motorische Kontrolle scheint zurück zu sein. Das ist schon einmal ein Anfang.

Als ich das Wohnzimmer erreiche, erregt die Couch meine Aufmerksamkeit. Die Kissen sind nicht dort, wo meine Putzfrau sie normalerweise liegen lässt.

Hat Dragomir hier geschlafen?

Es ist möglich. Wenn unsere Rollen vertauscht wären, würde ich bleiben, um sicherzustellen, dass er nicht an seinem eigenen Gebet erstickt.

»Dragomir?«

Keine Antwort. Aber als ich in die Küche stolpere, wird meine Theorie bestätigt.

Ein Topf mit Haferflocken steht auf dem Herd, ein Glas mit irgendeiner seltsamen Flüssigkeit auf dem Tisch – und meine Kaffeekanne ist voll und einsatzbereit.

Es liegt auch ein Zettel auf dem Tisch:

Ab zur Arbeit. In der Tasse befindet sich eine ruskovische Katerkur. Trink sie – und du wirst so gut wie neu sein.

Ich trinke das Wundermittel. Es schmeckt wie Pedialyte mit Gurkensaft, Milch und Kirschcola. Ich bin mir nicht sicher, wie effektiv dies als Katerheilmittel ist, aber wenn mich jemand jedes Mal dazu bringen würde, dies zu trinken, wäre es eine viel bessere Abschreckung vom Trinken als ein Kater allein.

Als ich damit fertig bin, Haferflocken in meinen Magen zu zwingen, erinnere ich mich daran, wie es ist, wieder ein Mensch zu sein.

Ich gieße mir eine Tasse Kaffee ein und schreibe Dragomir eine SMS:

Danke für das Frühstück. Und fürs Nachhausebringen.

Seine Antwort kommt sofort:

Mit Vergnügen. Hast du einen Moment Zeit für einen Videocall?

Ich lasse meinen Kaffee auf dem Tisch stehen und sprinte ins Bad, schminke mich und betrachte mein Gesicht.

Ich sehe nicht gut aus, aber auch nicht schlecht.

Sicher, antworte ich und lasse mich zurück auf den Küchenstuhl fallen.

Ein Videotelefonat von Dragomir erscheint.

Ich nehme es an.

Hinter ihm muss sein Büro sein – es ist so groß wie die Wohnung mancher Leute, mit mehreren Computermonitoren auf einem strahlend weißen Schreibtisch und einer Wand aus Bücherregalen, die alles von Wirtschaftslehrbüchern bis hin zu Fechttrophäen zeigen.

Durchdringende haselnussbraune Augen betrachten aufmerksam mein Gesicht. »Die *barabul'ka* muss funktioniert haben. Du siehst schon besser aus.«

»Barabul'ka?« Auf Russisch bedeutet dieses Wort *gestreifte Rotbarbe.* Was, obwohl es wie der Haarschnitt einer rothaarigen Stripperin aus den Achtzigern klingt, eine Fischart ist.

»*Barabul'ka* ist der Name des Heilmittels«, sagt er.

War es tatsächlich Fischbrühe oder passierter roher Fisch? Wenn ich es mir recht überlege, will ich das gar nicht wissen.

»Danke nochmal.« Ich nehme einen Schluck von

meinem Kaffee. »Und es tut mir leid wegen letzter Nacht.«

Er lehnt sich in seinem thronähnlichen Bürostuhl zurück. »Kein Problem.«

Ich ziehe eine Augenbraue hoch. »Ich kann nicht glauben, dass du nicht deinen Sieg feierst. Ich wünschte, ich hätte diese Selbstbeherrschung.«

Seine Augen glänzen. »Sich damit zu brüsten, dich zu übertrumpfen, wäre wie eine Opernsängerin, die sich damit brüstet, sich zu räuspern.«

War das ein Scherz? Wenn ja, dann lasse ich ihn einfach so im Raum stehen. »Du musst mich etwas für dich tun lassen, als Dankeschön dafür, dass du dich so gut um mich gekümmert hast.«

Ich fahre mir mit der Zunge über die Lippen, falls meine Absicht nicht klar ist.

Mission erfüllt. Sein Blick wird hungrig, und sein Körper spannt sich an, als würde er gleich zuschlagen. »Woran hast du gedacht?«

»Wie wäre es, wenn du heute Abend vorbeikommst?« Ich versehe die Frage mit so viel Laszivität, wie ich kann. »Ich mache dir … Abendessen. Ich hoffe, du kommst.«

Seine Stimme wird rau. »Ich werde da sein.«

»Gut«, sage ich, dann gebe ich ihm einen Luftkuss und lege auf.

Es ist endlich so weit – und dieses Mal kann uns kein Wodka aufhalten.

Schwindelig vor Aufregung schlucke ich den Rest meines Kaffees hinunter und eile ins Schlafzimmer, um alles für den heutigen Abend vorzubereiten. Saubere Laken – Check. Romantische Musik – Check. Sexspielzeug? Wird vorerst übersprungen.

Ich habe sogar ein paar LED-Kerzen um das Bett herum aufgestellt.

Jetzt muss ich meinen Vorwand durchziehen und uns Abendessen kochen.

Was soll ich machen? Keine Ahnung, aber ich weiß, wen ich fragen muss. Zwar kocht sie jetzt für Hunde, aber davor war sie eine Köchin für Menschen.

Ich rufe Xenia an und bringe sie auf den neuesten Stand meiner jüngsten Abenteuer, dann erzähle ich ihr von meinem kulinarischen Dilemma.

»Ich weiß genau das Richtige«, sagt sie enthusiastisch. »Hier sind die Zutaten, die du in alle Gänge einbauen solltest: Artischocken, Spargel, Avocado, Kokosnuss, Datteln, Bananen, Eier, Mango, Pilze, Okra, Pistazien, Sesamsamen, Petersilie und Sellerie. Für den Nachtisch mischst du einfach Walnüsse mit Honig.«

Sind das vier Gänge, wenn du das Dessert mitzählst? Langsam wird mir klar, warum Boy Toy so fröhlich aussieht.

»Das ist eine lange Liste«, sage ich. »Außerdem … In welches Gericht passen überhaupt Bananen und Okra?«

»Wer sagt, dass es das gleiche Gericht sein muss? Diese Zutaten sind bekannte Aphrodisiaka aus aller Welt. Die Franzosen glauben zum Beispiel, dass Artischocken die Genitalien wärmen.«

»So wie einige Geschlechtskrankheiten.«

»Wärmen, nicht brennen«, sagt sie, und ich kann hören, wie sie mit den Augen rollt. »Als Russe solltest du wissen, wie potent Walnüsse mit Honig sein können. Nimm einen Löffel eine halbe Stunde nach dem Essen und lass ihn dasselbe tun.«

Soll ich ein bisschen Viagra in das Dessert mischen, wenn ich schon dabei bin?

»Vielen Dank, Dr. Xenia. Wenn Sie mir jetzt noch ein paar Rezepte geben, die ich aus all diesen Dingen machen kann, wäre ich glücklich.«

Sie verspricht dies zu tun, und nach einer Stunde habe ich alle.

Ich bestelle meine Lebensmittel online, und während ich auf die Lieferung warte, gehe ich mit Boner spazieren und arbeite an einigen Designs. Als die Einkäufe eintreffen, beginne ich mit dem Kochen, obwohl es noch zu früh für das Abendessen ist.

Wenn ich am Ende nur zwei Gänge mit essbarem Essen zustande bringe, betrachte ich die Anstrengung als Erfolg.

Ich bin gerade dabei, eine Salsa mit Mango, Avocado und Petersilie zu machen, als Dragomir mir eine SMS schreibt:

Kann ich dich sofort per Video anrufen?

Ich stimme zu und eile aus der Küche, um mich vorzeigbar zu machen. Ich schaffe es gerade noch, bevor mein Handy nur eine Minute später klingelt.

In dem Moment, in dem sein Gesicht auf meinem

Bildschirm auftaucht, bemerke ich seinen grimmigen Ausdruck, und mir wird schwer ums Herz.

»Es tut mir so leid, aber ich muss unser Abendessen absagen«, sagt er knapp. »Mein Bruder hat einen Unfall gehabt.«

Kapitel Fünfundzwanzig

»Oh nein! Was ist passiert?«

Er setzt sich ein kabelloses Headset auf. »Lass mich in den Telefonmodus wechseln, damit ich packen kann.«

Packen?

Er erzählt mir, dass einer seiner Brüder ein großer Adrenalinjunkie ist, der in den gefährlichsten Gewässern surft, die steilsten Klippen mit dem Snowboard bezwingt und so weiter. Dieses Mal sprang er vom höchsten Wolkenkratzer in Moskau. Irgendetwas ist schiefgegangen, und er schlug sich den Kopf auf, woraufhin er von seiner Familie mit dem Hubschrauber nach Ruskovia gebracht wurde.

»Er liegt im Koma.« Dragomirs Stimme ist mit so viel Schmerz erfüllt, dass ich mir wünsche, ich könnte durch die elektromagnetischen Signale hindurchgreifen, um ihn in den Arm zu nehmen. »Ich fliege heute Abend nach Ruskovia.«

Heute Abend? Ich war so in seine Geschichte vertieft, dass ich kurzzeitig unsere Pläne vergessen hatte.

Ich eile in die Küche und schalte das Essen aus, bevor ein Feuer ausbricht.

»Was ist mit Winnie?«, frage ich. »Lässt du sie bei Fjodor?«

»Nein. Er kommt mit mir, und sie auch.«

»Wie? Ich meine, wird die Fluggesellschaft nicht einen Anfall bekommen?«

Hat er sie überzeugt, dass sie ein Dienstbär ist?

»Ich fliege mit einem Privatjet«, sagt er. »Ich werde mein Bestes tun, um es ihr bequem zu machen – obwohl, zugegeben, sie mag das Fliegen wirklich nicht.«

»Wenn du willst, kannst du sie bei mir lassen«, höre ich mich sagen.

»Danke, aber ich kann mich dir unmöglich so aufdrängen.«

Er klingt nicht ganz sicher, also bleibe ich hartnäckig. »Ist es überhaupt sicher, in ihrem Zustand zu fliegen?« Ich habe keine Ahnung, warum ich versuche, ihn zu überreden, Winnie bei mir zu lassen. Ich meine … eine Bärin in meiner kleinen Wohnung? Wirklich?

Vielleicht will ich einfach nur, dass er einen Grund hat, mit mir in Kontakt zu bleiben … alias eine Geisel nehmen.

»Stress ist in der Schwangerschaft nicht ideal«, gibt

er zu. »Aber trotzdem kann ich das nicht von dir verlangen.«

»Du fragst nicht. Ich biete mich freiwillig an.«

Er ist für einen Moment still. »Du weißt nicht, was da alles auf dich zukommt.«

Ich bin mir ziemlich sicher, dass ich das tue – und das Wegschaufeln von Bärenscheiße ist wahrscheinlich ein Teil davon.

»Wenn wir das machen, musst du mich für all ihr Essen bezahlen lassen«, sagt er. »Sie ist ein großes Mädchen, und die Kosten für ihre Nahrung könnten …«

»Das ist in Ordnung«, sage ich und kämpfe gegen den Drang an, die Untertreibung in der Bemerkung *großes Mädchen* zu kommentieren. Ich kann mir ihr Essen leisten, kein Problem, aber wenn er sich dadurch besser fühlt, werde ich nicht widersprechen.

»Ich werde auch einen Teil deiner Miete bezahlen, da …«

»Jetzt redest du wirres Zeug. Bring einfach einen Sack Futter vorbei – oder was immer sie braucht. Wenn es mir ausgeht, hole ich Nachschub und stelle ihn dir in Rechnung, wenn du zurückkommst.«

»Danke«, sagt er voller Gefühl. »Du weißt nicht, wie viel mir das bedeutet.«

Klasse. Jetzt fühle ich mich schuldig, weil meine nette Geste einen Hintergedanken hat.

»Wann wirst du sie vorbeibringen?«, frage ich.

»In einer Stunde?«

Ich gehe in meinen Kleiderschrank und suche nach

einer Tasche oder einem Rucksack, den ich nicht mit meiner Peniskunst verziert habe. »Passt mir.«

»Bis gleich«, sagt er und legt auf.

Ich stecke mein Handy ein, schnappe mir einen schmucklosen JanSport-Rucksack und stopfe ein paar ausgewählte Spielzeuge aus der Teledildonics-Linie, die Fanny und Vlad für mich getestet haben, hinein. Diese Spielzeuge sind für den Gebrauch von einem Mann gedacht und würden es mir und Dragomir ermöglichen, aus der Ferne intim zu werden – vorausgesetzt, ich gebe ihm den Rucksack, und ich bin mir nicht sicher, ob ich das tun sollte.

Auf der einen Seite würden wir es schaffen, uns trotz der plötzlichen Trennung kommen zu lassen. Es wird natürlich nicht so viel Spaß machen wie das, was wir heute Abend gemacht hätten, aber besser als nichts. Andererseits, was ist, wenn er irgendwie herausfindet, dass meine Firma diese Spielzeuge herstellt?

Aber wie sollte das passieren? Wie Vlad schon sagte – die Art und Weise, wie Belka aufgebaut ist, macht es unmöglich, in Erfahrung zu bringen, dass ich die Chefin bin.

Vielleicht treffe ich die Entscheidung, wenn er hier ist.

Fürs Erste lasse ich den Rucksack in der Nähe der Haustür und packe etwas von dem, was ich zum Abendessen gemacht habe, in eine To-go-Box für seinen Flug.

Die nächste Stunde verbringe ich damit, meine E-Mails zu lesen. Anscheinend sind Buttplugs in der

Form von Woody Harrelson im Trend. Hat er einen neuen Film herausgebracht oder so? Na ja, zumindest ist es nicht Liam Neeson. Ich weiß nicht, wie ich Xenia diese Nachricht überbringen sollte.

Es klingelt an der Tür.

Boner sprintet so schnell hinüber, dass er fast mit dem Kopf gegen die Tür knallt.

Als ich sie öffne, bringt der Anblick von Dragomir in einem engen Pullover und einer dunklen Jeans meinen Magen zum Flattern – aber dann überfällt eine Bärin mein Gesicht mit einem Eimer Speichel, was meiner überaktiven Libido einen Dämpfer verpasst.

»Hör auf, Winnie.« Dragomir zerrt sie von mir herunter. »Du wirst bei Bella bleiben, also musst du dich wie ein guter Hund benehmen.«

Er reicht mir ein Feuchttuch.

»Es ist okay«, sage ich, nachdem ich sabberfrei bin. »Sie *ist* ein guter Hund.«

Von uns unbeeindruckt, leckt Winnie als Nächstes Boner ab.

»*Bonjour, ma petite.* Deine Zunge ist wie der perfekte Speckstreifen, dein Sabber wie ein himmlisches Knochenmark.«

»*Zdrastvuyte,* Napoleon Carlovich. Du bist mein Lieblingshundemuffin – Deckhengst. Du lässt meine hündchengefüllten Eierstöcke ohnmächtig und meine zehn Nippel hart vor Sehnsucht werden.«

Hmm. Diese mentale Bauchrednersitzung ist schnell eskaliert. Es könnte auch ein bisschen Projektion darin sein.

»Winnies Sachen sind hier drin«, sagt Dragomir und rollt einen riesigen Koffer herein.

Ich blinzele, während ich den Koffer betrachte, als Herrchen wieder nach draußen tritt und einen weiteren hineinrollt.

Zwei Koffer? Für einen Hund?

Wenn *ich* in den Urlaub fahre, nehme ich nur einen mit – und der ist kleiner als die beiden.

Dragomir missversteht meinen Gesichtsausdruck, öffnet die Koffer und zeigt mir, dass einer mit Hundespielzeug gefüllt ist, während der andere eine Decke, ein Bett und Schalen geeigneter Größe sowie einige andere Gegenstände enthält, die eine Bärin glücklich machen sollen.

Ich ziehe meine Augenbrauen hoch. »Ist das alles?«

»Natürlich nicht«, sagt Dragomir. Er geht wieder hinaus und schleppt eine Tüte mit Hundefutter herein, in die eine Person meiner Größe problemlos hineinpassen würde – ohne dass sie sich klein machen müsste.

Bevor ich etwas dazu sagen kann, trägt er die Tüte in die Küche, füllt eine riesige Schüssel mit ihrem Inhalt und gießt Wasser in eine weitere, ebenso große Schüssel.

Als hätte sie jahrelang gehungert, stürzt sich Winnie auf das Futter.

Und hey, sie könnte für zehn, vielleicht sogar fünfzehn essen.

»Du solltest vielleicht auch Boner füttern«, sagt

Dragomir. »Wir wollen nicht, dass sie eifersüchtig aufeinander werden.«

Ich stimme zu und fülle Boners Schalen auf, die im Vergleich zu denen Winnies seltsam klein aussehen. Sobald Boner anfängt zu fressen, schleichen Dragomir und ich uns davon. Wir bringen Winnies Koffer ins Wohnzimmer und verteilen ihre Sachen so, dass, um Dragomir zu zitieren, »sie sich wie zu Hause fühlt«.

Als er das letzte Spielzeug verteilt hat, flackert Traurigkeit in seinen Augen auf – als würde er Winnie bereits vermissen.

»Es wird ihr gut gehen«, sage ich. »Dafür werde ich sorgen.«

Er tritt näher an mich heran, und sein Gesichtsausdruck verändert sich zu etwas viel Intensiverem. »Ich stehe wirklich in deiner Schuld.«

Mein Blick wandert Richtung Schlafzimmer, wo alles für eine epische Begegnung vorbereitet ist. »Wir müssen uns überlegen, wie du das wiedergutmachen kannst.«

Er kommt mit einem Schritt nah zu mir. »Ich muss los.«

»Natürlich.« Ich blicke zu ihm hoch, und mein Herz klopft in meiner Brust, als er seine Hände auf meine Schultern legt und seinen Kopf senkt.

Ich stelle mich auf meine Zehenspitzen.

Der Kuss ist weniger hungrig als unsere vorherigen. Stattdessen ist er mit Zärtlichkeit gefüllt – und es scheint ein Versprechen zu geben.

Ein Versprechen darauf, dass noch mehr kommen wird.

Widerstrebend zieht er sich zurück. »Es tut mir leid. Ich muss gehen.«

»Natürlich. Geh und sei bei deinem Bruder.« Hat meine Stimme gerade nachgegeben?

Er nickt förmlich und geht zur Tür.

Ich erinnere mich an die Gegenstände, die ich vorbereitet habe und renne ihm hinterher. »Nimm das.« Ich reiche ihm die To-go-Box. »Das sollte heute unser Abendessen werden.«

Seine Augen nehmen ein warmes Glühen an. »Vielen Dank. Ich melde mich, sobald ich gelandet bin und mir ein Bild von der Lage gemacht habe.«

Ermutigt drücke ich ihm auch den Rucksack mit den Sextoys in die Hand. »Nimm den auch mit, aber öffne ihn erst, wenn du einen Moment Ruhe hast.«

»Okay.« Er küsst mich erneut – diesmal sanft auf die Stirn – und geht hinaus.

Ich schließe die Tür mit einem Seufzer. Wie ferngesteuert tragen mich meine Füße hinüber ins Wohnzimmer, wo ich mich auf die Couch fallen lasse, meine Knie an die Brust drücke und zum tausendsten Mal *Frozen* aufrufe.

Irgendwann kommen Winnie und Boner ins Wohnzimmer.

Winnie schnappt sich einen Gummidonut in der Größe eines LKW-Reifens, kuschelt sich neben mich, und nimmt den Rest der Couch ein. Boner gesellt sich zu uns auf meinen Schoß, und als der Abspann läuft, fühle ich mich schon besser.

Da ich mir nicht sicher bin, ob Dragomir mit Winnie Gassi gegangen ist, bevor er sie hergebracht hat, gehe ich mit beiden Hunden spazieren – und obwohl ich das normalerweise nicht tun würde, habe ich mein Handy dabei, falls er vom Flugzeug aus anruft.

Als wir den Park betreten, läuft ein vertrauter Königspudel auf uns zu. Ich erinnere mich wegen der Löwenfrisur an ihn. Dieser Hund war neulich ein Arschloch zu Boner.

Ja.

Boners Gedächtnis ist nicht so gut wie meines, denn er versucht wieder, nett zu dem Pudel zu sein.

Der Pudel fletscht die Zähne und knurrt.

Obwohl sie dreimal so groß ist, versteckt sich Winnie mit einem Winseln hinter mir.

»Pom-Pom, du bist keine nette Dame«, sagt die Pudelbesitzerin zu ihrem Schützling, nachdem ich den beiden einen bösen Blick zugeworfen habe.

Boners Reaktion heute ist fast identisch zu der beim letzten Mal. Er hält inne und schaut mich mit einem verwirrten Blick an, der zu sagen scheint: »*Ma chérie*, ich dachte, dass ich – der Deckhengst – *irrésistible* für Hündinnen bin.«

Ich ziehe ihn zurück, bevor Pom-Pom sich auf ihn stürzen kann. Die knurrende Kreatur hat eindeutig Tollwut.

Als der Pudel außer Sichtweite ist, setzen wir

unseren Spaziergang fort. Da ich mein Handy dabei habe, rufe ich Xenia an und erzähle ihr von meinem Tag.

»Hmm«, sagt sie, als ich fertig bin.

»Hmm was?«

»Du wirst mich wieder eine zynische Russin nennen.«

»Ich werde dich noch Schlimmeres nennen, wenn du es nicht ausspuckst.«

»Gut«, schnaubt sie. »Woher wissen wir, dass es einen verletzten Bruder in Ruskovia gibt? Was ist, wenn er seine kerngesunde Frau oder Freundin besuchen will?«

Ich drücke die Hundeleinen in meiner Hand zusammen.

Sie spricht von einem Marco-Szenario und ich kann nicht glauben, dass mir das nicht zuerst eingefallen ist.

»Das macht keinen Sinn«, sage ich, nicht sicher, wen ich damit überzeugen will. »Er hatte die Chance, mit mir zu schlafen. Ist es nicht das, was Betrüger wollen? Wenn wir die Tat vollbracht hätten und er *dann* gegangen wäre, wäre das eine andere Geschichte.«

»Vielleicht ist er einer der seltenen Kerle mit einem Gewissen«, sagt sie und klingt jetzt weniger sicher. »Als der Betrug näherrückte, fühlte er sich schuldig und sprang ins Flugzeug, um bei seiner Lebensgefährtin zu sein.«

»Und hat seinen Hund bei mir gelassen? Das ist nicht ganz logisch.«

Zumindest hoffe ich, dass es das nicht ist. Ich wünschte, ich wäre so sicher, wie ich vorgebe, es zu sein.

Xenia seufzt. »Vielleicht bin *ich* einfach nur zynisch. Trotzdem würde ich an deiner Stelle die Augen und Ohren offen halten, wenn ich mit ihm spreche.«

Mein Magen fühlt sich kalt und eng an. »Können wir über etwas anderes reden? Wie ist es, verlobt zu sein?«

Xenia erzählt mir gerne alles über ihre letzten Gespräche mit den Menschen in ihrem Leben und wie alle Russen überrascht waren, dass eine *Frau in ihrem Alter* jemanden gefunden hat.

Als wir mit dem Gespräch fertig sind, bin ich schon zu Hause.

Ich lasse die Hunde von den Leinen, gehe hinein und beschäftige mich mit dem Design des VR-Anzugs, dann mit einigen E-Mails aus der Marketingabteilung – alles, um meine Gedanken von dem Gespenst, das Xenia aufgeworfen hat, abzuhalten.

Das Problem ist, dass diese heimtückischen Gedanken mir auflauern, als ich endlich ins Bett komme. Das sexy Setup in diesem Raum ist eine Erinnerung an Dragomir.

Die kalte Spannung in meinem Magen kehrt mit einer Rache zurück und während ich mich hin und her wälze, wird mir etwas klar.

Ich war nicht vorsichtig.

Irgendwie habe ich meine Deckung aufgegeben und Dragomir erlaubt, sich in mein Herz zu schleichen und es zu umschlingen. Nicht, dass ich in ihn verliebt bin – dafür ist es noch viel zu früh –, aber ich fühle definitiv *etwas*.

Verdammt. Ich bin so ein Idiot.

Hatte Xenia recht? Könnte es sein, dass er meine aufkeimende Verliebtheit bemerkt hat, sich deswegen schuldig fühlte und beschloss, zu fliehen, bevor die Dinge weitergehen? Vielleicht ist er einer von denen, die denken, dass Sex nichts bedeutet, aber wenn Gefühle im Spiel sind, ist das echtes Fremdgehen.

Wie auch immer, ich bin froh, dass er mir den Freiraum gibt, darüber nachzudenken. Es ist eine schlechte Idee, etwas anderes als Lust für ihn zu empfinden. Ob zurückgezogen oder nicht, er ist immer noch ein potenzieller Investor in das Projekt meiner Träume, und wie er sagte, sollten sich Geschäft und Emotionen nicht vermischen. Sex und Business sind auch keine gute Kombination, aber zumindest ist das eher zu entschuldigen.

Der Mann trug einen Rollkragenpullover, als wir uns das erste Mal trafen, verdammt nochmal.

Hat Xenia also recht? Oder ist sie nur paranoid, weil sie weiß, dass ich dazu neige, Arschlöcher anzuziehen? Ist das überhaupt wichtig? Auch wenn Dragomir Single ist, verbirgt er eindeutig etwas über seine Vergangenheit.

Das sollte an und für sich schon ein K.-o.-Kriterium sein.

Vielleicht kann ich jetzt, wo ich das erkannt habe, schlafen.

Nein. Das passiert nicht, zumindest nicht ohne Hilfe.

Ich stehe auf, stapfe in die Küche und stolpere dabei fast über Winnie. Sie hat sich um Boner gekuschelt, der im siebten Himmel zu sein scheint.

Als ich endlich den Kühlschrank erreiche, schlucke ich ein Glas Milch hinunter, in der Hoffnung, dass ein Nahrungskoma mir beim Einschlafen hilft.

Es funktioniert nicht. Anstatt zu schlafen, bekomme ich Sodbrennen.

Na schön. Ich schnappe mir wahllos ein Sexspielzeug, gehe zurück ins Bett und versuche, mich bis zur Erschöpfung zu orgasmieren. Unglücklicherweise visualisiert mein verräterischer Verstand jedes Mal, wenn ich zum Höhepunkt komme, den nackten Dragomir – ausnahmslos. Dummer Verstand.

Erst als die Batterieanzeige des Spielzeugs zu blinken beginnt, schlafe ich ein.

Kapitel Sechsundzwanzig

Als ich am nächsten Morgen meine Haferflocken esse, beobachte ich, wie mein Hund etwas Seltsames tut. Wenn ich raten müsste, würde ich sagen, er will Winnie bumsen. Er hat diesen Blick, den ich gut kenne, den, den er zeigt, bevor er sein Sexspielzeug, Remy, in Angriff nimmt. Aufgrund des Größenunterschieds kann er die Bärin jedoch nicht einmal annähernd besteigen.

Er schaut nur sehnsüchtig auf ihren Hintern und jault.

Winnie versteht entweder nicht, was er will, oder tut so, als würde sie es nicht verstehen.

»Du hast sie bereits geschwängert«, erinnere ich ihn.

»*Ma chérie*, was hat das mit *sexe*-Zeit zu tun?«

»Touché.« Ich esse weiter.

Während des Frühstücks wird meine Theorie bestätigt. Anstatt das Futter zu fressen, das ich ihm hingestellt habe, pirscht sich Boner an Winnie heran.

Sie ignoriert ihn und knabbert an ihrem Essen.

Mit einer großen Anstrengung springt er auf den Küchenstuhl. Das bringt ihn fast auf die richtige Höhe, nur dass der Stuhl etwa einen halben Meter vom Hintern der Bärin entfernt ist, und sie nicht so aussieht, als wolle sie näher kommen.

Boner blickt nach unten und dann mit berechnenden Augen auf sein Ziel.

»Tu es nicht«, sage ich. »Du wirst dir das Genick brechen.«

Ohne mich zu beachten, springt er – aber er schießt über das Ziel hinaus und landet auf Winnies Rücken.

Sie hört nicht einmal auf zu fressen.

Er schaut nach unten, dann zu mir.

»*Ma chérie*, Hilfe. *S'il vous plaît.*«

Ich nehme ihn herunter und setze ihn auf dem Boden ab.

Wenn er irgendeine andere Art von Hilfe haben will, wird das nicht passieren.

Er stapft hinüber zu seiner Schüssel, um seine Sorgen im Essen zu ertränken. Danach bumst er Remy, aber – und vielleicht bilde ich mir das nur ein – sein üblicher Enthusiasmus ist nicht vorhanden.

Ich schaue auf mein Handy.

Nichts von Dragomir.

Moment, warum überprüfe ich das überhaupt?

Ich stürze mich in die Arbeit und schaffe es, für den Rest des Tages nicht mehr allzu viel an ihn zu denken.

Nachts kann ich jedoch nicht einschlafen. Es stört mich, dass es weder einen Anruf noch eine Nachricht von ihm gab.

Er sollte jetzt schon gelandet sein, denke ich.

Als ich nach einer weiteren unruhigen Nacht aufwache, gibt es immer noch nichts Neues.

War es das? Ignoriert er mich?

Nein, das ist nicht logisch. Ich habe seinen Hund. Aber warum ruft er mich dann nicht an oder schreibt mir eine SMS?

Endlich leuchtet nach dem Mittagessen ein Videoanruf von Dragomir auf meinem Telefon auf, der mich von einem Dildoentwurf ablenkt.

Mein Finger gleitet zum Annehmen, und ich drehe das Telefon schnell, um zu verhindern, dass er sieht, woran ich gerade arbeite.

Vertraute haselnussbraune Augen blicken mich vom Bildschirm aus an. Wunderschöne Augen, obwohl sie müde und traurig wirken.

»Hi«, sagt er und betrachtet mich. »Tut mir leid, dass ich nicht früher dazu gekommen bin, mich zu melden.«

Ich betrachte meinen Hintergrund. Er scheint sich in einem Wohnzimmer zu befinden, mit einem großen, teuer aussehenden Teppich an der Wand hinter ihm – was Wandteppiche zu einem weiteren Punkt macht, in dem Ruskovia Russland ähnelt.

»Wie geht es deinem Bruder?«, frage ich, während mein Verstand krampfhaft versucht, herauszufinden, was ich mit meinen von Xenia inspirierten Verdächtigungen machen soll.

Er sieht gequält aus. »Er liegt im Koma. Die Ärzte wissen nicht, wann er wieder aufwachen wird.«

Scheiße.

Er klingt so aufrichtig.

»Wo ist er?«, frage ich.

»Hier, im Krankenhaus«, sagt Dragomir.

Krankenhaus? Der Hintergrund sieht nicht wie ein Krankenhaus aus.

Wow. *Wenn* er lügt, ist das ein sehr schlechtes Karma. Aber wie kann ich das erkennen?

Er runzelt die Stirn und blickt mich an.

Ist etwas von meinen Zweifeln in meinem Gesicht zu sehen?

»Wie heißt dein Bruder?«, platzt es aus mir heraus.

Nicht sehr subtil, aber hey. Wenn er sich das ausdenkt, wird er stolpern, und ich werde es mitbekommen. Oder wenn er mir einen Namen gibt, kann ich ihn an Vlad weitergeben, um ihm beim Schnüffeln zu helfen – eine Win-win-Situation.

Sein Stirnrunzeln wird tiefer. »Stimmt etwas nicht?«

Ja, das war keine so gute Idee von mir.

»Du bist jetzt im Krankenhaus?«, frage ich und beschließe, es einfach direkt anzusprechen. »Jetzt gerade?«

Seine Augen werden schmal. »Das habe ich doch gerade gesagt.«

»Wie kommt es dann, dass es wie ein Wohnzimmer aussieht?«

Hat jemand das Thermostat in meiner Wohnung hochgedreht? Ich fange an zu schwitzen wie ein Schwein bei einer Bikram-Yoga-Praxis.

Er schaut auf den wuscheligen Teppich hinter sich, dann dreht er sich wieder zur Kamera um. »Es ist ein privates Krankenhaus. Warum sollte man es den Patienten nicht bequem machen?«

»Ich schätze …«

Seine küssbaren Lippen werden flach. »Willst du damit sagen, dass ich nicht in einem Krankenhaus bin, obwohl ich dir sage, dass ich es bin?«

Ich schlucke den Kloß in meinem Hals hinunter, der sich plötzlich gebildet hat. »Ein Teppich scheint nicht sehr hygienisch zu sein.«

Wenn ich die Zeit zurückdrehen könnte, würde ich dieses Gespräch von vorne beginnen und eine andere Richtung einschlagen.

Sein Blick verhärtet sich. »Willst du sagen, ich führe dich in die Irre?«

Mein Magen verdreht sich zu einem Knoten, und die Worte kommen wie von selbst über meine Lippen. »Schau, ich weiß nicht viel über dich. Als du so plötzlich gegangen bist, habe ich mich gefragt, ob …«

»Genug.« Er greift nach dem Telefon und dreht die Kamera, um sie durch den Raum zu schwenken.

Zunächst verstärkt sich mein

Wohnzimmereindruck. Ich entdecke einen großen Fernseher, Plüschmöbel und einen verschnörkelten Couchtisch, der noch weniger in ein Krankenhaus gehört als ein Teppich. Doch dann kommt ein Bett in Sicht, und meine Brust zieht sich bei dem Anblick schmerzhaft zusammen.

Es ist ein Krankenhausbett, wenn auch das schickste, das ich je gesehen habe. Um das Bett herum stehen Ständer mit intravenösen Flüssigkeiten und Nährstoffen, ein Beatmungsgerät, ein Monitor, der den Blutdruck und die Herzfrequenz anzeigt, und andere furchteinflößende medizinische Geräte.

Mein Magen fühlt sich kalt und hart an, wie die sibirische Tundra.

All dieses Equipment ist an einem bewusstlosen Dragomir befestigt.

Ich atme panisch ein und erinnere mich daran, dass es nicht Dragomir sein kann. Ich habe ihn gerade eben noch gesehen. Dieses Ebenbild von ihm ist sein Bruder.

Oh Gott. Sein *Bruder.*

Ich bin so ein Arschloch. Ich zweifelte an ihm in einem der schlimmsten Momente seines Lebens. Wenn einer meiner Brüder …

Nein. Ich kann diesen Gedanken nicht einmal zu Ende denken.

Mit einer ruckartigen Bewegung schwenkt das Telefon zurück zu Dragomirs Gesicht.

Ich fühle einen irrationalen Moment der Erleichterung, weil ich den Beweis habe, dass es nicht

Dragomir ist, der in diesem Bett liegt – aber meine Erleichterung ist nur von kurzer Dauer.

Der finstere Blick auf seinem Gesicht ist nicht zu übersehen. Er ist genauso enttäuscht von mir, wie ich es bin.

Seine Stimme ist tief und hart. »Bist du jetzt zufrieden?«

»Es tut mir sehr leid. Ich hätte nicht …«

»In der Tat«, sagt er. »Wenn du mich jetzt entschuldigen würdest.«

Er legt auf.

Ich starre eine Weile auf den schwarzen Bildschirm meines Telefons.

Irgendwann später kneife ich mich. Kräftig.

Nein. Kein schlechter Traum. Leider.

Also … war es das? Ist das, was zwischen uns passiert ist, vorbei?

Ich fühle mich wie Hundescheiße – was mich an meine pelzigen Schützlinge erinnert.

Ich ignoriere die Schwere in meiner Brust, mache ein Sandwich, leine die Hunde an und gehe in den Park.

»Ihr Russen mögt definitiv Bären«, murmelt John, während er Winnie in ihrer ganzen flauschigen Größe betrachtet.

Ich zucke mit den Schultern und fange mit einer neuen Geschichte an, warum er mir den Gefallen tun muss, mir das Sandwich abzunehmen.

John schaut mich seltsam an und nimmt das Essen entgegen. »Geht es dir gut?«, fragt er unwirsch.

Wie schlecht sehe ich aus, dass er seine üblichen Kommunistenbeleidigungen übersprungen hat?

»Mir geht es gut, danke der Nachfrage.«

»Na dann.« Er nimmt einen Bissen von dem Sandwich und schluckt ihn ohne zu kauen herunter. »Danke.«

Danke!

Wow.

Vielleicht sollte ich Lotto spielen, um die nötigen Mittel für mein Vorhaben zu bekommen. Nach dem hier, der Umarmung von Mutter und dem »Schön, dich zu sehen« von Vater könnte ich gerade den Jackpot gewinnen.

»Tschüss, John«, murmele ich, als ich nach Hause gehe.

Auf dem Rückweg führen mich die Lotteriegedanken zu einer Kette von Grübeleien, die ich eigentlich vermeiden wollte.

Wie sehr habe ich die Sache mit Dragomir vermasselt? Abgesehen davon, dass ich seinen Körper nie bekommen werde – habe ich auch meine Chancen auf eine Finanzierung für mein Projekt verspielt?

Ich denke, die Zeit wird es zeigen.

Ein Videoanruf dröhnt auf dem Telefon, als ich meine Wohnung betrete.

Die Hunde im Schlepptau, stürme ich hinein.

Als ich zum Telefon greife, wünsche ich mir, dass er es ist, der mich zurückruft.

Als ich den Namen auf dem Bildschirm sehe, lasse ich mich erleichtert auf die Couch fallen.

Das Universum muss mich erhört haben.

Es ist Dragomir.

Kapitel Siebenundzwanzig

$\mathcal{M}$it hämmerndem Herzen nehme ich den Anruf an.

Dragomir sieht müde aus, aber nicht weniger lecker.

Ich zügele meine Aufregung. Wahrscheinlich ist er gerade dabei, die Vorbereitungen für Winnie zu treffen oder Ähnliches.

»Es tut mir leid, dass ich vorhin aufgelegt habe«, sagt er.

Ich mache die Hunde los und blinzele ihn an.

»Ein Arzt kam ins Zimmer«, erzählt er weiter. »Ich hoffe, du verstehst das.«

Er hat nicht aus Wut aufgelegt? Möchte der Mann heilig werden?

»Ich bin diejenige, der es leid tut«, platze ich damit heraus. »Du hast es mit einer Tragödie zu tun. Offensichtlich hast du keinen Platz in deinem Leben für meine Paranoia.«

Er seufzt. »Du hattest recht. Wir kennen uns nicht so gut, und mir ist klar, dass das teilweise meine Schuld ist. Meine Vergangenheit hier in Ruskovia ist … nun, ich spreche nicht gerne darüber.«

»Es ist nicht so, dass wir offiziell zusammen sind, um irgendeine Paranoia meinerseits zu rechtfertigen«, sage ich und wünsche mir dann, ich hätte es nicht getan, weil er sich bei dieser Aussage etwas versteift.

Er fängt sich, vertreibt sichtlich die Anspannung und hält das Telefon ein wenig näher an sein Gesicht. »Sag mal … steckt mehr hinter deinem Misstrauen? Hat dich jemand verletzt?«

Ich schlucke aufgrund der plötzlichen Enge in meinem Hals. »Der letzte Mann, mit dem ich ausgegangen bin. Er war verheiratet, und ich wusste das das ganze Jahr über nicht, in dem wir zusammen waren.«

Dragomirs Augen weiten sich, dann verengen sie sich gefährlich, und eine Ader beginnt auf seiner Stirn zu pulsieren. »Hat er dich darüber angelogen?«

Ich nicke und spüre das heiße Brennen der Scham auf meinen Wangen. Bis zum heutigen Tag fühle ich mich wie ein Idiot. »Er war ein Investmentbanker bei Goldman Sachs, ein Vizepräsident in deren Mergers-&-Acquisitions-Abteilung, also arbeitete er sehr viel – zumindest hat er das gesagt. Ich kam frisch vom College und war damit beschäftigt, meine eigene Karriere zu starten.« Oder, besser gesagt, meine eigene Sexspielzeugfirma, aber ich bin noch nicht bereit, dieses Thema mit Dragomir zu erörtern. »Wir haben uns nur ein-, höchstens zweimal in der Woche gesehen«, fahre ich fort und gebe mein Bestes, um die Bitterkeit aus meiner Stimme herauszuhalten, »und fast nie an den Wochenenden. Er behauptete immer, dass er ein dringendes Meeting mit einem Kunden hatte, für das er sich vorbereiten musste, und ich bin mir sicher, dass seine Frau dachte, dass die unregelmäßigen Abende und Nächte unter der Woche, die er mit mir verbrachte, nur die typischen Nachtschichten im Büro waren.«

Dragomir bellt wütend etwas auf Ruskovisch. Es muss ein Schimpfwort sein, das mein Ex zu Recht verdient, aber es klingt zufällig sehr nach etwas Gutartigem auf Russisch: *crapulence* – das kranke Gefühl, das man bekommt, wenn man zu viel getrunken oder gegessen hat.

Er bestätigt meinen Verdacht, als er »Ficker« murmelt, bevor er wieder in die Kamera schaut. »Ich schwöre auf das Leben meines Bruders, dass ich keine andere Frau habe«, sagt er ernsthaft. »Hilft das?«

Eine andere Frau? Macht das aus mir *die* Frau in seinem Leben?

Das muss es. Ich glaube nicht, dass er auf das Leben seines Bruders schwören würde, wenn er lügt. Niemals, aber besonders nicht unter diesen Umständen.

»Wie geht es ihm? Hat der Arzt etwas gesagt?«, frage ich, froh, das Thema von meinem Ex wegzulenken.

Dragomirs Gesichtsausdruck verfinstert sich. »Er

hat mir erklärt, dass das Koma künstlich herbeigeführt wurde. Die Hoffnung ist, dass es sein Gehirn vor weiteren Schwellungen schützt.«

Meine Brust füllt sich mit einem drückenden Schmerz. »Es tut mir sehr leid. Ich weiß gar nicht, was ich sagen soll.«

»Ich kann es dir nicht verdenken. Ich weiß auch nicht, was ich zu dem Thema sagen soll.« Seine Augen scheinen in diesem Licht mehr braun als haselnussbraun. »Das Schlimmste an der Sache ist, dass ich so wütend auf Tigger bin. Was für einen Bruder macht das aus mir?«

Der Name des Bruders ist Tigger? Klingt eher wie ein Spitzname, aber ich speichere ihn trotzdem ab, bevor ich Dragomir ein beruhigendes Lächeln schenke. »Einen menschlichen. Wenn meine Brüder auch nur darüber nachgedacht hätten, von einem Wolkenkratzer zu springen, geschweige denn es getan hätten, wäre ich wütend. Und wenn sie sich dabei verletzen würden, würde ich sie wahrscheinlich eigenhändig umbringen.«

Der leiseste Hauch eines Lächelns berührt seine Augen. »Das kann ich mir gut vorstellen.«

»Das können sie auch, wette ich – deshalb wird es in nächster Zeit auch keine Chortskys geben, die Base-Jumping betreiben werden.«

Dragomir nickt, dann sagt er leise: »Tigger war immer ein Draufgänger, schon als wir Kinder waren. Immer, wenn irgendein Unfug im Haushalt passierte, haben unsere Eltern ihn zuerst beschuldigt.« Sein Blick wird distanziert. »Einmal stahl er eine Granate aus dem Zweiten Weltkrieg aus einem Museum und warf sie in ein Lagerfeuer, das er neben Mutters Lieblingspavillon entzündet hatte. Ich weiß nicht, wie er es geschafft hat, zu überleben, aber der Pavillon und die Hälfte der Gärten haben es nicht geschafft. Unsere Eltern stellten nach diesem Vorfall ein persönliches Kindermädchen für ihn ein, aber er brachte sie dazu, zu kündigen – und die fünf Kindermädchen danach auch.«

Wow. Und meine Eltern beschweren sich darüber, dass *meine* Brüder als Kinder wild waren.

»Brüder können Ärger machen«, sage ich. »Als ich sechs Jahre alt war, nahmen meine mich mit nach Coney Island. Ich war groß für mein Alter, also ließen sie mich mit dem Cyclone fahren – einer klapprigen, extrem beängstigenden Achterbahn. Als wir danach schwimmen gingen, war mir so schwindelig, dass ich fast ertrunken wäre und Mund-zu-Mund-Beatmung von einem Rettungsschwimmer brauchte.«

Er runzelt die Stirn, als würde er sich Sorgen um mein kindliches Ich machen, dann schüttelt er missbilligend den Kopf. »Wenigstens scheinen sie dich *jetzt* zu beschützen.«

»Sie waren immer beschützend. Es ist nur so, dass sie zum Zeitpunkt des Vorfalls zu jung waren, um die richtigen Entscheidungen zu treffen – was im Grunde bedeutet, dass sich ihre Beschützerinstinkte darin manifestierten, jeden Tyrannen zu verprügeln, der es wagte, an meinen Zöpfen zu ziehen.«

»Ich sage immer noch, dass du es leicht hattest mit

nur zwei Brüdern, um die du dich kümmern musst. Stell dir neun vor.«

»Moment.« Ich schaue ihn an und suche nach einem Zeichen dafür, dass er scherzt. »Sind alle deine Geschwister männlich?«

»Das sind sie. Es ist eine Quelle großen Stolzes für Vater, so viele Söhne gezeugt zu haben.« Dieser letzte Teil wird mit Widerwillen gesagt.

Ich pfeife. »Das muss eine statistische Anomalie sein. Deine arme Mutter. Wie kam sie mit so viel Testosteron unter einem Dach zurecht?«

Er rollt mit den Augen. »Mutter hat sich nie die Hände schmutzig gemacht – dafür waren die Dienstboten da.«

Diener? Ich erinnere mich an seine Erwähnung des Pavillons seiner Mutter und der Gärten. Seine Familie klingt mehr als nur wohlhabend. Das zeigt, wie wahr das ganze Klischee »Geld macht nicht glücklich« ist. Er sieht eindeutig unglücklich aus, als er sich an all das erinnert.

»Ein Kindermädchen wäre vielleicht besser gewesen als die Bemutterung durch meine Mutter«, sage ich, unsicher, ob das tröstlich klingen wird oder nicht.

Er lacht. »Deine Eltern sind Engel im Vergleich zu meinen.«

Schon wieder dieser Wettbewerb? Gibt er nie auf? »Sie haben sich in deiner Nähe einfach nett verhalten. Sie sind keine Engel.«

Seine Augen ziehen sich zusammen. »Meine haben

mich offiziell enterbt. Tigger auch. Haben deine das mit einem ihrer Kinder gemacht?«

Ich bewege mich unbehaglich in meinem Sitz. »Nein.«

»Könnten sie?«

Ich zucke mit den Schultern. »Sie missbilligen die Entscheidungen, die ich getroffen habe, und haben es mich wissen lassen. Ich bin mir aber nicht sicher, ob sie vorhaben, ihren Unmut *so* offiziell zu machen.«

Ein Grinsen erscheint auf seinen Lippen. »Du gibst dich also zur Abwechslung mal geschlagen.«

»Ich gebe nichts dergleichen zu. Bis ich deine angeblich höllischen Eltern nicht kennenlerne, werde ich nicht glauben, dass sie so schlimm sind, wie du behauptest.«

Andererseits, will ich sie wirklich noch treffen? Vielleicht ist es besser, ihn einfach bei dieser Sache gewinnen zu lassen.

Das Grinsen verschwindet. »Sie *sind* so schlimm, wie ich behaupte.«

Ich wünschte, er wäre hier, damit ich ihn umarmen und ihm zumindest etwas von seinem Schmerz nehmen könnte. »Was hast du getan, um sie zu verärgern?«

»Ich wollte unabhängig sein.« Ich habe noch nie jemanden gehört, der so viel Bitterkeit in vier Worte gepackt hat. »Nach dem College kümmerte ich mich um ihre Investitionen, und als ich genug Kapital hatte, um mich selbständig zu machen, tat ich genau das, und sie missbilligten es.«

»Das war's?«

Sogar sein Seufzer klingt bitter. »Sie mögen nichts mehr, als ihren Willen zu bekommen.«

Sie missbilligen also, dass er im Grunde ein Unternehmen gegründet hat. Das haben wir gemeinsam – obwohl ich es nicht erwähnen werde, weil ich nicht bereit bin für das Gespräch über die Sexspielzeugfirma.

»Was ist mit Tigger?«, frage ich. »Was haben sie für ein Problem mit ihm? Seine Abenteuer?«

Dragomirs Nasenlöcher blähen sich auf. »Sie nennen es sein *ungebührliches Verhalten*. Ich vermute, wenn er aus dem Koma erwacht, werden ihre ersten Worte *Wir haben es dir ja gesagt* sein.«

Hmm. Vielleicht *sind* seine Eltern schlechter als meine.

Er gähnt und erinnert mich daran, wie müde er aussah, als er anrief.

»Wann hast du das letzte Mal geschlafen?« Die Frage kommt fordernder heraus, als ich beabsichtigt habe.

»In New York«, sagt er und unterdrückt ein weiteres Gähnen.

»Du solltest ins Bett gehen. Du leidest unter Schlafentzug und Jetlag. Wenn Tigger aufwachen würde, wärst du in diesem Zustand nutzlos für ihn.«

Sein schwaches Lächeln kehrt zurück. »Du bist weiser, als für dein Alter normal ist. Habe ich dir das schon gesagt?«

»Das musstest du nicht. Geh jetzt.«

»Danke«, sagt er und blickt mich mit einem seltsam intensiven Ausdruck an.

Ich schlucke hörbar. Warum fühle ich mich plötzlich wie eine Fliege, die in Bernstein stecken geblieben ist?

»Rufst du mich an, wenn du aufwachst?«, schaffe ich zu sagen.

»Wir haben ein Date«, sagt er und legt auf.

Ich stehe von der Couch auf und stolpere hinüber zu meinem Computer.

Woody Buttplugs sind immer noch im Trend.

Also gut.

Eine Zeit lang beschäftige ich mich mit der Konstruktion eines Klitorissaugers.

Wenn das Ziel war, Dragomir zu vergessen, bin ich mir nicht sicher, wie viel Erfolg ich habe. Jetzt, wo ich fertig bin, stelle ich fest, dass das Design verdächtig nach seinen Lippen aussieht.

Xenia ruft mich an, damit ich sie über alles informiere.

»Hört sich so an, als hätte er wirklich niemand anderen«, sagt sie, als ich fertig bin. »Es tut mir leid, dass ich dich so paranoid gemacht habe.«

»Du brauchst dich nicht zu entschuldigen. Ich habe meinen eigenen Kopf auf meinen Schultern.« Und mein eigenes Gepäck, das mich dafür empfänglich macht, Männern zu misstrauen.

Wir plaudern noch etwas, dann bittet sie mich, sie über Tiggers Genesung auf dem Laufenden zu halten, und legt auf.

Ich schaue nach meinen flauschigen Begleitern und erwische Boner wieder auf dem Küchenstuhl. Ich glaube, er wartet darauf, dass Winnie zum Trinken kommt, damit er versuchen kann, sie aus der richtigen Höhe zu bumsen.

»Ich würde Remy bumsen, wenn ich du wäre«, sage ich zu ihm.

»*Ma chérie*, wie kannst du die *maman* meiner Babys mit einer *maîtresse* vergleichen?«

Ich mache mir ein Truthahn-Sandwich, während ich ihn im Auge behalte. Wie erwartet kommt Winnie zum Trinken, positioniert aber ihren Hintern so, dass Boner nicht einmal hoffen kann, den Sprung zu schaffen.

Schlaue Bärin.

Mit einem niedergeschlagenen Blick springt Boner vom Stuhl.

Aaah. Wenn Remy nicht wäre, würde ich sagen, dass mein Hund in einer Version der männlichen Hölle lebt – eine sexy Hündin vor ihm, aber immer knapp außerhalb seiner Reichweite. Andererseits ist das sexuelle Setup vieler Ehen so, dass es vielleicht übertrieben ist, es die Hölle zu nennen.

Ich nehme das Sandwich mit ins Wohnzimmer, schalte Netflix ein und stöbere durch die Angebote. Hmm. Soll ich mir etwas mit Woody Harrelson anschauen – zu Ehren unseres Bestsellers?

Ich frage mich, ob er in irgendeinem seiner Filme einen Rollkragenpullover getragen hat.

Sobald ich mich für einen Film entschieden habe,

beiße ich in mein Sandwich, aber meine Zähne beißen nur in die Luft.

Ich starre auf meine sandwichlose Hand.

Was zum Teufel …? Kann man Gedächtnislücken bekommen, wenn man zu geil ist?

Ein Hauch von Hundeatem lässt mich aufhorchen, und ich schaue hinter mich.

Ja.

Winnie kaut völlig frei von Schuldgefühlen, die Schnauze mit Krümeln bedeckt, an den Überresten meines Sandwichs.

Wie hat sie es so heimlich stibitzen können? Wenn ich ihr beibringen könnte, das mit Schmuck zu machen, könnten wir weltbekannte Diebe werden.

»Schlampiger Zug, mein Essen zu stehlen«, sage ich streng. »Außerdem … hast du heute nicht schon einen Eimer Hundefutter gefressen?«

»Ts, ts, Bella Borisovna. Willst du den Appetit einer schwangeren Frau kritisieren?«

Ich gehe in die Küche, klemme ein weiteres Stück Truthahn zwischen zwei Scheiben getoastetes Brot und gebe den Hunden etwas von ihrem eigenen Futter, damit sie auch mit dem Fressen beschäftigt sind – ein todsicherer Weg, um mir das nächste Sandwich zu sichern.

Nach dem Film und einer Dusche ziehe ich meinen Schlafanzug an und gehe endlich ins Bett – aber nicht, um zu schlafen. Zuerst möchte ich meine aufgestauten Triebe mit Hilfe eines Vibrators aus unserer Teledildonics-Linie lindern. Die Fantasie, die ich im

Kopf habe, ist, dass Dragomir ihn aus der Ferne bedient und meine Orgasmen von Ruskovia aus steuert.

Ich hole den nagelneuen Vibrator aus der Schachtel und bereite mich darauf vor, ihn mit meinem Telefon zu verbinden.

Dieses wahnsinnig pinke Spielzeug ist aus einem speziellen Material, das ich vor kurzem erfunden habe. Er fühlt sich matschig an und erinnert an *kholodetz* – obwohl keine Schweineschnauze, Schweineohren, Hühnerfüße oder Rinderschwänze an der Herstellung dieses Vibrators beteiligt waren.

In der Tat werden bei der Herstellung von Belka-Spielzeug keine Tiere geschädigt. Wir testen nichts an Tieren … außer, Vlad und Fanny zählen.

Ich entsperre mein Telefon und suche nach der Belka-App, die Vlad geschrieben hat, eine mit Steuerungen für das Spielzeug.

Plötzlich erscheint ein Videocall auf meinem Bildschirm.

Mein Herz springt mir in den Hals.

Bin ich schon eingeschlafen und träume?

Wieder einmal ist es Dragomir.

Kapitel Achtundzwanzig

Ich positioniere mich so, dass Dragomir das Sexspielzeug auf meinem Bett nicht sehen kann, und nehme den Anruf an.

Hinter ihm befindet sich ein schickes Schlafzimmer, das ein Penthouse in irgendeinem Hotel sein muss. Er sitzt auf einem Stuhl und ist nur mit einem Bademantel bekleidet, was mir beim Anblick der festen Furche zwischen seinen Brustmuskeln das Wasser im Mund zusammenlaufen lässt.

Seine haselnussbraunen Augen sind jenseits von rot und gereizt – die Augen eines Gefangenen, der sich der erweiterten Verhörtechnik des Schlafentzugs unterzieht. Aber als er mich sieht, verziehen sich seine Lippen zu einem Lächeln, das mir das Gefühl gibt, als hätte ich Sonnenschein verschluckt.

»Hallo *squirrelchik*«, sagt er. »Vermisst du mich schon?«

Mein Antwortgrinsen ist albern. »Hast du mich

gerade ein Eichhörnchen-Küken genannt?«

Er nimmt einen belehrenden Ton an. »Die russische Verkleinerungsform für Bella ist Belochka, was auch das Wort für ein Eichhörnchen ist. Neben dem Suffix *chka* ist eine weitere Möglichkeit, einen Diminutiv zu bilden, vor allem im Ruskovischen, *chik*. Aber da du ziemlich amerikanisch bist, habe ich es ins Englische umgewandelt und kam auf *squirrelchik*.«

Ich rolle spielerisch mit den Augen. »Hast du mir gerade meinen Kosenamen erklärt?«

»Sorry«, sagt er reumütig. »Ich hätte wissen müssen, dass du verstehst, wie ich darauf gekommen bin. Du bist schlauer als ich. Und offensichtlich besser in Russisch.«

»Und vergiss es nicht. Aber viel wichtiger: Findest du nicht auch, dass der Spitzname mich ein wenig eichhörnchenhaft klingen lässt?«

Sein Lächeln wird breiter. »Ich kann dich *kiska* nennen.«

»Das ist Muschi. Das weißt du doch, oder?«

Seine linke Augenbraue hebt sich. »Es bedeutet *Kätzchen*.«

»Weibliches Kätzchen«, sage ich. »Glaub mir, ich wäre lieber das Eichhörnchenküken – vorausgesetzt, ich kann dir im Gegenzug auch einen Kosenamen geben.«

Er neigt den Kopf. »Das kommt darauf an.«

»*Drakonchik*«, sage ich. Seinen früheren Lehrertonfall nachahmend, erkläre ich: »Dragomir klingt nahe genug an *Drache*, und die

Verkleinerungsform davon ist auf Russisch *drakonchik*.«

Er runzelt die Stirn. »Es klingt auch wie Dr. A. Konchik. Bedeutet *konchik* auf Russisch nicht Eichel, also wie die Penisspitze?«

»Nein«, sage ich und tue mein Bestes, um eine ernste Miene zu bewahren. »Es ist ein allgemeines Wort für die Spitze, wie die eines Bleistifts, eines Kugelschreibers und so weiter. Aber wenn es dir lieber ist, kann ich dich Dr. Tip nennen.«

»Nein, danke, *drakonchik* ist in Ordnung.«

»Dann haben wir einen Deal. Jetzt sag mir, warum du nicht schläfst.«

Er zuckt mit den Schultern, und die Müdigkeit kehrt in sein Gesicht zurück. »Ich habe es versucht. Ich konnte einfach nicht.«

»Das ist scheiße. Ich hasse es, wenn das passiert.«

Ein Grinsen erscheint auf seinen Lippen. »Es ist nicht *komplett* schlecht.«

Meine Atmung beschleunigt sich. Ich glaube, ich weiß, worauf das hinausläuft.

»Als ich es leid war, im Bett zu liegen, habe ich schließlich nach etwas gesucht, was ich tun konnte, also habe ich den Rucksack geöffnet, den du mir gegeben hast.« Er dreht die Kamera, um mir die Sextoys zu zeigen, die überall auf seinem Bett verstreut liegen.

Ja. Wie ich dachte. Aber könnte das tatsächlich …

»Also, squirrelchik.« Sein Grinsen wird geradezu verrucht. »Kannst du mir das erklären?«

Kapitel Neunundzwanzig

*D*enkt er, dass er mich mit dem Anblick von Sexspielzeug aus der Fassung bringen kann? Ich, die Frau, die sie alle entworfen hat? Oder – so hoffe ich – ist meine frühere Fantasie dabei, Realität zu werden?

Ich atme tief ein. »Das sind teledildonische Spielzeuge. *Tele* ist griechisch für *weit*, und der Dildo-Teil ist selbsterklärend.« Ich werfe einen Blick auf den Schrittbereich seines Bademantels. Auch wenn es mein Wunschdenken ist, denke ich, dass ich dort einen Blick auf den Everest erhaschen kann, der das weiße Tuch spannt.

Dragomirs Blick färbt sich bernsteinfarben, die frühere Müdigkeit ist spurlos verschwunden. »Willst du etwas davon an mir benutzen?«

Ich hebe anzüglich eine Augenbraue. »Ja, aber du darfst nicht den ganzen Spaß allein haben.« Die Kamera drehend, zeige ich ihm den rosa Vibrator auf meinem Bett. »Dies ist ein Spielzeug, das nach dem gleichen Prinzip funktioniert wie die, die du hast. Mit der richtigen App kannst du mit mir machen, was ich mit dir vorhabe.«

Er hält das Telefon näher an sein Gesicht. Seinem Gesichtsausdruck nach zu urteilen erwarte ich fast, dass er ein Stück des Bildschirms abbeißt.

»Okay«, knurrt er. »Ausziehen.«

Wow. Es geht *los*. Irgendwie Donkey-Kong-like.

Ich ziehe mein Tanktop aus und entblöße meine Brüste.

Seine Augen weiten sich.

Ich drehe ihm den Rücken zu, strecke meinen Hintern heraus und schiebe langsam meine Pyjamashorts herunter.

Sein Telefon fällt ihm fast aus der Hand.

Ich drehe mich um und ziehe, so verführerisch wie möglich, mein Höschen aus.

Ich habe das noch nie gemacht, mich vor einer Kamera auszuziehen. Wer hätte gedacht, dass es mich so heiß machen würde? Meine Brustwarzen sind hart und mein Kitzler pocht – und das Beste kommt noch.

»Scheiße.« Dragomirs Grunzen klingt schmerzhaft. »Du bist perfekt.«

Ich führe die Kamera neckisch näher zu meinem Gesicht, um meinen Körper vorübergehend zu verbergen. »Jetzt bist du dran.«

Er stellt sein Telefon auf einen Nachttisch, tritt zurück, damit ich seinen ganzen Körper sehen kann, und lässt den Bademantel fallen.

Mein Verstand – und weitaus privatere Teile – sind offiziell überwältigt.

Schon wieder.

Das Licht in seinem Zimmer hebt jede Furche seiner kraftvollen, herrlich definierten Muskeln hervor und bringt mich dazu, den Bildschirm lecken, mich selbst berühren und vielleicht nach Ruskovia fliegen zu wollen.

Ja, definitiv Letzteres. Teleportieren wäre sogar noch besser. Der Mann ist Eierstock-Dynamit – und der Mount Everest ist besonders verlockend. Er ragt berghoch in die Handykamera und zieht das Rampenlicht mit Leichtigkeit auf sich.

Hat Dragomir eine intelligente Zoomfunktion auf seinem Handy, die ihn noch größer aussehen lässt? Oder war er so groß, als er neulich in meinem Mund war? Wieso habe ich mir dabei nicht den Kiefer ausgerenkt?

»Was jetzt?«, fragt er abgehackt.

»Zieh den über.« Mit vor Vorfreude zitternden Fingern zeige ich auf den extragroßen Cockring auf seinem Bett. »Ich werde die Vibration kontrollieren.«

Als er sich umdreht, um das Spielzeug aufzuheben, bekomme ich einen Blick auf seine strammen Gesäßmuskeln und seine muskulösen Oberschenkel – und meine Erregung steigt weiter an.

Jemand sollte mir eine Statue bauen für das edle Opfer, ihn zuerst kommen zu lassen.

Er dreht sich mit dem Cockring in der Hand wieder zurück.

Ich staune, als er ihn über den Everest schiebt.

Es ist amtlich.

Dies ist die sexuell aufgeladenste Begegnung meines Lebens.

Der eng anliegende Ring lässt den Everest anschwellen, und seine Adern treten überall hervor.

Würde es ihn stören, wenn ich anfange, mit mir selbst zu spielen?

Nein. Es macht mehr Spaß, sich zuerst auf ihn zu konzentrieren.

Trotzdem ist es schwer, dem Drang zu widerstehen. Es gibt etwas an Schmuck und anderen kleinen Accessoires, das die Nacktheit noch mehr hervorhebt.

Ich räuspere mich, starte die Belka-App auf meinem Telefon und führe Dragomir schnell durch den Prozess, damit mein Telefon die Kontrolle über seinen Ring übernimmt.

Sobald alles eingestellt ist, klicke ich auf den erforderlichen Button auf meiner Seite, und der Everest beginnt zu vibrieren – wie von einem Erdbeben getroffen.

Dragomirs Gesicht spannt sich an, und seine leuchtenden Augen verdunkeln sich vor Hitze.

Ich erhöhe die Geschwindigkeit der Vibration ein wenig.

Unglaublicherweise sieht der Everest sogar noch riesiger und geschwollener aus.

Mit einem verschmitzten Lächeln erhöhe ich die Geschwindigkeit auf siebzig Prozent.

Eine dunkle Röte überzieht seine hohen Wangenknochen.

Achtzig Prozent.

Er stöhnt, und seine Hände ballen sich zu Fäusten.

Ich warte ein paar Augenblicke, dann drehe ich den Ring auf volle Leistung hoch.

Dragomir stöhnt lauter, und Everest bricht aus.

Heilige Vulkane. Ich glaube, ich hätte das Ding Vesuv statt Everest nennen sollen.

Das Sperma schießt in einem Sturzbach heraus und landet überall, auch auf der Kamera des Telefons, was seinem Zimmer einen Washed-Look verleiht.

Verdammt. Vielleicht hätten wir den Schlauch benutzen sollen? Auf diese Weise wäre die Eruption eingedämmt worden.

Ich stoppe die Vibration.

Dragomir schiebt den Ring herunter, schnappt sich dann ein paar Taschentücher und säubert die Sauerei. Er richtet die Kamera neu aus und starrt mich mit einem hungrigen Blick an. »Du bist dran.«

Endlich.

Wir verbinden schnell meinen Vibrator mit der App auf seiner Seite, dann rutsche ich zurück auf das Bett.

»Fertig?«, knurrt er.

Ich berühre meine Klitoris mit dem Vibrator. »Ja.«

Seine Augen schweifen über mich, und er beginnt mit der Vibration.

Fuuuuuck. Es fühlt sich unglaublich an – hundertmal besser, weil er die Kontrolle hat.

Masturbieren hat das mit Kitzeln gemeinsam – es sich selbst zu machen ist etwas ganz anderes, als es sich von jemandem machen zu lassen.

Mit einem Blick rein männlicher Befriedigung steigert er die Intensität.

Ein Stöhnen entweicht meinen Lippen.

Obwohl meine Sicht verschwommen ist, sehe ich, wie sich der Everest wieder erhebt – was mich unheimlich anmacht.

»Das ist es, squirrelchik«, haucht er. »Komm für mich.«

Ich will ihm den Gefallen tun, aber dann verengen sich seine Augen auf etwas hinter mir, und er schreit auf Ruskovisch.

Mein aufkeimender Orgasmus lässt nach.

Was zum Teufel …?

Zwei Dinge passieren zur gleichen Zeit.

Meine Nase nimmt den Geruch von Hundeatem wahr, und Winnie stiehlt mir den Vibrator mit der gleichen Ninja-Fertigkeit, die sie bei meinem Sandwich angewandt hat, aus den Händen.

»Hey!«, rufe ich. »Gib das zurück.«

Schwanzwedelnd stürmt die Bärin aus dem Raum.

»Pass auf, dass sie ihn nicht verschluckt!«, höre ich Dragomir schreien, als ich aufspringe, um ihr zu folgen.

Stimmt. Dies ist das zweite Mal, dass sie ein Spielzeug in die Finger bekommt, das mit meinen Frauensäften bedeckt ist – und das dritte insgesamt.

Ich sprinte ihr hinterher.

Sie springt mit Leichtigkeit über meinen Couchtisch, wedelt mit dem Schwanz, und ihre Augen sind so arglos wie immer.

»Das ist kein Spiel«, warne ich sie streng, während ich die Verfolgung aufnehme.

Sie flieht, und wenn ihr Mund nicht besetzt wäre – und noch wichtiger, wenn Hunde sprechen könnten –, würde sie bestimmt sagen: *Wenn es kein Spiel ist, warum macht es dann so viel Spaß, Bella Borisovna?*

Da ich ein Mensch bin, und hoffentlich schlauer, wende ich eine Strategie an und treibe sie schließlich in der Küche in die Enge.

Boner schaut uns mit gesenktem Kopf an.

Mist. Ich sollte die Spielzeuge in Zukunft besser verstecken. Zweifellos will er dieses Spiel jetzt auch spielen.

Mit großer Mühe ziehe ich den Vibrator aus Winnies sabberndem Maul.

Sie schaut sehnsüchtig auf das rosafarbene Objekt.

»Ich mache dir ein rosafarbenes Spielzeug, das hundegerecht ist«, sage ich ihr. »Aber nicht das.«

Boner jammert.

»Ich mache auch eins für dich.«

Winnie sieht immer noch traurig aus, also besteche ich sie mit einem Keks mit Speckgeschmack, was sie aufmuntert.

Ich werfe den zerkauten Vibrator in den Müll, wasche mir die Hände, gehe zurück ins Schlafzimmer, schließe die Tür ab und versichere Dragomir, dass sie das Spielzeug nicht verschluckt hat.

»Willst du weitermachen?«, fragt er.

Scheißt die Bärin in den Wald – oder stiehlt Sexspielzeug?

»Oh ja.«

Sein Antwortlächeln macht etwas Unanständiges mit meinem Innern. »Hast du noch ein anderes teledildonisches Spielzeug?«

Das habe ich, aber ich bin mir nicht sicher, ob ich es zugeben sollte. Ich weiß nicht, wie viele Spielzeuge es braucht, bis er den Verdacht hat, dass ich sie selbst herstelle. Außerdem will ich mich jetzt, wo ich seine Nacktheit anstarre, so schnell wie möglich ausziehen – und nicht eine Box suchen, öffnen, mit der App einrichten usw.

Ich setze ein freches Grinsen auf und lasse meine Hand langsam über meinen Bauch gleiten. »Wie wäre es mit etwas mehr Low-Tech?«

Everest zuckt anerkennend. »Ja, *squirrelchik*.« Dragomirs Stimme senkt sich um eine Oktave. »Komm für mich.«

»Und ich möchte, dass du das Gleiche für mich tust«, murmele ich und bewege meine Finger auf meiner schmerzenden Klitoris auf und ab.

Er bearbeitet den Everest.

Der Orgasmus, der mir vorhin verwehrt wurde, kehrt in einem Herzschlag zurück – und die Lust explodiert durch meine Nervenenden mit der ganzen Intensität einer nuklearen Explosion.

Ich stöhne seinen Namen.

Er stöhnt vor Erregung.

Als sich meine Atmung ausgleicht, ertappe ich ihn dabei, wie er mich mit einer merkwürdigen Intensität ansieht. Als ob er sich in einer Wüste verirrt hätte und ich ein Limetten-Gurken-Gatorade wäre.

»Ich glaube, ich brauche eine Dusche«, sage ich, und meine Stimme ist leicht heiser.

Er blinzelt, und der Blick verblasst, ersetzt durch ein weiteres unanständiges sexy Lächeln. »Natürlich. Ich könnte auch eine gebrauchen. Schlaf gut heute Nacht, *squirrelchik*.«

»Du auch.«

Ich warte darauf, dass er auflegt, aber er tut es nicht. Er sieht mich einfach nur an und ich spüre wieder einen Hauch dieser beunruhigenden Intensität in seinen Augen – diese seltsame Sehnsucht, die mich gleichzeitig beflügelt und verunsichert.

»Nur zu. Leg auf«, sage ich.

Seine Lippen verziehen sich. »Du legst auf.«

»Nein, du.«

»Du zuerst.«

Okay, jetzt weiß ich es mit Sicherheit. Ich *bin* zurück in der Highschool.

Grinsend winke ich in die Kamera und lege auf.

Kapitel Dreißig

Als ich am nächsten Morgen mit dem Frühstück fertig bin, kommt Winnie auf mich zu und gibt ein seltsames winselndes Geräusch von sich.

Moment.

Das habe ich schon einmal gehört.

Ich springe auf, leine beide Hunde an und sause nach draußen.

Als wir das Haus verlassen haben, schaue ich mich um, um sicherzugehen, dass keine gebrechlich aussehenden alten Menschen in der Nähe sind. Ich will nicht, dass sie einen Herzinfarkt bekommen.

Die Luft ist rein, also sehe ich Winnie an und sage: »Kraken.«

THPPTPHTPHPHPHHPH.

Ich sprinte los, beide Hunde im Schlepptau, in der Hoffnung, dem Geruch zu entkommen, aber der Furz, der aus Winnies Hintern kommt, geht weiter und weiter.

Als wir an einer roten Ampel anhalten, wirft Boner Winnie einen wohl beeindruckten Blick zu. Ich wette, er würde seine Seele verkaufen, um auch nur zehn Prozent von so viel Gas fabrizieren zu können.

Wenigstens schiebt der Wind, der mir ins Gesicht bläst, den Großteil der Abgase weg. Trotzdem fühlt es sich an, als würden wir über einen schrecklichen Friedhof gehen, auf den kranke Eier und Kohl zum Sterben kommen.

»Danke für die Warnung«, sage ich zu Winnie, als wir weit genug von dem Gestank entfernt sind. »Wenn du das in der Wohnung gemacht hättest, müsste ich ausziehen – und ich würde sicher meine Kaution verlieren.«

Winnie hört mich nicht. Ihre Aufmerksamkeit ist auf etwas an der Seite gerichtet.

Ich folge ihrem Blick und erstarre.

Es ist eine schwarze Katze, die dabei ist, unseren Weg zu kreuzen, und es ist niemand in der Nähe, der den Fluch brechen könnte, also muss ich wie ein Idiot umkehren.

Wie immer tut Boner so, als gäbe es die Katze nicht – was fair ist. Diese Katze ist für ihn das, was ein Löwe für mich wäre. Andererseits ... wenn ein Löwe im Central Park auftauchen würde, bin ich mir nicht sicher, ob ich so tun würde, als ob es ihn nicht gäbe.

Als sie Winnie entdeckt, wölbt die Katze ihren Rücken und faucht.

Winselnd rennt Winnie hinter mich, um sich zu verstecken.

Die Katze hört auf zu fauchen, dreht sich um und rennt um ihr Leben – ohne Zweifel denkt sie: *Diese Bärenhündin spielt verrückt. Es ist sicherer, wegzubleiben.*

Puh. Schlechte Energien abgewendet, gehen wir weiter – bis ich Pom-Pom, unseren feindlichen Pudel, ganz allein auf mich zurennen sehe.

Mist. Die Besitzerin muss die Leine losgelassen haben, und das Tier läuft nun frei herum.

Die blöde schwarze Katze muss das verursacht haben.

Winnie ist hinter mir, bevor ich auch nur blinzeln kann.

Da er wie immer seine letzten Interaktionen mit dem bösen Pudel vergessen hat, wedelt Boner mit dem Schwanz.

Pom-Pom knurrt und beschleunigt in unsere Richtung.

Mein Herz trommelt hektisch, als ich Boner zurückziehe. Ich weiß nicht, was ich tun soll. Selbst wenn ich ihn hochhebe, könnten wir in Schwierigkeiten sein. Trotz ihres albernen Aussehens sind Königspudel große Hunde, die nicht nur Boner, sondern auch mich verletzen können.

Boner scheint endlich die Gefahr zu erkennen. Er klemmt seinen Schwanz zwischen die Beine und winselt laut.

Ermutigt, stürzt sich Pom-Pom auf uns.

Ich schnappe mir Boner und bereite mich darauf vor, um unser Leben zu kämpfen.

Das lockige Biest ist fast in Bissweite.

Plötzlich vibriert ein blutiges Knurren durch die Luft.

So würde ein Höllenhund klingen, wenn man ihn wirklich, wirklich wütend machen würde.

Im ersten Moment denke ich, dass das schreckliche Geräusch von Pom-Pom kommt.

Aber nein.

Pom-Pom bleibt stehen, und ihre Augen weiten sich.

Ich schaue mich um

Winnie versteckt sich nicht mehr hinter mir. Sie hat sich zwischen uns und den angreifenden Hund gestellt, und so schwer es auch zu glauben ist, das Knurren kommt aus ihrem Maul.

Angesichts der ganzen *Ruskovia-von-den-Wölfen-befreien*-Sache ist es vielleicht *nicht* so schwer zu glauben. Winnies ganzes Verhalten hat sich von niedlich und knuddelig in ein wildes Scheiß-dich-ein verwandelt. Darin ist sie einem Bären sehr ähnlich – sie sehen zwar niedlich aus, können aber tödlich sein, wenn man ihnen in die Quere kommt.

Und genau *das* ist es.

Winnie hat gerade den rasierten Arsch von einem Pudel mit einem Mama-Bären konfrontiert, der mich und Boner beschützt.

»Noch einen Schritt näher, und ich lasse ihre Leine los«, sage ich triumphierend zu Pom-Pom.

Der Pudel ist nicht selbstmörderisch dumm. Er macht kehrt, klemmt den Schwanz zwischen die Beine und sprintet davon – direkt in die Arme seiner hechelnden Besitzerin.

Ich atme erleichtert aus und setze Boner auf dem Boden ab.

Winnie leckt Boners Gesicht und geht weiter, als ob nichts passiert wäre.

———

Zurück zu Hause, bin ich enttäuscht, keine Nachrichten von Dragomir auf dem Telefon zu finden. Es gibt jedoch einen verpassten Anruf von meiner Mutter – was besorgniserregend ist. Sie ruft mich fast nie an, sondern verschickt lieber Einladungen zu Familienfeiern als Facebook-Nachrichten.

Ist etwas passiert?

Ich erinnere mich an die schwarze Katze, und mein Atem wird schneller. Schnell rufe ich sie zurück.

»Hi, Schatz«, sagt sie, als sie abhebt. »Wie geht es dir?«

Schatz? Wie geht es dir?

Wer ist das, und was hat er mit meiner echten Mutter gemacht?

»Mir geht es gut, Mama«, sage ich vorsichtig. »Stimmt etwas nicht?«

»Es ist alles in Ordnung. Mir ist nur gerade aufgefallen, dass ich schon eine Weile nicht mehr mit dir gesprochen habe.«

So viel Understatement?

»Mir geht es gut«, sage ich. »Wie geht es dir?«

»Toll, toll. Wie geht es Dragomir? Wie läuft es zwischen euch beiden?«

Ah. Jetzt macht es bei mir klick. Dieser Anruf ist eine Investition in das Projekt *niedliches Enkelkind*.

»Dragomir geht es nicht so gut«, sage ich und erzähle ihr von Tiggers Unfall.

»Das ist furchtbar«, sagt sie mit echtem Mitgefühl. »Sag ihm und seinen Eltern, dass ich Tigger eine baldige Genesung wünsche.«

»Sicher.« Und das werde ich – wenn ich jemals seine Eltern treffe.

»Weißt du«, sagt sie, »ich habe ein tolles Mittel, das sie ausprobieren sollten.«

Oh Mann. Mütterliche Heilmittel können wirklich schräg sein, sogar für Russen. Und aus irgendeinem Grund sind sie sehr urinorientiert. Einmal musste ich ihr auf das Bein pinkeln, als sie einen Ausschlag bekam, und dann war da noch das Mal, als Alex die Magen-Darm-Grippe bekam und sie es schaffte, ihn davon zu überzeugen, Urin zu trinken – aber wenigstens war es damals *seiner*.

»Ich bin mir sicher, die Ärzte wissen, was sie tun«, sage ich.

Wenn ich Dragomir sage, dass er seinen Bruder anpinkeln soll, würde er es wohl nicht verstehen. Er könnte sogar denken, dass ich auf Natursekt stehe, was ich nicht tue.

»Was kann es schaden, meinen Breiumschlag auszuprobieren?«, fragt Mutter.

»Kommt auf den Umschlag an …«

Wenn es rohes Lammfleisch ist, wie ihr Aknemittel, könnte er Kolibakterien-Vergiftungen bekommen oder Schlimmeres.

»Lass ein neunzehnjähriges jungfräuliches Mädchen ein Pfund Kohl, zwei Zwiebeln, fünf Knoblauchzehen und einen Stängel Petersilie zerkauen. Erwärme den Umschlag auf Körpertemperatur und bedecke so viel von Tiggers Haut wie möglich für ein paar Stunden.«

Jungfrau? Wie würde das helfen, medizinisch gesehen? Helfen Jungfernhäutchen Mädchen dabei, einige magische Enzyme in ihrem Speichel zu produzieren? Außerdem, warum klingt dieses Mittel wie ein Rezept für einen menschlichen Knödel – ohne Mehl?

Hey, wenigstens muss die Jungfrau niemanden anpinkeln. Das ist das erste Mal.

»Ich werde es an Dragomir weiterleiten«, lüge ich. »Danke.«

»Gerne. Geh jetzt und ruf ihn an, damit sie schon mal loslegen können. Es ist schwer, heutzutage noch Jungfrauen zu finden.«

War das eine Anspielung auf mich, weil ich meine Jungfräulichkeit mit achtzehn verloren habe, oder eine Beschwerde über die Moral der Millennials?

»Sicher«, sage ich. »Danke, Mom. Auf Wiedersehen.«

Ich lege auf, aber rufe Dragomir nicht an. Vielleicht schläft er seinen Jetlag aus. Stattdessen checke ich meine E-Mails.

Interessant. Alex erzählt mir, dass wir nächste Woche ein Treffen mit Marco und seinen Leuten haben – ich hatte mich gefragt, ob er mit Dragomir nach Ruskovia geflogen war.

Ich notiere mir das Meeting in meinem Kalender und stürze mich in die Anzuggestaltung und mache nur eine Pause, um die Hunde zu füttern und selbst etwas zu essen.

Als mein Gehirn von der Arbeit zu schmerzen beginnt, stehe ich auf und bereite das Schlafzimmer vor, falls Dragomir mich wieder anruft.

Anstelle eines Vibrators packe ich einen Klitoris-Sauger aus und lege ihn auf das Bett. Als Nächstes ziehe ich meinen sexy BH und mein Höschen an und schlüpfe in ein süßes Kleid.

Gerade als ich ein bisschen Netflix gucken will, um die Zeit totzuschlagen, klingelt mein Telefon.

Kann das sein?

Ich greife danach.

Ja!

Ein Videoanruf von Dragomir.

Kapitel Einunddreißig

Er ist wieder in dem penthouseähnlichen Schlafzimmer und sieht viel ausgeruhter aus – und proportional noch leckerer.

»Hi, *squirrelchik*.«

»Hi, Drakonchik«, antworte ich grinsend. »Wie hast du geschlafen?«

Er erwidert mein Lächeln. »Sehr gut. Danke, dass du mich ins Bett gebracht hast.«

»Es war mir ein Vergnügen. Buchstäblich. Wie geht es deinem Bruder?«

Das Lächeln verschwindet. »Unverändert. Die Ärzte sind keine Hilfe. Er könnte heute, morgen oder in ein paar Wochen aus dem Koma erwachen – sie wissen es wirklich nicht.«

»Das ist scheiße.« Ich setze mich auf meinem Bett auf. »Lass mich wissen, wenn ich etwas tun kann, um zu helfen.« Außer, ihm Mutters Wundermittel anzutun.

Er setzt sich auch auf sein Bett. »Du tust es schon. Mit dir zu reden bringt mich auf andere Gedanken.«

Ich fühle mich so flatterhaft, dass es ein Wunder ist, dass ich nicht an die Decke schwebe. »In diesem Fall kannst du mich jederzeit anrufen, Tag oder Nacht, wann immer du reden willst.«

»Ich könnte dich beim Wort nehmen. Vor allem, weil ich noch auf New Yorker Zeit bin.«

»Ist der Zeitunterschied nicht riesig?«, frage ich.

Er nickt. »Zehn Stunden.«

»Du solltest dich vielleicht an die Ortszeit gewöhnen. Es ist nicht gut für deine innere Uhr, tagsüber zu schlafen und nachts wie ein Vampir herumzulaufen.«

Er seufzt. »Ich denke, ich kann auch abergläubisch sein. Ich kann mich des Gefühls nicht erwehren, dass, wenn ich in die ruskovische Zeitzone wechsle, es so wäre, als würde ich akzeptieren, dass Tigger sich nicht so bald erholen wird – und es somit herbeiführen.«

Nicht zum ersten Mal wünsche ich mir, ich könnte ihn über das Internet erreichen und umarmen. Sobald mein VR-Anzug fertig ist, wird das Umarmen aus der Ferne definitiv eine der Anwendungen sein. So wie es aussieht, muss ich versuchen, ihn mit anderen Mitteln aufzumuntern.

»Erzähl mir etwas über Tigger«, sage ich leise. »Eine schöne Erinnerung.«

Dragomirs Mund verzieht sich leicht. »Nun, zunächst einmal war er fast immer der Stürmer in unserer Footballmannschaft. Er hat mehr Tore geschossen, als ich zählen kann.«

Tore? Werden sie nicht Touchdowns genannt?

Ich hebe eine Augenbraue. »Bist du sicher, dass du Football meinst?«

»Ah. Entschuldigung. Ich meinte natürlich Fußball. Der Traum meines Vaters war es, genug Söhne für eine Fußballmannschaft zu haben. Sein Wunsch wurde erfüllt: mit Ausnahme des Torwarts, der ein Cousin war, bildeten meine Brüder und ich das Team. Zumindest für eine Weile.«

Er fährt fort, mir von ihren sportlichen Abenteuern zu erzählen, und es scheint seine Stimmung zu heben – vor allem, wenn er davon erzählt, wie sie es geschafft haben, ein semiprofessionelles Team aus Russland zu besiegen.

Während ich zuhöre, bekomme ich wieder das Gefühl, dass seine Familie enorm wohlhabend ist. Der Fußballplatz in den Geschichten war *ihrer*, der Trainer klingt professionell, und die Mannschaft für das entscheidende Spiel wurde aus Russland eingeflogen.

»Was ist mit dir?«, fragt er. »Haben du und deine Brüder Sport gemacht?«

Ich schüttele den Kopf. »Was dem am nächsten kam, war Hockeyspielen auf der Xbox. Generell spielten wir eine Menge Videospiele gegeneinander, alles von Kämpfen bis hin zu Rennen. Ich glaube, so ist Alex zu seiner Leidenschaft für Spieledesign gekommen.«

Er lächelt. »Hast du so bemerkt, dass du ehrgeizig bist?«

Ich grinse. »Das bezweifle ich. Ich habe sie in so ziemlich jedem Spiel mühelos geschlagen.« Ich wackele mit meinen flinken Fingern. »Ich habe eine überdurchschnittliche Hand-Augen-Koordination und eine hervorragende Reaktionszeit.«

Sein Lächeln wird breiter. »Vergiss nicht deine überdurchschnittliche, super-verblüffende Bescheidenheit. Ich bezweifle, dass jemand damit konkurrieren kann.«

»Nun ja. Und du dachtest, ich sei nur die sexyeste Frau, die du je getroffen hast. Das bin ich nicht – ich bin auch die bescheidenste.«

Hitze schimmert in seinen Augen. »Ich sollte dich wahrscheinlich nicht ermutigen, aber du *bist* wirklich die sexyeste.«

Ich klimpere mit den Wimpern. »Ich bin mir nicht sicher, ob du es merkst, aber du hast gerade die Büchse der Pandora geöffnet.«

Er neigt den Kopf. »Willst du etwas über die Frauen wissen, mit denen ich ausgegangen bin?«

»Ich habe dir von meinem Ex erzählt. Das wäre nur fair.«

Er muss das auch so sehen, denn er sagt: »Von meiner Seite aus gibt es nicht viel zu erzählen. Es gab nicht so viele Frauen in meinem Leben, und keine dieser Beziehungen war etwas Ernstes – mit Ausnahme meiner letzten.« Sein Gesicht verfinstert sich. »Sie hat im Fonds meiner Eltern gearbeitet, und als ich mein Erbe verloren habe, habe ich auch sie verloren.« Er räuspert sich. »Das war das Beste, wirklich. Sie war eindeutig an den falschen Dingen interessiert.«

Ja – und ihr Verlust ist mein großer Gewinn.

Er hält das Telefon näher an sein Gesicht. »Jetzt musst du mir etwas Persönliches erzählen. Das ist nur fair.«

»*Frozen*«, platzt es aus mir heraus, nachdem ich mir das Hirn zermartert habe, um etwas anderes zu erzählen als die Tatsache, dass ich eine Sexspielzeugfirma besitze. »Das ist mein Lieblingsfilm.«

Er nimmt das viel ernster, als ich es tun würde, wenn unsere Rollen vertauscht wären.

»Das kann ich mir gut vorstellen«, sagt er. »Es ist eine Geschichte über Rebellion und Selbstverwirklichung, nicht wahr?«

Ich tue so, als wäre ich schockiert. »Du hast noch nie *Frozen* gesehen?«

Er sieht aufrichtig reumütig aus. »Ich habe das Lied gehört. Zählt das?«

»Nein, das tut es nicht«, sage ich gespielt mürrisch. »Du hast jetzt eine Hausaufgabe. Du musst ihn dir ansehen.«

Er nickt – entweder nimmt er mich immer noch für bare Münze oder er schauspielert auf Oscar-Niveau. »Es steht auf meiner To-do-Liste.«

»Du wirst mir später dankbar dafür sein«, sage ich. »Was ist mit dir? Was ist dein Lieblingsfilm?«

Er reibt sich das Kinn. »Es ist schwer, einen Favoriten zu bestimmen, aber einer, den ich am häufigsten sehe, ist *Die Braut des Prinzen*.«

»Unglaublich!«, sage ich mit einem Grinsen. »Eigentlich ist es sehr einfach zu begreifen. Es hat diese ganze Fechtkunst, ganz zu schweigen von Robin Wright als Buttercup. Sie ist eine meiner Lieblingsschauspielerinnen.«

Er zieht die Augenbrauen hoch. »Ist sie das?«

»Hast du sie als General Antiope in *Wonder Woman* gesehen? Oder Claire Underwood in *House of Cards*?«

»Das habe ich, und sie ist großartig. Aber sie ist nicht der Grund, warum ich den Film mag – und auch nicht das Fechten. Ich mag die Botschaften darin.«

Ich runzele die Stirn. »Es gibt Botschaften?«

»Ja, klar. Zum Beispiel *Das Leben ist nicht fair.*«

Ich nicke. Das stimmt.

»Noch wichtiger ist«, er wirft mir einen vielsagenden Blick zu, »dass es lehrt, dass gute Dinge denen passieren, die warten.«

Ich blinzele ihn an.

Redet er über seinen Mangel an ernsthaften Beziehungen? Bin ich die gute Sache, die ihm passiert ist, nachdem er geduldig gewartet hat? Wenn ja, dann hat er die Begegnung mit mir mit der blutigen Rache von Inigo Montoya am Mörder seines Vaters verglichen – und trotzdem fühle ich mich warm und kuschelig.

Da ich mich nicht wohl dabei fühle, ihn um

Aufklärung zu bitten, erkundige ich mich stattdessen, welche Art von Musik er mag.

Es stellt sich heraus, dass wir einen ähnlichen Musikgeschmack haben. Wir sind uns sogar über unsere Liebe zu russischen Rockbands einig, von denen die Amerikaner noch nie etwas gehört haben – wie Nautilus Pompilius. Wir mögen auch beide keinen russischen Pop, außer ein paar ausgewählten Bands, wie t.A.T.u.

Als wir mit der Musik fertig sind, gehen wir zu Büchern über, und auch hier haben unsere Geschmäcker viele Gemeinsamkeiten – die Ausnahmen sind die Technikbücher, die ich für die Arbeit lese, und die Fecht- und Investitionsbücher auf seiner Seite.

Als wir uns weiter unterhalten, bekomme ich das Gefühl, dass er jedes noch so kleine Detail über mein Leben wissen will. Es macht mir zunehmend ein schlechtes Gewissen, dass ich ihm nicht von meiner Firma erzähle. Andererseits ist er immer noch verschlossen, wenn das Gespräch in Richtung seiner Vergangenheit in Ruskovia geht, also denke ich, dass wir damit einigermaßen quitt sind, besonders wenn er *dort* etwas versteckt – etwas, von dem ich nicht mehr glaube, dass es eine andere Frau ist.

Nachdem wir uns gefühlt stundenlang unterhalten haben, lenke ich das Gespräch auf sexy Zeiten. Die Haare über die Schulter geworfen, frage ich: »Bist du beidhändig?«

»Leider nein«, sagt er. »Warum?«

Ich wackele lasziv mit den Augenbrauen. »Ich möchte genau sein, wenn ich mir vorstelle, dass du mich berührst.«

Er setzt sich auf. »Ich werde dich zuerst mit meiner linken Hand berühren. Dann – wenn du mir sagst, dass es die umwerfendste Erfahrung deines Lebens war – werde ich endlich zugeben, dass ich *kein* Linkshänder bin.«

Ich grinse über die Anspielung auf seinen Lieblingsfilm und drehe die Kamera, um ihm die Klitoris-Saugvorrichtung zu zeigen, die ich auf meinem Bett vorbereitet habe. »Möchtest du eine Wiederholung unseres Teledildonics-Abenteuers?«

Er dreht seine eigene Kamera, um mir die Spielzeuge auf *seinem Bett* zu zeigen. »Wie du willst.«

»Oh, schön wär's.« Ich gehe zur Schlafzimmertür und schließe sie dieses Mal ab. »Und ich darf zuerst.«

Kapitel Zweiunddreißig

Wir ziehen uns aus, als ob unsere Kleidung brennen würde.

Seine Finger tanzen auf dem Bildschirm seines Telefons, während er den Klitorissauger so einstellt, dass er unter der Kontrolle seiner App steht.

Ich strecke mich auf dem Bett aus und bereite das Gerät vor.

»Du bist unglaublich«, sagt er mit ehrfürchtiger Stimme.

Mein Blick schweift über jede Furche seiner Muskeln, bevor er sich auf dem Everest niederlässt. »Du bist auch nicht so schlecht.«

Seine Augen glänzen. »Bereit?«

Ich führe das Spielzeug an meinen Kitzler. »Ja.«

Er greift nach den Bedienelementen auf seinem Handy. »Schließ die Augen und stell dir vor, wie ich an dir sauge.«

Tolle Idee. Ich tue, was er sagt, aber bevor ich

meiner Fantasie freien Lauf lassen kann, beginnt das Saugen.

Verdammt. Verdammt.

Das Bild seiner weichen Lippen, die an meiner Klitoris saugen, kommt mir dank des guten Designs des Spielzeugs nur allzu leicht in den Sinn.

Die Intensität des Sogs nimmt zu. Ich stelle mir vor, wie er die Lippen spitzt und tief einatmet, als wolle er meiner Klitoris einen Knutschfleck verpassen.

Ein intensiver Orgasmus beginnt sich in meinem Inneren zu entfalten – und das ist, bevor die Vibration beginnt.

Wow.

Das Vibrieren ist schwerer vorstellbar – es sei denn, ich rede mir ein, dass er ein Katzen-Gestaltwandler ist und das sein Schnurren.

Dem Orgasmus ist es allerdings egal, wie realistisch meine Fantasie ist. Er explodiert durch meine Nervenenden, lässt meine Zehen verkrampfen und entlockt meinen Lippen ein Stöhnen.

»Braves Mädchen«, murmelt er heiser.

Ich versuche, zu Atem zu kommen, öffne die Augen – und schaue zweimal hin, als ich mein Geschlechtsteil sehe. Der Sog war so stark, dass er mehr als die übliche Menge Blut zu meinem Kitzler gezogen hat und ihn fast auf die Größe eines kleinen Penis anschwellen ließ.

Ich habe mit diesem Spielzeug noch nie in einem gut beleuchteten Raum gespielt, also ist das gut zu wissen. Vielleicht ist es auch gut, dass Dragomir nicht hier ist, um mich aus der Nähe zu sehen. Ich kann mir vorstellen, dass einige Kerle ausrasten würden, wenn ihrer Frau ein Penis sprießen würde.

Andererseits bezweifele ich, dass Dragomir einer von diesen Typen ist. Zumindest im Vergleich zum Mount Everest könnten einige tatsächliche Penisse wie eine Klitoris aussehen.

Ich lecke mir die Lippen. »Du bist dran.«

Er untersucht die Spielzeuge auf seiner Seite. »Hast du eine Vorliebe?«

»Die Hülle.« Ich zeige auf den Apparat, der wie eine Tasche aus einem Tintenfisch aussieht.

Er nimmt das Ding, schmiert es ein und blickt mich mit sichtbarem Eifer an, während wir es mit meiner App synchronisieren.

»Dieses Mal wirst du deine Augen schließen«, sage ich. »Versetz dich hinein und stell dir vor, in meiner Muschi zu sein.«

Was niemand weiß, ist, dass ich dieses spezielle Spielzeug auf der Grundlage meiner eigenen Vagina entworfen habe. Es sind die genauen Maße in Bezug auf Tiefe, Breite und Elastizität. Ich habe auch mein Bestes gegeben, um die Textur genau richtig hinzubekommen. Es hat mich unzählige Stunden gekostet, an mir selbst und an Spielzeug-Prototypen herumzufingern – aber ich bin immer bereit, im Namen der Frauenwelt Opfer zu bringen.

Natürlich kann ich Dragomir nichts davon erzählen, ohne mein Geheimnis zu verraten.

Wo wir gerade von Geheimnissen sprechen … Ich hoffe, dass Vlad diesen speziellen Umstand nie herausfindet. Während er Fanny half, meine Teledildonics-Linie zu testen, steckte er seinen Penis in eine Hülse wie diese.

Ja, darüber werde ich nicht nachdenken.

Mit geschlossenen Augen schiebt Dragomir Everest in den Schlauch. Ich beobachte ihn genau – wenn das Spielzeug reißt, könnte ich später ein großes Problem haben.

Nein.

Es ist eine eng anliegende Passform.

Meine Scheidenwände pressen sich vor Eifersucht zusammen.

»Wie fühlt es sich an?«, frage ich heiser.

Dragomirs Gesicht zieht sich in Ekstase zusammen. »Squirrelchik …« Seine Stimme ist ein leises Knurren. »Deine Muschi fühlt sich unglaublich an.«

Das ist auch besser so.

Ich stelle die patentierten Bewegungen der Hülle an.

Er versteift sich.

Ich schwelge in meiner Kraft und erhöhe die Intensität.

Er stöhnt.

Warum, oh warum habe ich die Hülle nicht durchsichtig gemacht? Ich will jedes Detail sehen. Oh, na gut. Ich füge den Auf-und-ab-Bewegungen eine kleine Vibration hinzu.

Er atmet hörbar aus.

Jetzt bin ich an der Reihe, mich zu versteifen.

Habe ich gerade ein Klopfen gehört? Sind es die Hunde?

Nein. Boner kennt diesen speziellen Trick nicht, und ich bezweifele, dass Winnie das tut.

Wahrscheinlich meine Einbildung.

Alles vergessend, erhöhe ich die Intensität bis zum Anschlag.

Das Brummen ist jetzt superlaut, aber ich glaube, ich höre eine weibliche Stimme, die Ruskovisch spricht.

Was zum Teufel …? Hat er ein Radio an?

Ich sollte wirklich etwas sagen, aber ich kann meinen Blick nicht vom Everest abwenden, der sich unmöglich weiter verdickt.

Bemerkenswert ist, dass die Hülse ihn aufnimmt.

Uff. Wenn ich unterbewusste Bedenken hatte, dass der Everest in mich hineinpasst, sind sie jetzt beseitigt – ersetzt durch die Sehnsucht, dass er zurückkehrt und genau das mit der Inspiration des Schlauches versucht.

Dragomirs Hals schnürt sich zusammen, seine Fäuste ballen sich, und mit einem Grunzen kommt er.

Als er seine Augen öffnet, sehen sie wild aus.

»Das war verdammt fantastisch«, röchelt er, und sein Atem geht stoßweise.

Plötzlich hört man das Kreischen einer sich öffnenden Tür.

Seine Augen weiten sich, und Dragomir schaut von der Kamera weg.

Ein lautes weibliches Keuchen ertönt.

Dragomir dreht sich um und ruft etwas auf Ruskovisch.

Es gibt ein Quietschen, das wie das russische Wort für *Entschuldigung* klingt, gefolgt von dem Geräusch einer zuschlagenden Tür.

Ich schaue in die Kamera. »Muss ich eifersüchtig sein?«

Er dreht sich um, und sein Gesicht ist von einem Hauch von Farbe umrandet. »Nein, sorry. Das war nur das Dienstmädchen. Sie wollte zweifellos das Zimmer sauber machen.«

»Mist. Das muss das Klopfen gewesen sein, das ich gehört habe. Ich dachte, es wäre nur meine Einbildung.«

Er zieht eine Grimasse. »Sie sollte warten, bis die Gäste ein Bitte-putzen-Schild an die Tür hängen.«

»Sie dachte wahrscheinlich, du wärst nicht da«, sage ich. »Du solltest wirklich anfangen, die Türen abzuschließen – das Hotel könnte jetzt eine Klage wegen Belästigung am Hals haben.«

»Das ist kein Hotel«, sagt er. »Ich wohne bei meinen Eltern.«

Hm. Ein weiterer Beweis für den Reichtum seiner Familie. Ihr Gästezimmer sieht aus wie ein Penthouse, und sie haben ein Zimmermädchen, das sich an die von den Gästen aufgestellten Schilder halten soll.

Während ich über all das nachdenke, zieht sich Dragomir aus der Hülle und schließt die Tür ab.

»Wo waren wir?«, fragt er und kehrt zum Bett zurück.

Ich grinse schelmisch. »Wir waren gerade dabei, das Video auf unsere Laptops zu schalten, damit wir unsere Telefone benutzen können, um uns gegenseitig gleichzeitig kommen zu lassen.«

Ihm gefällt diese Idee, und wir tun, was ich vorgeschlagen habe.

Ein paar Male.

Schließlich sind wir beide völlig erschöpft. Keuchend liege ich da, und meine Knochen sind so weich, dass ich das Telefon kaum gerade halten kann.

»Wie war es für dich?«, fragt er über ein Gähnen hinweg.

»Erinnert mich an die Neunundsechzig-Stellung.« Ich spiegele sein Gähnen. »Es ist schwierig, die App-Kontrollen zu bedienen, wenn man ekstatisch schreit.«

Sein Blick streift mit neu entfachtem Hunger über meinen Körper. »Ich bin mir sicher, dass es mit der Übung einfacher wird.«

»Auf jeden Fall«, sage ich, und obwohl ein Teil von mir mehr will, bettelt mein Kitzler um Gnade. Zögernd schlage ich vor: »Wie wäre es mit morgen?«

Er stimmt sofort zu, und wir kehren zu dem *Du-legst-auf*-Ding von neulich zurück, bis ich schließlich nachgebe und es tue.

Im darauffolgenden Schlaf voller Träume finde ich mich in seinen Armen wieder und habe Dutzende von Orgasmen nonstop.

Kapitel Dreiunddreißig

In den nächsten Tagen werden die Videotelefonate mit Dragomir zur Routine. Wenn ich außerhalb der Videos mit ihm reden möchte, rufe ich ihn an oder schreibe ihm eine SMS – und er meldet sich immer innerhalb von fünf Minuten oder weniger. Es ist eigentlich unheimlich, wie schnell er reagiert, besser als jeder andere, den ich kenne. Ich denke gerne, dass es daran liegt, dass ich eine Priorität in seinem Leben bin. Natürlich ist es möglich, dass er einfach einer dieser Menschen ist, die ihr Telefon als eine Erweiterung ihrer selbst sehen, aber die Tatsache, dass er es nicht mitnimmt, wenn er mit Winnie spazieren geht, lässt mich das bezweifeln.

So oder so, jedes Mal, wenn wir miteinander sprechen, lernen wir mehr über den anderen, und jede Nacht benutzen wir meine teledildonischen Spielzeuge, um uns gegenseitig kommen zu lassen.

Wenn ich irgendwelche Zweifel daran hatte, dass

die Welt den VR-Anzug braucht, an dem ich arbeite, sind sie jetzt ausgeräumt. Wenn es den Anzug schon gäbe, wäre diese Zeit der Trennung viel erträglicher – und was für uns gilt, würde auch auf Soldaten in Übersee, Fischer auf Langzeitexpeditionen, Patienten unter Quarantäne und so weiter zutreffen.

Trotzdem ist unsere Beziehung so glücklich, wie es eine Fernbeziehung nur sein kann, wenn man von der Tatsache absieht, dass sein Bruder immer noch nicht aus dem Koma erwacht ist.

»Die Ärzte sagen, dass die Schwellung in seinem Gehirn zurückgeht«, erzählt mir Dragomir eines Abends, »aber sie sind sich noch nicht sicher, wann er das Bewusstsein wiedererlangen wird.«

Und obwohl er es nicht sagt, kann ich das unausgesprochene *Wenn* in seinen Worten hören.

———

In der folgenden Woche ist unser Treffen mit Dragomirs Firma.

»Wir haben heute ein paar technische Fragen an Sie«, sagt Marco zum Auftakt.

Er sieht Alex an, als ob ich nicht existiere, also sage ich spitz: »Ich werde Ihnen alle Fragen nach bestem Wissen und Gewissen beantworten.«

»Es hat mit der VR-Krankheit zu tun«, sagt Marco und schaut Alex weiter an. »Wie will Ihr System das verhindern?«

Alex sieht mich an.

Ich neige dankend den Kopf. »Eins nach dem anderen. Definieren wir das Problem erst einmal.«

Die Aufmerksamkeit aller richtet sich schließlich auf mich.

Marco räuspert sich. »VR-Krankheit ist eine Übelkeit, die Menschen bekommen, wenn sie die virtuelle Realität nutzen. Richtig?«

Ich seufze innerlich. Als Dragomir sich zurückgezogen hat, hat er offensichtlich einer Person die Verantwortung überlassen, die nichts über VR weiß.

»Das ist nicht wirklich die gängige Definition dieses Phänomens«, sagt Alex, bevor ich die Chance bekomme, zu antworten – und das ist auch gut so.

Von uns beiden ist er der Diplomatischere.

Marco wirft einen Blick auf den Techniker mit Brille – Eugenius, wenn ich mich recht erinnere.

»Die VR-Krankheit ist kein medizinischer Zustand«, sagt Eugenius. »Wenn man aufhört, die virtuelle Realität zu benutzen, verschwinden die Symptome.«

Marco runzelt die Stirn, und ich frage mich, ob er das nur anspricht, um eine Ausrede zu haben, uns die Finanzierung nicht zu geben.

»Wenn ich darf«, sage ich, und meine Stimme ist mit Honig beträufelt. »Ich habe in der Schule einen Kurs über VR belegt, also kann ich das Problem leicht definieren. Und auch erklären, wie wir es lösen werden.«

Marco sieht aus, als hätte ich ihm in die Suppe gepinkelt.

»Um auf die Definition zurückzukommen«, fahre ich fort. »Die VR-Krankheit ist eine Reihe von Symptomen, die manche Menschen bei der Nutzung von VR erleben, Symptome, die denen der Reisekrankheit ähneln. Tatsächlich haben die beiden Erkrankungen viel gemeinsam, denn in beiden Fällen liegt die Ursache darin, dass das Gehirn der Person widersprüchliche Botschaften über die Bewegung und die Position des Körpers im Raum empfängt.«

Alle nicken, und Marco winkt mir widerwillig zu, dass ich weitermachen soll.

»In erster Linie hat die aktuelle VR-Hardware und -Software als Ganzes bereits große Fortschritte bei der Bekämpfung dieses Problems gemacht. Die Anzahl der räumlichen Grade bei der Verfolgung des Körpers des Benutzers ist gestiegen, die Latenz wurde reduziert und die Grafikleistung ist durchweg besser.« Ich schaue mich um, um sicherzugehen, dass mir alle folgen. Es scheint so, als täten sie es, aber das könnte schnell vorbei sein, wenn ich nicht weniger Fachchinesisch rede. »Nach all dem sollte ich darauf hinweisen, dass unser Produkt tatsächlich einen großen Vorteil haben wird, wenn es um die VR-Krankheit geht, denn wir werden den Körperanzug haben. Wenn man den Anzug trägt, ist es wahrscheinlicher, dass das Gehirn der Person überlistet wird, indem es denkt, dass VR in der Realität stattfindet – und somit ist die Hauptursache für die Symptome beseitigt.«

Von hier aus beginne ich mit einer Liste von Softwaretricks, die wir verwenden wollen, um das Problem noch mehr zu minimieren. Dann übergebe ich das Wort an Alex, damit er allen versichert, dass er diese Tricks in der Software umsetzen kann.

Was ich nicht erwähne, ist, dass wir einen zusätzlichen Grund haben, warum die VR-Krankheit für uns kein großes Problem darstellt. Sich in der VR zu bewegen ist der größte Auslöser für das Unwohlsein. Unsere Nutzer werden Sex haben – ein eher stationäres Unterfangen im Vergleich zu Aktivitäten wie Schwertkampf, Dirt-Bike-Rennen und anderen Spielen.

»Danke«, sagt Marco, aber er sieht nicht so aus, als würde er es ernst meinen. »Wie sieht es mit der Augenbelastung aus? Ist das nicht auch ein Thema bei VR?«

Er ist total auf der Suche nach Problemen. »Unser Produkt wird die Augen weniger belasten als das der Konkurrenz, und hier ist der Grund dafür.«

Müde von Marcos Scheiß, halte ich ihnen einen langweiligen Vortrag über den Vergenz-Akommodations-Konflikt – dem Hauptgrund für die Überanstrengung der Augen – und gehe dann auf branchenweite Lösungen ein, bevor ich ein paar Dinge erwähne, die bei uns einzigartig sein werden.

Das Lustige ist, dass wegen des geplanten Sex-Inhalts die Augenbelastung für uns ein weiteres

Nicht-Thema ist – aber ich kann *diese* Karte nicht ausspielen.

Marco bereut seine Frage offensichtlich, aber versucht trotzdem, mir noch ein paar Bälle zuzuspielen, die ich alle abwehre, bis er das Treffen widerwillig beendet.

———

»Du bist gut«, sagt Alex auf Russisch zu mir, als wir in dem Café, in dem Dragomir und ich unser erstes Date hatten, einen Tee trinken.

»Hattest du auch das Gefühl, dass er versucht hat, uns zu sabotieren?«, frage ich.

Er nickt. »Aber du hast ihn aufgehalten. Das ist es, was zählt.«

»Dieses Mal. Ich mache mir Sorgen, was er als Nächstes abziehen könnte.«

Alex klopft mir auf die Schulter. »An dir wird Marco sich die Zähne ausbeißen. Da bin ich mir sicher.«

Wir setzen uns an einen Tisch, und das Gespräch dreht sich um persönlichere Dinge – insbesondere um das Liebesleben meines Bruders. Anscheinend hat Mutter, seit sie Dragomir getroffen hat, ein Auge auf Alex geworfen, weil er ihr einziges Kind ist, das noch Single ist. Das führt dazu, dass Alex sich nach dem neuesten Stand von mir und Dragomir erkundigt, also informiere ich ihn über unsere Fernbeziehung.

»Bist   du   jetzt   fertig   damit,   ihm

hinterherzuschnüffeln?«, fragt Alex, nachdem er gehört hat, wie wunderbar die Dinge zwischen uns sind.

Ich puste auf meinen Tee, während ich darüber nachdenke. Aus irgendeinem Grund habe ich in letzter Zeit nicht darüber nachgedacht. »Ich glaube nicht, dass er eine andere Frau hat«, sage ich schließlich. »Aber ich glaube, er verheimlicht etwas. Ich hatte nur noch keine Gelegenheit, tiefer in seiner Vergangenheit zu graben.«

»Kluges Mädchen«, sagt Alex. »Vertrauen ist gut, Kontrolle ist besser.«

———

Als ich nach Hause komme, wartet ein Paket auf mich.

Es ist ein Geschenk von Dragomir – ein Schneemann-Outfit für einen Hund in Boners Größe.

Und nicht nur *irgendein* Schneemann.

Es ist Olaf, von *Frozen*.

Kichernd ziehe ich meinem armen Hund das Outfit an.

»*Ma chérie*, kennst du diese *histoires morbides* von Hunden, die ihre verstorbenen Besitzer fressen? Irgendetwas sagt mir, dass besagte Besitzer diese Hunde dazu brachten, solche Outfits zu tragen – und dass die Menschen nicht an Ursachen *naturelles* starben, wenn du mich verstehst.«

Winnie schaut Boner mit einem verwirrten Blick an.

»Napoleon Carlovich, du weißt, dass ich eine hohe

Meinung von dir habe, aber ich muss leider sagen, dass du nicht Deckhengst genug bist, um dieses Outfit zu tragen.«

Ich ziehe Boner das Outfit aus, bevor er es in Fetzen reißen kann.

Das nächste Mal, wenn ich zu Halloween Elsa bin, werde ich ihn mit Speck bestechen, damit er das für ein paar Dutzend Fotos trägt.

Kapitel Vierunddreißig

In den nächsten anderthalb Wochen setzen Dragomir und ich unsere abendlichen Videosessions fort. Eines Tages ruft er mich dann nachmittags an.

Ich nehme sofort ab. »Ist alles in Ordnung?«

»Tigger ist aus dem Koma erwacht.« Dragomirs Stimme ist aufgeregt.

Mein Herz flattert, und ich setze mich hin. »Erzähl mir alles.«

Er fährt fort zu erklären, wie es passiert ist. Anscheinend öffnete Tigger vor ein paar Stunden die Augen und erkannte Dragomir, die Person, die zu diesem Zeitpunkt zufällig an seiner Seite war.

»Er ist sehr klar, alles in allem«, erzählt Dragomir weiter. »Er wird etwas Physiotherapie und Ähnliches brauchen, aber die Ärzte sind jetzt sehr optimistisch.«

Ist es egoistisch, dass ich ihn fragen möchte, wann er in die USA zurückkehren wird?

Ja, sehr – deshalb tue ich es auch nicht. Stattdessen sage ich ihm die Wahrheit: wie glücklich ich für ihn und seine Familie bin. Von den Geschichten, die er mir als Kind über Tigger erzählt hat, habe ich das Gefühl, dass ich den Draufgänger schon kenne.

»Danke«, sagt Dragomir. »Ich werde jetzt wieder zu ihm gehen. Ich wollte dich das nur wissen lassen.«

Er legt auf, und ich mache mich wieder an die Arbeit, wo sich meine Freude in einer besonders kreativen Lösung für das Nippel-Quetsch-Problem des VR-Anzugs niederschlägt.

———

Bei unserem Videotelefonat am Abend gibt mir Dragomir ein weiteres Update zu seinem Bruder. Offenbar plant Tigger, seine Physiotherapie mit dem gleichen Elan anzugehen wie seine gefährlichen Stunts, was Gutes für seine Genesung verheißt.

Die Updates, die ich in den folgenden Tagen bekomme, sind eines herzerwärmender als das andere. Tiggers Rehabilitation schreitet wie ein Traum voran, und im Handumdrehen machen er und Dragomir Spaziergänge im Garten ihrer Familie.

Ein paar Tage nach Beginn der Spaziergänge ruft mich Dragomir wieder außerhalb der üblichen Zeit an.

Ich nehme den Anruf schnell an. »Hi!«

Seine haselnussbraunen Augen sind hell. »Weißt du was?«

»Was?«, frage ich, aber ich glaube, dass ich es weiß.

»Tigger wollte unbedingt nach New York zurückkehren, und heute hat der Arzt es genehmigt.«

Eine Last, die all die Wochen auf meinen Schultern gelegen hat, scheint sich zu heben.

Ich werde Dragomir wiedersehen. Werde ihn in der Realität berühren und nicht nur in meiner Fantasie. Werde all die schmutzigen Dinge mit ihm tun, die ich geplant habe.

»Wie lange dauert der Flug?«, frage ich und versuche gar nicht erst, meine Aufregung zu verbergen.

»Ich werde in zwei Tagen da sein«, sagt er und runzelt die Stirn. »Nachdem wir Tigger fast verloren haben, haben unsere Eltern beschlossen, uns nach New York zu begleiten, und sie brauchen etwas Zeit, um sich vorzubereiten.«

Zwei Tage.

Achtundvierzig Stunden.

Zweitausendachthundertundachtzig Minuten.

War ich jemals in meinem Leben so aufgeregt?

»Mein erstes Ziel nach der Ankunft ist deine Wohnung«, sagt er.

Mein Herz macht einen Sprung, aber ich mache ein spielerisch strenges Gesicht. »Dein erstes Ziel ist mein Schlafzimmer.«

Seine Augen glänzen rein golden. »Wie du willst.«

»Und keine halben Sachen. Gib dein Bestes. Ich will von Anfang an deine dominante Hand.«

Sein Gesicht spannt sich an, seine Stimme sinkt zu einem tiefen Knurren. »Oh, *squirrelchik*, da musst du dir keine Sorgen machen. Ich wollte dich, seit ich dich zum ersten Mal gesehen habe, und mein Verlangen ist in den letzten zwei Monaten nur noch stärker geworden.«

Ich starre ihn an. Kann eine Lustwelle jemandem die Sprache rauben? Alles, was ich daraufhin tun kann, ist, mir selbst Luft zuzufächeln, wie eine viktorianische Dame.

»Ich gehe besser«, sagt er heiser. »Bis bald.«

Er legt auf und ich sitze nur da und bin verwirrt. Auch ich wollte ihn seit diesem ersten Treffen. Die Zeit zwischen damals und heute war wie ein einziges quälend langes Vorspiel.

Der Gedanke, dass wir endlich vollziehen werden, was auch immer zwischen uns vorgeht, lässt mich vor Erregung zittern.

Kapitel Fünfunddreißig

ährend ich auf Dragomirs Rückkehr warte, masturbiere ich nicht – obwohl ich es wirklich, wirklich möchte. Ich will keinen Muskelkater da unten, bis der Mount Everest da ist. Stattdessen kanalisiere ich die aufgestaute sexuelle Energie in die Arbeit und kreiere eine Reihe von riesigen Dildos als nicht ganz so subtile Anspielung auf das Objekt meiner Begierde.

Ich bereite mich auch auf das große Ereignis selbst vor. Ich rasiere die Haare an allen Stellen meines Körpers, wo sie mir unangenehm sind, und pflege den Rest. Ich verwandele das Schlafzimmer in einen tantrischen Schrein mit stimmungsvollen Kerzen und Musik und – auch wenn das vielleicht ein bisschen übertrieben ist – vollführe Yoga-Posen, die meinen Körper extra geschmeidig machen sollen.

Als endlich ein Anruf von Dragomir auf meinem

Handy-Display erscheint, bin ich wie eine hormonelle Bombe, die bereit ist, zu explodieren.

Ich nehme ab. »Hi!«

»Hey. Ich bin am John-F.-Kennedy-Flughafen und ich habe Neuigkeiten.«

Diese Nachricht sollte besser sein, dass er auf dem Weg zu mir ist. »Was ist los?«

»Weißt du noch, dass du meine Eltern kennenlernen wolltest?«

Ich runzele die Stirn. »Ich wollte beweisen, dass meine schlechter sind als deine, klar. Warum?«

Schon während ich frage, habe ich ein mulmiges Gefühl dabei.

»Nun, ich habe meinem Bruder von dir erzählt, und er will dich kennenlernen – und als unsere Eltern das hörten, wollten sie dabei sein.«

»Aha«, sage ich misstrauisch. »Und wann soll dieses Treffen stattfinden?«

»Tigger mag kein Essen aus dem Flugzeug«, sagt er entschuldigend. »Unsere Eltern auch nicht.«

Ich verfluche mich dafür, dass ich nicht masturbiert habe. »Es ist heute, nicht wahr?«

»Hast du in ein paar Stunden Zeit?«

»Nun, ja.« Ich habe meinen Arbeitskalender für den Rest des Tages geblockt, und wenn ich mir die Mühe gemacht hätte, einen Grund einzutragen, dann hätte dort gestanden *Dragomir das Hirn rausficken.*

»Es ist wahrscheinlich das Beste«, sagt er wenig überzeugend. »Es ist nur fair, dass du sie kennenlernst, bevor wir die Dinge zwischen uns weiter vorantreiben.« Er räuspert sich. »Vielleicht änderst du ja danach deine Meinung über mich.«

»Warum sollte ich? Selbst wenn deine Eltern die Reinkarnationen von Stalin und Hitler sind, was hat das mit dir zu tun?«

Er atmet hörbar aus. »Wenn das so ist, könntest du Winnie mitbringen? Mein Bruder und meine Eltern haben Winnies Verwandte mitgebracht. Ich bin mir sicher, dass sie es zu schätzen weiß, für einen Abend mit ihrer Familie wiedervereint zu sein.«

Ich schaue zu der Bärin in der Nähe, die unsere Unterhaltung nicht bemerkt. »Ihre Hunde sind ihre Verwandten?«

»Nun, ja«, sagt er. »Die Hunde von allen in meiner Familie stammen aus der gleichen Blutlinie. Hatte ich das nicht schon mal erwähnt?«

»Nein. Du hast gerade gesagt, dass Winnie von der reinsten Misha-Blutlinie ist.«

»Ah, richtig. Mein Fehler. Wenn es zu viele Umstände macht, könnte ich ...«

»Ich bringe sie mit«, sage ich, obwohl ein Teil von mir sich fragt, ob er will, dass ich den Hund mitbringe, damit er mit mir Schluss machen kann, ohne mir eine Geisel zurückzulassen.

Aber nein. Wer bittet jemanden *vor* einer Trennung, seine Eltern zu treffen? Wenn überhaupt, will er vielleicht Winnie zurück, weil er immer noch denkt, dass seine Familie mich vergraulen wird.

»Ich simse dir die Zeit und den Ort«, sagt er. »Danke, dass du so verständnisvoll bist.«

Verständnis ist mein zweiter Vorname. Ich bin so geil, dass ich kurz davor bin, mich am Küchentisch zu reiben.

»Bis dann«, sage ich und lege auf, bevor wir in die *Du-legst-zuerst-auf*-Schleife kommen.

Dann renne ich in meinen begehbaren Kleiderschrank und suche verzweifelt nach einem Outfit, das das leibhaftige Böse, auch bekannt als seine Eltern, beeindrucken könnte.

Kapitel Sechsunddreißig

Als Winnie und ich aus dem Taxi aussteigen, steht Dragomir am Eingang des *The Doro* – dem teuersten Restaurant der Stadt. Sein dickes, dunkles Haar ist vom Wind zerzaust, seine Bartstoppeln sind etwas länger als sonst, und sein großer, muskulöser Körper ist in ein lässiges, aber elegantes Outfit aus dunklen Jeans und einem elfenbeinfarbenen Rollkragenpullover gekleidet.

Ein Rollkragenpullover.

Hormone, helft mir. Ich könnte auf dem Tisch vor seiner Familie über ihn herfallen.

Bevor ich blinzeln kann, zieht Winnie mit der ganzen Kraft eines hungrigen Bären an der Leine – und ich stolpere fast, als sie mich zu ihrem Herrchen zieht, dessen Gesicht sie wie eine Eistüte ableckt.

Ich schaue eifersüchtig zu. Es muss schön sein, ein Hund zu sein, bei dem dieses Verhalten gesellschaftsfähig ist. Auch ich möchte sein Gesicht lecken – und den Rest von ihm –, aber im Gegensatz zu Winnie muss ich warten.

»Komm her«, sagt Dragomir zu mir, nachdem er sich befreit und sein Gesicht gereinigt hat.

Grinsend lasse ich mich von ihm in die Arme schließen. Schnell wird daraus ein Kuss, der mir den Atem raubt und meine Geilheit auf Elchniveau ansteigen lässt.

»Sie sind schon drin«, murmelt er und befreit sich widerwillig aus meinen Fängen. »Bist du bereit?«

Ich nicke.

Er legt seine Hand auf meinen Rücken, während er mich in das schicke Restaurant führt.

Ist es falsch, dass ich diese Hand lecken möchte?

Drinnen angekommen, schaue ich mich um und pfeife leise. Mit all den ausgestellten Gemälden und Statuen erinnert mich der hohe Marmorflur, durch den wir gehen, an das Metropolitan Museum of Art.

Wie um die MET-Assoziation noch zu verstärken, begrüßen uns ein paar stämmige Portiers in den abscheulichsten Uniformen, die ich je gesehen habe: Umhänge und Dreispitze der Carabinieri, aber mit den grellen Farben und Hosen der Schweizergarde.

Interessant. In den Bewertungen dieses Restaurants wurden diese Uniformen nicht erwähnt, aber ich muss zugeben, dass sie zum Ambiente beitragen. Abgesehen von den albernen Outfits sehen diese Typen so aus, als könnten sie auch als Türsteher fungieren, sollte jemand versuchen, vor den astronomischen Rechnungen dieses Ortes zu fliehen.

Die Portiers nicken uns höflich zu und öffnen die großen Türen, die in den Speisesaal führen.

Mein Atem stockt.

Im gesamten Restaurant sind nur zwei Tische gedeckt. An einem Tisch sitzen drei Personen – höchstwahrscheinlich Tigger und die Eltern. Am anderen Tisch, der etwas weiter im Raum steht, sitzen zwei riesige Hunde, die aus großen Schüsseln fressen.

»Ein Hundetisch?«, flüstere ich, während sich Winnies Schwanz bei diesem Anblick in einen Hubschrauberrotor verwandelt.

Dragomir zuckt mit den Schultern. »Meine Familie neigt dazu, ihre Hunde zu verhätscheln.«

Wenn seine Behandlung von Winnie ein Beispiel dafür ist, könnte *verwöhnen* eine Untertreibung sein.

Fasziniert betrachte ich jedes Detail.

Die Hunde am Tisch lassen Winnie im Vergleich dazu wie einen normalen Bären erscheinen. Der eine hat eine ausgesprochen hochnäsige Körperhaltung, obwohl er einen lustigen Haarschnitt trägt, der ihn wie ein Wurfkissen aus einem Grizzly aussehen lässt, während der andere dank seiner schwarz-weißen Flecken einem Panda ähnelt. Und aus irgendeinem unerfindlichen Grund trägt er eine Brille.

Die Menschen sind genauso interessant. Dragomirs Mutter ist eine blasse, rundwangige Schönheit, die mich an die Frauen der Renaissance-Maler erinnert – ein Eindruck, der möglicherweise durch das Ambiente des Restaurants beeinflusst wurde. Beide Männer am Tisch sehen Dragomir unheimlich ähnlich, obwohl der Vater einen Schnurrbart hat und einen griesgrämigen, mürrischen Gesichtsausdruck, während Tiggers Augen mit all dem Unfug glänzen, den Dragomir ihm zugeschrieben hat.

Dragomir führt mich zum Tisch der Menschen, ohne seine Hand von meinem Rücken zu nehmen.

Alle stehen auf, um uns zu begrüßen.

»Ich möchte euch Bella vorstellen«, sagt Dragomir. »Bella, das ist meine Mutter, Bronislawa, mein Vater, Stanislaus, und mein Bruder, Anatolio.«

Ich wiederhole verzweifelt alle Namen gedanklich, um sicherzugehen, dass ich sie mir merke. Wie andere russische Wörter sind die Namen vage, aber nicht ganz russisch. Vampire aus russischen Geschichten könnten solche Namen haben.

Das Grinsen des Bruders ist ansteckend. »Schön, dich kennenzulernen, Bella. Bitte nenn mich Tigger. Wie alle anderen.« Wie Dragomir spricht er amerikanisches Englisch ohne Akzent.

Die Mutter wirft Tigger einen missbilligenden Blick zu. »So informell«, sagt sie mit einer Mischung aus britischem und slawischem Akzent. »Dieses Land hat einen schlechten Einfluss auf die Manieren. Als Nächstes werden wir alle unsere Messer in der linken Hand halten!«

Oh nein. Messer in der linken Hand? Das Universum würde sicherlich implodieren.

Bronislawa mustert mich von Kopf bis Fuß, runzelt die Stirn und streckt dann ihre Hand aus, als würde sie erwarten, dass ich sie küsse – im Götter-Stil ... oder ist es der Papst?

Stattdessen mache ich eine ungeschickte Gettofaust.

Sie sieht mich an, als hätte ich ihr das Gesicht abgeleckt.

Tigger verwandelt sein Kichern in ein Husten, und leichte Falten bilden sich an Dragomirs Augenwinkeln.

Bronislawa zieht ihre zu einer Faust geballten Hand weg.

Der Vater – Stanislaus – sagt die ganze Zeit nichts, er steht nur da und schaut finster drein.

Dragomir sagt etwas auf Ruskovisch zu ihm. Der Vater schaut mich an, neigt fast unmerklich den Kopf, sagt mit pflichtgemäßer Höflichkeit etwas auf Ruskovisch und setzt sich wieder hin.

Die einzigen Worte, die ich verstehe, sind »Bella« und »pozor«, Letzteres bedeutet auf Russisch *Schande* oder *Unehre*. Hoffentlich bedeutet es etwas anderes auf Ruskovisch. In Prag bedeuten Schilder, auf denen »pozor« steht, eigentlich *Warnung* – nicht, dass eine solche Wortwahl besser in einen Satz wie *Schön, dich kennenzulernen, Bella* passt.

Dragomirs Blick nach zu urteilen, könnte sein alter Herr tatsächlich etwas Gemeines zu mir gesagt haben.

Na ja, es zählt nicht, wenn ich nicht weiß, was dieses Etwas ist. Bis jetzt sind meine Eltern noch schlimmer. Niemand hier hat sich über nicht vorhandene Enkelkinder beschwert und mich auch noch nicht für meine Leidenschaft, zu leben, zurechtgewiesen.

»Unser Vater spricht kein Englisch«, flüstert Tigger mir verschwörerisch zu, und ich habe das Gefühl, er meint *er würdigt uns keines Blickes.*

»Warum bringst du Winnifred nicht zu ihrer Sippe und kommst dann zu uns?«, sagt Bronislawa herrisch.

Ich folge Dragomir, als er Winnie zum Hundetisch führt. Sie wird immer aufgeregter, je näher wir kommen, und als wir nur noch ein paar Meter entfernt sind, dreht sich der Pandahund mit Brille in Winnies Richtung, bellt und wedelt mit dem Schwanz.

»Das ist Caradog«, sagt Dragomir, während sie sich gegenseitig das Gesicht lecken und am Hintern schnüffeln. »Er ist Winnies Bruder und Tiggers bester Freund.«

»Das hätte ich mir denken können«, sage ich. »Aber was hat es mit der Schutzbrille auf sich? Geht er auch zum Fallschirmspringen?«

Dragomir zuckt mit den Schultern. »Vielleicht, um die Sehkraft zu verbessern oder um empfindliche Augen zu schützen. Wir werden meinen Bruder fragen müssen.«

Als sie mit Caradog fertig ist, wendet sich Winnie an den hochnäsigen, wie ein Kissen aussehenden Bären.

Die Kreatur tut so, als ob Winnie nicht da wäre.

»Das ist Gruffydd, der Hund meiner Eltern«, sagt Dragomir mit einem Augenrollen. »Er ist der Vater von Caradog und Winnie.«

Zum Glück hat Winnie ein dickes Fell und erholt sich schnell von Gruffydds Brüskierung – und hoffentlich ohne Vater-Komplexe. Sie schnuppert ein letztes Mal an Caradogs Hintern und nimmt ihren Platz am Tisch ein, wo bereits etwas Leckeres in einer Schüssel wartet.

Mir läuft der Speichel im Mund zusammen, und dieses Mal nicht nur von Dragomirs Anblick. Wenn das, was hier als Hundefutter durchgeht, so fantastisch riecht, muss auch das Essen für die Menschen göttlich sein.

Wir kehren zum Menschentisch zurück und nehmen neben Tigger Platz.

»Ich habe die große Käseplatte bestellt«, sagt Tigger und reibt seine Hände aneinander. »Ich hoffe, das ist in Ordnung für euch.«

Als ob er auf diese Ankündigung gewartet hätte, taucht eine Person im gleichen schrägen Outfit wie die Türsteher mit einem riesigen Holzbrett in den Händen aus der Küche auf.

Es stellt sich heraus, dass es sich um die besagte Käseplatte handelt – und sie ist die größte Käseplatte, die ich je gesehen habe, mit Käsesorten in allen Farben, Gerüchen und Konsistenzen, von weich bis steinhart.

Blöder Rollkragenpullover. Der Gedanke an etwas *Steinhartes* stört meine Konzentration und beschleunigt meinen Atem.

Nein. Ich muss es bekämpfen. Ich will nicht, dass seine Eltern denken, dass ich eine Nymphomanin bin.

Stanislaus murmelt etwas auf Ruskovisch, was ein

Tischgebet sein könnte, und greift nach einem verschimmelt aussehenden, blau gefärbten Mörtel, der nach einer Armee ungewaschener Füße riecht. Als er danach greift, sehe ich sein Gesicht im Profil, und irgendetwas daran kommt mir vage bekannt vor, obwohl ich nicht sagen kann, warum.

Bronislawa ist die Nächste, die sich anmutig einige der fünf verschiedenen Weichkäsesorten auftischt.

Ich warte darauf, dass Tigger und Dragomir als Nächstes dran sind, aber Dragomir schiebt den Teller zu mir.

»Bronislawa«, sage ich und gebe mein Bestes, um wie der Engel zu klingen, der ich nicht bin. »Gibt es einen Käse, den Sie empfehlen würden?«

Bitte sehr. Olivenzweig.

»Mein Name wird Bronislawa ausgesprochen«, sagt sie, was sich für mich genauso anhört wie das, was ich gesagt habe.

»Bro-nis-la-wa«, spreche ich vorsichtig aus.

»Nein. Es heißt Bro-nis-la-wa.« Wieder sagt sie es genau wie ich.

Ernsthaft? Den Olivenzweig kann sie sich sonst wohin stecken. »Danke, dass Sie mich korrigiert haben. Gibt es einen Käse, den ich Ihrer Meinung nach probieren sollte?«

Sie zeigt auf ein gelbes, kränklich aussehendes Stück am Rande des Tellers. »Wie wäre es mit dem schlichten amerikanischen?« Was sie ungesagt zu lassen scheint, ist: »Wie du.«

Ich will sie gerade über meine Abstammung

korrigieren, als ich spüre, wie Dragomir mein Knie unter den Tisch drückt.

Ist er verrückt? Zwischen seinem Rollkragenpullover und dem Druck verliere ich für einen Moment meine Fähigkeit, zu denken.

Als der Hormonschub nachlässt, erinnere ich mich daran, dass Ruskovier keine Russen mögen, als was ich mich gerade outen wollte.

Mit einem falschen Lächeln für Bronislawa greife ich mir den amerikanischen Käse und probiere ihn.

Wow. Er ist so gut, dass ich vor Genuss stöhne. Er ist zwar als amerikanischer Käse erkennbar, wie man ihn auf einem Burger schmilzt, aber er ist das schmackhafteste Exemplar seiner Art und daher erstaunlich gut.

Es ist wie die platonische Form des amerikanischen Käses – das, was jede andere Scheibe dieser Substanz anstrebt, aber nie erreicht.

Bronislawa flüstert Stanislaus etwas auf Ruskovisch zu, und ich erkenne ein Wort: *shlyuha.*

Auf Russisch heißt das *Schlampe.*

War das eine Anspielung auf mein Stöhnen? Wie groß ist die Wahrscheinlichkeit, dass das Wort zufällig *heilig* auf Ruskovisch bedeutet?

Angesichts von Dragomirs und Tiggers Stirnrunzeln nicht sehr hoch.

Ich mache etwas ziemlich Kindisches. Ich täusche ein Niesen vor, das zwei Worte enthält: *sama shlyuha.*

Auf Russisch bedeutet es *du bist die Schlampe.*

Bronislawas Augen weiten sich – Ruskovisch und

Russisch müssen so nah beieinanderliegen, dass sie verstehen kann, wie sich mein Niesen angehört hat. Dragomir und Tigger scheinen ein Lachen zu unterdrücken, während der Vater wie immer mit steinerner Miene dasitzt. Bevor irgendjemand etwas sagen kann, schnappt sich Tigger animiert eine Kostprobe von jedem Käse, und Dragomir greift direkt zu einer lilafarbenen Substanz, von der ich annehme, dass es sich ebenfalls um eine Form von fermentierter Säugetier-Babynahrung handelt.

»Bereit für den nächsten Gang?«, fragt Tigger und vertilgt schnell seine Portion. »Kulinarische Abenteuer sind die einzigen, die ich im Moment erleben darf.«

Sobald alle nicken, klatscht er in die Hände, und ein weiterer lustig gekleideter Kerl kommt aus der Küche und trägt ein riesiges Tablett. Darauf befinden sich fünf Steaks mit Kartoffelpüree und verschiedenen Gemüsesorten – ein ziemlich einfaches Angebot für ein so schickes Lokal.

Ich warte, bis alle mit dem Essen angefangen haben, bevor ich mir ein Stück Fleisch abschneide und es mir in den Mund stecke.

Beim heiligen Michelin-Stern.

Ein Lebensmittelgasmus explodiert durch meine Geschmacksknospen.

Ich habe keine Ahnung, welches Tier ich gerade gekostet habe, aber es ist herrlich weich, perfekt saftig und himmlisch erdig.

Ich schwelge genüsslich, bis ich sehe, wie Bronislawa mich wieder missbilligend anblickt.

Was?
Habe ich wieder gestöhnt?
Nein. Es ist noch schlimmer als das.
Ich halte mein Messer in der linken Hand.
Es gibt keinen Zweifel mehr.
Ich bin eine dreckige Barbarin.

Kapitel Siebenunddreißig

Ich wechsele mein Essbesteck von einer Hand in die andere, und in der Hoffnung, meinen Fauxpas zu vertuschen, frage ich: »Was ist das für ein Fleisch?«

»Rehkitz«, sagt Tigger.

»Wildbret«, sagt Bronislawa zur selben Zeit.

Ich warte darauf, dass jemand offenbart, dass er einen Scherz macht, aber das passiert nicht.

Klasse. Ich habe es gerade genossen, Bambi zu essen.

Da ich das Fleisch von nun an meide, probiere ich das Püree und das Gemüse – was sich als das Beste herausstellt, was ich je gegessen habe.

»Mögen Sie das Fleisch nicht, Liebes?«, fragt mich Bronislawa.

»Nein, Bambi ist köstlich«, sage ich. »Ich bin einfach nicht sehr hungrig.«

Sie neigt ihren Kopf. »Sind Sie sicher, dass es das ist?«

»Was könnte es sonst sein?«

Sie zuckt mit den Schultern. »Ich frage mich nur, ob Sie darauf achten, was Sie essen.«

Ich ersticke fast an einem Rosenkohl. »Verzeihung?«

Sagt sie, dass ich fett bin?

Sie rümpft die Nase. »Sie sehen aus wie ein Model oder eine Schauspielerin. Achten die nicht immer darauf, was sie essen?«

Angesichts der angewiderten Art, wie sie die Worte *Model* und *Schauspielerin* ausspricht, hätte sie genauso gut *Barbie* und *Hure* sagen können.

Das Gute daran ist, dass sie mich nicht fett genannt hat.

»Bella ist eine Unternehmerin«, sagt Dragomir spitz, und sein Tonfall ist merklich kühler. »Eine MIT-Absolventin, um genau zu sein. Falls du es nicht weißt, das ist die elitärste technische Universität der Welt, mit einer siebenprozentigen Aufnahmequote.«

Ich möchte Bronislawa fast dafür danken, dass sie eine Schlampe ist. Ich hätte nie gedacht, dass es mich so anmacht, wenn ein Typ mich so verteidigt. Dragomir hat sich gerade alle möglichen sexuellen Gefälligkeiten verdient.

Moment, wem mache ich da etwas vor? Zwischen dem, wie geil ich schon war, und seinem Rollkragenpullover werde ich im Schlafzimmer alles machen, was er will, ohne mich zu wehren.

»Tigger«, sage ich und beschließe, das Thema zu wechseln, bevor ich spontan in die Luft gehe, »kennst du irgendwelche lustigen New Yorker Abenteuer – vor allem solche, bei denen man nicht Leib und Leben riskieren muss?«

»Heißluftballons«, sagt Tigger ohne zu zögern. »Du kannst mit einem am Korb befestigten Fallschirm abspringen. Auf diese Weise musst du nicht einmal wissen, wie man einen benutzt.«

Er fährt mit weiteren Ideen in dieser Richtung fort, und ich tue so, als wäre ich interessiert, obwohl ich niemals etwas davon machen würde. Ich mag es, wenn mein Schädel nicht gebrochen ist, vielen Dank.

Um mir die Zeit zu vertreiben, fahre ich mit meiner Hand unter der Serviette heimlich Dragomirs Oberschenkel hinauf, dann höher und höher, bis ich das Verlangen verspüre, den Mount Everest aus seiner Hose zu befreien.

Dragomirs Kiefer verzieht sich, aber er isst weiter das Bambi-Steak und tut sein Bestes, um seiner Familie nichts zu verraten.

Beeindruckend.

Schließlich habe ich Mitleid mit uns beiden und ziehe meine Hand weg.

Ein lautes Bellen kommt vom Hundetisch. Wir drehen uns alle um und sehen einen weiteren Türsteher-Typen mit einem Tablett aus der Küche rennen.

Das ist eine neue Definition von verwöhnt.

Aus einer Laune heraus lasse ich meine Stimme

ähnlich wie Winnies Schnauze klingen, verstelle sie rau und stark akzentuiert:

»Reiß dich zusammen, Caradog Gruffyddovich. Zu schnelles Essen von Kätzcheneintopf kann Sodbrennen verursachen.«

Tigger und Dragomir lachen, aber die Eltern schauen mich an, als ob mir ein Nippel auf der Stirn gewachsen wäre.

Von da an esse ich schweigend. Als alle Bambis außer meinem verschlungen sind, vibriert mein Handy.

Es ist eine Nachricht von Dragomir:

Gibst du es jetzt zu?

Ich stelle sicher, dass niemand sehen kann, wie ich antworte, und tippe:

Was?

Als Dragomir einen Blick auf sein Telefon wirft, rollt er mit den Augen.

Gewinne ich den Wettbewerb der schlechtesten Eltern?

Ich denke eine halbe Sekunde darüber nach, dann antworte ich mit einem überzeugten *Nein*.

Fast gleichzeitig beugt sich Bronislawa zu ihrem immer noch grimmig aussehenden Ehemann und plappert etwas auf Ruskovisch, wobei sie ab und zu einen Blick in meine Richtung wirft.

Ich erkenne ein paar Wörter und Phrasen, die neben dem bereits erwähnten *pozor* eine Bedeutung im Russischen haben, darunter *Rebellion, nur eine Phase* und *kann etwas Besseres finden*.

Dragomir muss das mitbekommen haben, denn

sein Gesichtsausdruck wird wütend, und er springt auf.

»Ich möchte kein Dessert«, sagt er eisig. »Wir sollten besser gehen.«

Tigger wirft seinen Eltern einen enttäuschten Blick zu und steht dann ebenfalls auf. »Die Ärzte haben mir gesagt, dass ich mich nicht überanstrengen soll, also muss ich mich auch verabschieden.«

Bronislawa wirft beiden Söhnen einen missbilligenden Blick zu. »Wenn es sein muss.«

»Es war wie immer ein Vergnügen«, sagt Dragomir, und seine Stimme trieft vor Sarkasmus.

Wir holen Winnie und ihren pandaähnlichen Bruder und machen uns auf den Weg.

Als wir zu den schicken Türen kommen, die aus dem Speisesaal herausführen, gibt Winnie das inzwischen vertraute Winseln von sich.

Dragomir scheint es nicht gehört zu haben.

Ich werfe einen Blick über meine Schulter. Sowohl Bronislawa als auch Stanislaus schauen mir böse hinterher.

Na schön. Das war ihre letzte Chance, meine Rache zu verhindern, und sie haben es vermasselt.

Ich tue so, als würde ich meine Handtasche fallen lassen, knie mich hin, um sie aufzuheben, atme tief ein und flüstere Winnie zu: »Entfessle den Kraken.«

THPPTPHTPHPHPHHPH.

Dragomirs Augen weiten sich, als er auf Winnies furzerzeugenden Hintern starrt.

Mit einem hündischen Grinsen lässt Caradog einen

noch lauteren Furz los – und ich dachte nicht, dass es noch lautere geben könnte als Winnies.

Dragomirs entschlossener Gesichtsausdruck erinnert mich an Feuerwehrleute, die sich auf den Weg machen, um einen Brand zu bekämpfen. Er ergreift mich und Tigger fest an den Ellenbogen und zerrt uns zusammen mit den immer noch furzenden Hunden hinaus.

Obwohl ich den Atem anhalte, während wir aus der Halle eilen, schafft es der Gestank irgendwie, in meine Sinne einzudringen, und es ist so schlimm, dass ich anfange zu bereuen, was ich getan habe.

Zu meinem Schock ziehen die Türsteher, anstatt um ihr Leben zu rennen, irgendwo Gasmasken hervor – vielleicht aus ihren Hosen –, setzen sie auf und rennen hinein.

In der Ferne höre ich Bronislawas und Stanislaus' Würgegeräusche und Gruffydd heulen – oder auch furzen. Das ist schwer zu sagen.

Bis wir draußen sind, haben die Hunde zum Glück keinen Treibstoff mehr.

Dragomir hält sich ein Taschentuch vor die Nase und ruft seinen Limousinen-Camper. Er muss die ganze Zeit über um den Block gekreist sein.

Mit quietschenden Reifen hält das Fahrzeug an, und wir springen hinein.

»Fjodor, fahr los!«, ruft Tigger.

Als sich das Wohnmobil wieder in Bewegung setzt, atmen endlich alle wieder normal – außer den Hunden. Sie haben die ganze Zeit das Aroma genossen.

Nachdem wir wieder zu Atem gekommen sind, beginnt Tigger zu lachen. »Kannst du dir Mutters Gesichtsausdruck vorstellen?«

Dragomirs Augen funkeln, und wir drei brechen in Gelächter aus.

»Wohin fahren wir?«, frage ich schließlich.

»Eine Bar?«, schlägt Tigger vor.

»Nein«, sagt Dragomir streng. »Du bist immer noch nicht gesund, also werden wir dich zu deinem Hotel bringen.«

Er sagt es nicht, aber ich bin mir sicher, dass der nächste Halt eine unserer Wohnungen ist. Zumindest sollte es so sein.

Tigger schlägt eine Reihe von Alternativen vor, aber Dragomir lehnt sie alle ab.

Es stellt sich heraus, dass Tiggers Hotel nur ein paar Blocks von meiner Wohnung entfernt ist. »Ich habe es ihm empfohlen«, erklärt Dragomir, nachdem wir Tigger abgesetzt haben. »Ich war kürzlich dort, weil meine Wohnung ausgeräuchert wurde. Das war übrigens, als wir uns das erste Mal getroffen haben.«

Ah. Das erklärt, warum ich ihn nur dieses eine Mal im Park getroffen habe.

Das Wohnmobil kommt direkt neben meinem Haus zum Stehen.

Mein Herz beginnt wild in meiner Brust zu hämmern. »Kommst du mit hoch … auf einen Tee?«

Der Blick, den Dragomir mir zuwirft, scheint zu sagen: »Kann ein Bär waffenfähige Flatulenz haben?«

Ich beiße mir auf die Lippe. »Dann lass uns gehen.«

Er streichelt Winnies Fell und sagt ihr: »Fjodor wird dich nach Hause bringen. Wir sehen uns morgen.«

Morgen? Plant er, die Nacht mit mir zu verbringen? Mein Herzschlag ist auf Panikattacken-Niveau, als wir aussteigen und zu meiner Wohnung sprinten.

Boner wirft uns einen enttäuschten Blick zu, als wir eintreten. »*Ma chérie*, wo ist *ma petite*?«

»Eine Sekunde«, sage ich zu Dragomir und führe Boner in die Küche, wo ich ihm eine Schüssel mit seinem Lieblingsfutter gebe, um ihn von seinem fehlenden Schwarm abzulenken.

Sobald Boner fröhlich mampft, stürme ich zurück, packe Dragomir an der Hand, schleife ihn in mein Schlafzimmer und schließe die Tür ab.

Dragomir ignoriert die romantische Einrichtung des Raumes und sieht mich mit einem Hunger an, der dem meinen entspricht.

Ein paar Momente lang starren wir uns wie Revolverhelden an. Dann stürzen wir uns beide aufeinander.

Unsere Lippen treffen sich in einem tiefen, hinreißenden Kuss, und in meinem Bauch verwandeln sich Raupen in geile Schmetterlinge. Der Raum dreht sich um uns, als wären wir in einer NASA-Trainingsmaschine.

Wir reißen uns gegenseitig die Kleider vom Leib, ohne den Kuss zu unterbrechen, und ich bin mir vage bewusst, dass ich seinen Rollkragenpullover zerrissen haben könnte.

Wie dem auch sei. Ich werde ihm dutzende Ersatzpullis besorgen.

Mit einem Knurren, das wie *Du bist so gefickt, Squirrelchik* klingt, hebt Dragomir mich wie eine Braut hoch, legt mich dann auf das Bett und hält inne, um seinen erhitzten Blick über meinen nackten Körper gleiten zu lassen.

Schwindelig vor Vorfreude, verschlinge ich ihn auch visuell – jeden gewundenen Muskel, jeden mundwässernden Winkel und nicht zuletzt die bergige Pracht des Everest.

Als sein Blick schließlich zu meinem Gesicht zurückkehrt, sind seine Augen so dunkel, wie ich sie noch nie gesehen habe. Seine Muskeln spannen sich an, und er gesellt sich mit pantherhafter Anmut zu mir auf das Bett.

Endlich.

Ist.

Es.

So.

Weit.

Kapitel Achtunddreißig

Er küsst meinen Hals. Oder besser gesagt saugt er daran.

Ich kratze mit meinen Nägeln über seinen Rücken.

Er wechselt mit dem Kuss hinüber zu meiner linken Brustwarze und knabbert daran, bis ich vor Lust stöhne.

Ich kann sein zufriedenes Lächeln an meiner Brustwarze spüren. Dann wandert seine Zunge an meiner Brust entlang, vorbei an meinem Bauchnabel und hinunter zu meiner sehnsüchtig wartenden Klitoris.

Nach all der Anspannung ist die Freude, die das auslöst, unbeschreiblich. Im Vergleich zu seiner Zunge ist mein Klitorissauger scheiße.

Meine Augen rollen zurück.

Wenn Zungen IQ-Tests machen könnten, bin ich mir sicher, dass Dragomirs Zunge IQ im Bereich von zweihundert liegen würde, zusammen mit anderen Genies – so clever ist sie.

Neckt er mich?

Verdammt!

Ich ergreife sein Haar, um ihn festzuhalten und schiebe mich gegen seine Zunge.

Treffer!

Der Orgasmus kracht in jede meiner Nervenzellen, und ich schreie seinen Namen.

Als er aufblickt, hat er einen selbstgefälligen Gesichtsausdruck.

Er *hat* mich geneckt. Böse.

Mit einem tiefen Knurren ziehe ich ihn in einen tiefen Kuss und schmecke mich selbst auf seinen Lippen, während ich mit meinen Händen beginne, Everest zu streicheln.

Ihn ganz sanft zu streicheln. Necken kann ich auch.

Er versteift sich – im wahrsten Sinne des Wortes.

In Anlehnung an seine Bewegungen gleite ich mit meiner Zunge hinunter zu seinem Hals, arbeite mich tiefer zu seiner rechten Brustwarze, umkreise ach so neckisch den Warzenhof und knabbere dann leicht am Nippel.

Sowohl Everest als auch der Nippel verhärten sich, und ich setze meine Reise weiter nach unten fort, über seinen Waschbrettbauch und die Landebahn hinunter, bis ich seine Eier erreiche.

Mit einem bösen Grinsen lecke ich sie katzenhaft ab.

Sie ziehen sich vor Erregung zusammen.

Sehr gut. Ich lecke Everest langsam wie einen Lolli und werde mit einem Zucken belohnt, das einen Bergsturz ausgelöst hätte, wenn es ein echter Berg wäre.

Seine Hände greifen in mein Haar, und sein Atem wird abgehackt. »Ich will dich so verdammt sehr.«

Ich betrachte Everest, und mein eigener Atem ist vor Aufregung unregelmäßig. Das letzte Mal, als ich das ganze Ding in den Mund genommen habe, lief es nicht so gut. Aber ich will es trotzdem wieder tun. Sicherlich war es der Alkohol in meinem Körper, der mich in Schwierigkeiten brachte, nicht mein Würgereflex.

Trotzdem, zum Teil, um ihn zu reizen, zum Teil als Vorsichtsmaßnahme, nehme ich ihn vorsichtig und langsam auf, die seidig-glatte Haut hart und heiß auf meiner Zunge.

Ist er gerade noch größer und härter geworden? Gibt es noch genug Blut für den Rest von Dragomirs Körper?

Er stöhnt, und ich fahre zittrig fort. Nachdem ich wochenlang aus der Ferne mit dem Everest gespielt habe, habe ich genau gelernt, wie er tickt, und jetzt nutze ich dieses Wissen, um Dragomir dazu zu bringen, vor Lust meinen Namen zu stöhnen.

Das Problem beim Necken, wenn man so geil ist wie ich, ist, dass man sich selbst genauso quält wie sein Opfer.

Als der pulsierende Schmerz in meinem Inneren

unerträglich wird, schaue ich auf in seine bernsteinfarbenen Augen. »Ich will dich in mir haben.«

Er bewegt sich wie ein Wirbelwind. Bevor ich einen weiteren Atemzug nehmen kann, hat er mich auf den Knien.

Das ist eine ernstzunehmende Manipulationsfähigkeit.

Er leckt meine Öffnung von hinten und schiebt seine Zunge ein paar Zentimeter in meine Ritze.

Wow.

So schmutzig. So heiß.

»Bist du bereit, *squirrelchik?*«

Ich kann nur wimmern.

Er schiebt Everest ganz sanft in mich hinein.

Heilige Bergbesteigung.

So bereit ich auch bin, es gibt einen Moment, in dem die Dehnung unangenehm ist. Zum Glück geht er schnell vorbei und wird durch Glückseligkeit ersetzt.

Er packt besitzergreifend meine Arschbacken und zieht sie auseinander.

Okay, das wird von Sekunde zu Sekunde heißer.

Keuchend schaue ich über meine Schulter.

Seine Augen brennen vor Verlangen, und sein nackter Körper ist absolut glorreich – er erinnert an die Statue eines griechischen Gottes.

Die ersten Stöße sind langsam und sanft.

Ich schiebe mich zu ihm zurück, begierig auf einen härteren Rhythmus und schärfere Empfindungen.

Seine schwieligen Hände massieren meine

Arschbacken, und seine Stöße werden hungriger, drängender.

Ich balle meine Fäuste in das Laken.

Er beschleunigt weiter.

Mein lustvolles Stöhnen verwandelt sich in Schreie, während sich die Spannung in meinem Inneren zu einem Crescendo aufbaut.

Ich schreie seinen Namen und komme. Gleichzeitig stößt er noch tiefer zu, und ich spüre seine Entladung in einem warmen Ausbruch in mir, während er seine Lust herausstöhnt.

Er lässt meinen Po los und umarmt mich von hinten.

Ich breche auf dem Bett zusammen. Widerwillig lässt er mich los, und ich nutze das bisschen Kraft, das mir noch bleibt, um mich auf die Seite zu rollen und zu ihm aufzuschauen.

Er streckt sich neben mir aus und stützt sich auf seinem Ellenbogen ab. Obwohl er immer noch unregelmäßig atmet, liegt ein zärtlicher Ausdruck auf seinem wunderschön gemeißelten Gesicht.

»Das war unglaublich«, murmele ich und fühle mich plötzlich uncharakteristisch schüchtern.

Er streicht mir eine verirrte Haarsträhne aus der Stirn. »*Du* bist unglaublich.«

Ich erröte und stupse eine Schweißperle an, die an seinem gebeugten Deltamuskel hinuntergleitet. »Du bleibst doch über Nacht, oder?«

Was ich wirklich fragen möchte, ist: »Wirst du für immer bleiben? Glaubst du, dass diese Sache zwischen uns – was auch immer es ist – funktionieren kann?«

Sein Blick wird weicher. »Wenn du mich haben willst, bleibe ich heute Nacht … und morgen Nacht und die Nacht danach.«

Wow. Sind wir auf der gleichen Wellenlänge? Ich möchte weiter nachforschen, aber ich habe Angst davor. Im Nachglühen des Sex sagen Männer alle möglichen Dinge, die sie nicht meinen.

Mühsam sortiere ich meinen verstreuten Verstand. »Ich glaube, ich brauche eine Dusche.« Die Worte kommen verführerischer aus meinem Mund, als ich sie gemeint habe.

Seine Augen werden schwer. »Ich bringe dich hin.«

Er lässt seinen Worten Taten folgen, steht auf, nimmt mich in den Arm und schreitet entschlossen zur Dusche.

Während ich in der Wärme des Wassers schwelge, das auf uns herabströmt, beginnt Dragomir, mich einzuseifen.

Daran kann sich ein Mädchen gewöhnen.

Als ich schön schaumig bin, spült er mich ab und wäscht mir dann die Haare – mit einer Kopfmassage zum Stöhnen, die die besten Frisörsalons stolz machen würde.

Es steht fest. Ich möchte diesen Mann als meinen Spa-Sklaven behalten.

Und Sexsklaven natürlich.

Mit einem bösen Grinsen beginne ich, mich zu revanchieren.

Verdammt. Seine harten Muskeln mit Seife einzuschäumen macht mich wieder ganz heiß und geil, und nach Everests Reaktion auf meine Streicheleinheiten zu urteilen könnte Dragomir auch für einen weiteren Versuch zu haben sein.

»Kannst du mir den Rücken eincremen?«, frage ich, während ich mich abtrockne. »Ich werde so trocken ohne sie.«

Er betrachtet mich genüsslich von oben bis unten. »Jetzt?«

»Im Schlafzimmer.« Ich durchdringe meine Worte mit einem fleischlichen Versprechen, dann greife ich mit einer Hand nach der Flasche Lotion und mit der anderen nach Everest.

Seine Augen weiten sich, als ich ihn sanft in diese Richtung führe.

»Ich wollte schon immer mal einen Kerl so richtig an seinem Schwanz führen«, sage ich mit rauer Stimme. »Hatte bis jetzt keinen Zugang zu einem Opfer in angemessener Größe.«

Everest zuckt in meiner Hand.

»Ich bin froh, dass ich dir helfen kann«, knurrt Dragomir.

Als wir das Schlafzimmer erreichen, lasse ich Everest los und springe mit dem Arsch nach oben auf das Bett. »Ich bin bereit.«

Er räuspert sich. »Für Lotion?«

Ich drehe mich um und schaue ihn unschuldig an. »Was sonst?«

Er packt die Lotion grob, ich drehe mich weg, und mein Herzschlag beschleunigt sich.

Anstatt über mich herzufallen, was ich fast erwartet habe, höre ich, wie er die Lotionflasche zusammendrückt.

Oje.

Anstatt mich nur mit Feuchtigkeit zu versorgen, beginnt er mit einer erotischen Massage. Er fängt bei meinen Schultern an, geht über meinen Rücken und meine Beine und endet mit einer orgastischen Fußmassage.

»Wird es ein Happy End geben?« Ich schnappe nach Luft, als ihm die Körperteile ausgehen, die er einer Wellnessbehandlung unterziehen kann.

Er dreht mich um.

»Zuerst muss ich die Vorderseite eincremen.«

Schon wieder necken? Ich schätze, ich habe damit angefangen.

Sein Versuch, mich zu necken, ist brutal erfolgreich. Als er damit fertig ist, die Lotion in meine Brüste zu massieren, bin ich bereit, auf meinen Knien um seinen Schwanz zu betteln.

Er bewegt sich mit der ihm eigenen athletischen Anmut, legt die Lotion weg und bedeckt meinen Körper mit seinem.

Als Everest in meinen Bauch drückt, hole ich Luft, um mit dem Betteln zu beginnen, aber bevor ich ein Wort sagen kann, senkt er seinen Kopf, so dass seine Lippen mein Ohr streifen.

»*Jetzt* kannst du das Happy End bekommen«, flüstert er.

Zur Hölle, ja.

Ich packe Everest und schiebe ihn in mich hinein, wobei ich die anfängliche, fast schmerzhafte Dehnung ignoriere.

Oh ja. Das fühlt sich gut an.

Dragomir übernimmt von da an, und seine Stöße sind langsam und sinnlich.

Mehr necken?

Er schaut mir in die Augen und verschränkt seine Finger mit meinen.

Okay. Also nicht necken.

Ich mag das.

Während das letzte Mal am besten als hartes Ficken beschrieben werden kann, scheint dies etwas ganz anderes zu sein.

Das Wort *Liebesspiel* kommt mir in den Sinn, aber ich verbanne es für den Moment, da ich nicht bereit bin, Gefühle zu bewerten und den Dingen inmitten einer solchen Glückseligkeit Etiketten zu verpassen.

Er wird allmählich schneller, und ich vergesse alle kniffligen Begriffe, als ein doppelt so starker Orgasmus wie der letzte durch mich hindurchbricht und mich zum Schreien zwingt. Schon wieder.

Ich will, dass er auch kommt, also setze ich meine mit den Lustkugeln trainierten Beckenbodenmuskeln ein und drücke Everest, so gut es geht.

Dragomirs Nasenflügel beben, als er wieder kommt und mich dann so fest umarmt, als wolle er mich nie wieder loslassen. Ich vergrabe mein Gesicht an seinem Hals und atme seinen warmen, männlichen Duft ein.

Fuck, dieser Mann ist alles.

»Noch eine Dusche?«, flüstere ich nach einer gefühlten Stunde intensiver Oxytocinproduktion.

»Ich bin mir nicht sicher, ob wir uns die Mühe machen sollten.« Er berührt meine linke Brust, und ich spüre, wie Everest wieder wächst – ein Kunststück, das ich nicht für möglich gehalten hätte. »Wie wäre es, wenn du alle deine Spielsachen herüberbringst, damit wir spielen können?«, fährt er fort.

Sofort so geil wie ein amischer Teenager, der Pornhub auf seinem Rumspringa entdeckt hat, eile ich und hole *alle* Spielzeuge, die ich besitze.

Als ich sie auf das Bett lege, merke ich, dass der Stapel riesig ist.

Verdächtig groß.

Hoppla.

Zu meiner Erleichterung zieht Dragomir nicht einmal eine Augenbraue hoch – als ob er daran gewöhnt wäre, dass Frauen genug Spielzeug besitzen, um einen Erwachsenenladen zu füllen.

Soll ich ihm sagen, dass ich die gemacht habe?

Ich möchte es wirklich, wirklich gerne tun.

Bevor ich ein Wort sagen kann, schnappt sich Dragomir einen Vibrator, der ihm gefällt, drückt auf den *On*-Knopf und berührt mich damit.

Egal. Ich kann es ihm immer noch sagen, wenn ich nicht kurz vor einem weiteren Orgasmus stehe.

Oder noch einem.

Oder noch einem.

Nach etwa zehn höre ich auf zu zählen. Alles, was ich weiß, ist, dass die Sonne aufgeht, als wir schließlich ohnmächtig werden, in einem verschwitzten Knäuel verschlungen.

Kapitel Neununddreißig

»Squirrelchik, ich muss arbeiten«, sagt eine Stimme aus weiter Ferne.

Widerstrebend öffne ich meine schweren Augenlider.

Der Sonne im Zimmer nach zu urteilen ist es weit nach meiner üblichen Weckzeit.

Dragomir steht in einem Anzug neben dem Bett.

Hm. Hat Fjodor ihm den heute Morgen gebracht – oder ist er vor einer Weile aufgewacht und in den Fetzen der gestrigen Kleidung einkaufen gegangen?

»Es tut mir leid«, sagt er. »Ich muss wirklich gehen.«

Oh ja. Das. Auch wenn mein Gehirn nicht voll funktionsfähig ist, schiebe ich die Decke weg, um so viel wie möglich von mir freizulegen. »Bist du sicher, dass du gehen musst?«

Ein Muskel in seinem Kiefer spannt sich an. »Ich wünschte, ich müsste es nicht. Aber wegen der Reise bin ich mit einigen Projekten weit im Rückstand. Ich habe heute schon alle unwichtigen Meetings übersprungen, aber die nächsten sind geschäftskritische Investitionen.«

Scheiße. Ich habe völlig vergessen, dass ich mit einem potenziellen Investor geschlafen habe.

Nun, jetzt ist es offensichtlich zu spät, es zu bereuen.

»Na gut, geh«, sage ich mit einem gespielten Stirnrunzeln und decke mich wieder zu. »Das *wirst* du bei mir wiedergutmachen, wenn du zurückkommst.«

»Oh, das werde ich.« Seine Augen sind mit sengender Hitze gefüllt. »In der Zwischenzeit habe ich dir in der Küche Frühstück hingestellt. Du solltest noch etwas essen und dich ausruhen. Du wirst deine Kraft brauchen, wenn ich zurückkomme, um für meine Sünden zu büßen.«

Damit verlässt er den Raum und lässt mich errötet und keuchend zurück.

Nachdem ich mich abgekühlt habe, spiele ich mit dem Gedanken, wieder einzuschlafen, aber mein Magen knurrt, also gehe ich mich nach dem Frühstück umschauen.

Wow. Dragomir hat an alles gedacht. Auf dem Tisch stehen Eier Benedict, Waffeln, fünf Sorten Marmelade, eine Karaffe mit frisch gepresstem Orangensaft, eine Teekanne und ein großer Kaffee.

Er meinte diese ganze *Du-brauchst-deine-Kraft-*Sache wirklich ernst.

Bevor ich esse, fülle ich Boners Napf und rufe ihn.

Der kleine Kerl stapft in den Raum und schaut sich um, als ob er hofft, etwas zu sehen. Da er nicht findet, was er sucht, lässt er den Kopf hängen und beginnt lustlos, sein Futter zu fressen.

Ah. Er muss Winnie vermissen. Ich werde Dragomir bitten, sie bald herzubringen, um ihn aufzumuntern.

Nachdem ich mich mit genug Essen vollgestopft habe, um mich für die nächsten zwei Nächte mit Nonstop-Orgasmen zu versorgen, mache ich einen Spaziergang mit Boner.

Er ist definitiv nicht sein übliches Selbst. Sehnsüchtig schnüffelt er an jedem Fleckchen Gras, auf das Winnie gepinkelt hat. Er ignoriert alle anderen Hunde, denen wir begegnen, und ist nach einem Viertel der üblichen Zeit bereit, zurückzugehen.

Zu Hause schafft es Boner, unglücklich auszusehen, während er sein Wasser trinkt – und das erfordert schauspielerisches Können, vor allem für einen Chihuahua mit diesen frechen Ohren.

»*Ma chérie*, ich kann nicht mehr lange ohne *ma petite* weitermachen. Wenn sie nicht zurückkommt, werde ich mich vom Kühlschrank stürzen.«

Ich nehme mein Handy heraus und schreibe Dragomir eine SMS:

Wir sollten die Hunde so schnell wie möglich wieder Zeit miteinander verbringen lassen.

Während ich auf eine Antwort warte, rücke ich den Küchenstuhl vom Kühlschrank weg – nur für alle Fälle.

Wie immer braucht Dragomir nicht lange, um sich bei mir zu melden.

Ich kann Fjodor bitten, heute Abend mit ihnen spazieren zu gehen.

Ich überbringe Boner die gute Nachricht und antworte Dragomir, dass ein gemeinsamer Spaziergang großartig ist.

Nachdem ich die Bedürfnisse des Hundes erfüllt habe, erlaube ich mir, zu gähnen. Laut.

Die ganze Nacht nicht geschlafen zu haben holt mich ein.

Das Schöne an einem eigenen Unternehmen – zumindest an einem ohne festes Büro wie meinem – ist, dass man immer, wenn man will, einen Tag Pause machen kann.

Heute will ich.

Ich suche eine Schlafmaske, aber bevor ich mein Telefon ausschalten kann, klingelt es.

Es ist ein Anruf von Vlad.

Da wir schon ewig nicht mehr miteinander gesprochen haben, gehe ich dran.

»Hey, du«, sage ich mit einem Lächeln.

»Hey, Schwesterherz. Wie läuft's denn so?«

»Großartig. Dragomir ist zurück.«

»Ah, endlich. Wann ist das passiert?«

Ich informiere ihn über die jüngsten Ereignisse. Als ich beim gestrigen Abendessen angelangt bin, bittet er mich, die Namen des Bruders, der Eltern und sogar der Hunde einige Male zu wiederholen – als ob er sich Notizen machen würde.

Offensichtlich hat er immer noch vor, Dragomir wie geplant auszuspionieren. Ich spreche das aber nicht an. Stattdessen tue ich so, als hätte ich das alles vergessen. Es mag albern sein, aber es hilft mir, mit dem nagenden Schuldgefühl umzugehen. Ich habe Dragomir kennengelernt, habe sein Vertrauen gewonnen und sollte daher seine Privatsphäre respektieren. Und außerdem ist er mir so sehr ans Herz gewachsen, dass ich Angst habe, etwas Unschönes zu erfahren.

Nein, das ist verrücktes Gerede. Zumindest die Schuld lässt sich leicht wegrationalisieren. Wenn Vlad schnüffelt, ohne dass ich ihn dazu auffordere, wie kann das meine Schuld sein? Ich meine, ich kann ihn davon abhalten, aber er mag das Schnüffeln so sehr, dass er es vielleicht auch tut, wenn ich ihn bitte, es nicht zu tun.

Da haben wir es. Geschäfte mit meinem Gewissen zu machen war noch nie so einfach. Ich könnte durchaus auf dem besten Weg sein, ein Soziopath zu werden.

»Bist du noch da?«, fragt Vlad und reißt mich aus meiner Träumerei.

»Entschuldigung. Was hast du so gemacht?«

»Zu viel gearbeitet«, sagt er. »Aber das wird sich jetzt ändern. Fanny und ich gehen campen.«

Ich halte das Telefon von meinem Ohr weg und starre es verständnislos an. »Campen? Wie in Zelten, Zecken, Käfer im Arsch – all das?«

»Ich frage dich ja nicht, ob du mitkommst«, sagt er, als ich das Telefon wieder an mein Ohr nehme. Ich kann fast hören, wie er am anderen Ende mit den Augen rollt. »Es ist Fannychkas Idee. Sie hat sich einen Tag frei genommen und möchte ein Abenteuer mit Übernachtung, bei dem wir komplett vom Alltag abschalten können.«

Ich kratze mich am Kopf. »Ich glaube, sie will einfach nur mit dir, ihrem großen, starken Beschützer, allein im Wald sein.«

»Und was ist daran verkehrt?«

»Tut mir leid, genieß es«, sage ich und spare mir meine Tirade darüber, wie er etwas Ähnliches erreichen könnte, indem er ihnen beiden Ohrstöpsel besorgt, seinen Wi-Fi-Router abschaltet und sein Telefon in die Mikrowelle steckt. »Wie laufen die Dinge zwischen euch beiden? Camping scheint ein großer Schritt zu sein … zumindest klingt es für mich so.«

»Hervorragend«, sagt er – und wenn man bedenkt, wie zurückhaltend mein Bruder normalerweise ist, wenn es darum geht, seine Gefühle mitzuteilen, hauen mich diese Worte um. Das heißt, bis er fortfährt und sagt: »Ich denke irgendwie, sie ist die Richtige. Weißt du?«

Aus irgendeinem Grund huschen mir merkwürdige haselnussbraune Augen durch den Kopf. »Ja. Ich glaube, ich weiß genau, was du meinst.«

Er räuspert sich. Ich schätze, er hat gerade gemerkt, dass er seine Emotionsquote für das Jahrhundert überschritten hat. »Ich muss noch ein paar Sachen für die Reise heute Abend packen, also mache ich mich besser an die Arbeit.«

»Viel Spaß. Und halte dich von Bären fern.«

Er legt lachend auf.

Ich lächele das Telefon an. Als ich Vlad bat, mir bei der App für die teledildonischen Sexspielzeuge zu helfen, war das Letzte, was ich erwartet hatte, dass er dabei seine bessere Hälfte finden würde.

Ich fühle mich wohlig und zufrieden und gähne noch einmal.

Stimmt. Zu viel Sex und zu wenig Schlaf.

Ich setze die Schlafmaske auf und verliere das Bewusstsein, sobald mein Kopf das Kissen berührt.

Die blöde Türklingel weckt mich aus einem feuchten Traum, in dem Dragomir in einem Spandex-Rollkragenpullover auftaucht, bewaffnet mit futuristischem Sexspielzeug, das ich hoffentlich nachstellen kann, wenn ich mich das nächste Mal an die Arbeit setze.

Das Klingeln dauert an, während ich mir einen Bademantel überziehe und zur Tür gehe, wobei ich über Boner stolpere, der so aufgeregt ist wie seit Jahren nicht mehr. »Wer ist da?«

»Fjodor«, sagt eine Stimme, die genau wie Dragomirs Butler klingt. »Ich bitte um Verzeihung, ich habe Lady Winnifred bei mir, und sie will sich unbedingt um ihre biologischen Bedürfnisse kümmern.«

Lady Winnifred? Hat er noch nie eine Sitzung des Kraken erlebt?

Wie zur Bestätigung bellt Winnie, und Boner wird noch berserkerhafter vor Freude. Die Bären-Pheromone müssen ihn verrückt machen.

»Eine Sekunde«, sage ich und eile davon, um mich etwas präsentabler zu machen, bevor ich mit Boners Leine zurückkomme.

Als sich die Tür öffnet, gibt es hektisches Bellen, Hinternschnüffeln und Schnauzenlecken.

»*Ma petite! Destin* hat dich gebadet und dich zu mir gebracht.«

Ich gebe Fjodor die Leine. »Danke.«

Er nickt auf seine Butlerart und geht.

Ich checke mein Handy.

Ja. Dragomir hatte mich vor dem Überfall gewarnt. Er dachte wohl, ich sei nicht faul genug, um den halben Tag zu verschlafen.

Es gibt auch eine Nachricht von Fjodor:

Ich komme.

Ich werde ihm beibringen müssen, zu warten, bevor er das nächste Mal einfach auftaucht. Ich hätte weg sein können. Andererseits möchte ich nicht, dass Boner meinetwegen die Winnie-Zeit verpasst, also werde ich Dragomir vielleicht eine Kopie meiner Schlüssel geben ... natürlich nur für Fjodor.

Eine Sprachnachricht von Vlad fällt mir als

Nächstes ins Auge. Er hat mich vor einer Stunde angerufen.

Hey, Schwesterherz. Ich habe endlich etwas über Dragomir herausgefunden. Ruf mich bald zurück. Das wirst du hören wollen.

Scheiße.

Meine Hände zittern sichtlich, als ich Vlad hektisch anrufe.

Ich bekomme seine Voicemail.

Ich schreibe ihm eine Nachricht, dass er mich *jetzt* anrufen soll, und warte eine zittrige Minute.

Dann eine weitere.

Dann eine halbe Stunde.

Es klingelt an der Tür. Es ist Fjodor. Er gibt mir Boners Leine und geht, bevor ich mit ihm über das Protokoll für das nächste Mal sprechen – oder gezielte Fragen über Dragomir stellen kann.

Befreit von der Leine, stürzt sich Boner auf sein Sexspielzeug Remy und fängt an, es zu bumsen.

Bedeutet das, dass Winnie ihn nicht an sich herangelassen hat? Ich hatte vermutet, dass sie es vielleicht tun würde – die Entfernung lässt selbst Hundeliebe wachsen. Vielleicht hat sie es auch getan, aber er hat sich zu sehr daran aufgegeilt und muss jetzt die Reste loswerden.

Als er mit Remy fertig ist, legt sich Boner hin, schließt zufrieden die Augen und schnarcht leise.

Immer noch kein Zeichen von Vlad.

Was zum Teufel …?

Dann fällt es mir wieder ein. Der blöde

Campingausflug. Er ist wahrscheinlich schon dort – ohne Telefonempfang.

Verdammt! Was hat er erfahren?

Ich fange an, auf und ab zu laufen, während meine früheren Bedenken über Dragomir wieder hochkommen.

Bis heute verhält er sich bei bestimmten Themen zurückhaltend. Hängt Vlads Entdeckung damit zusammen? Wenn ja, was ist es?

Dragomir hat auf das Leben seines Bruders geschworen, dass er keine andere Frau à la Marco hat, aber was, wenn das eine Lüge war?

Er hat mir auch nie eine Erklärung für diesen Privatdetektiv-Typen mit der Kamera gegeben. Worum ging es dabei? Und warum hat Dragomir bei dem Tierarzt mit Goldmünzen bezahlt? Kommt er etwa doch aus der Unterwelt?

Viele Fragen, keine Antworten.

Ich starre auf mein Handy. Vlad sagte, dass der Trip mit Übernachtung sein würde. Heißt das, dass sie auch morgen im Wald wandern werden?

Wie lange muss ich noch warten, bis ich erfahre, was er aufgedeckt hat?

Ich höre auf zu laufen und rufe Xenia an.

»Du solltest ihn einfach fragen«, sagt meine Freundin, nachdem sie alles gehört hat.

»Dragomir fragen. Einfach so?«

»Ja. Auf diese Weise bekommst du heute noch Antworten.«

»Vielleicht …«

»Kein Vielleicht. Tu es.«

»Gut«, sage ich mit einem Seufzer.

»Gut. Nun, da das geklärt ist … erzähl mir vom Sex.«

Das tue ich, und ich kann mir fast vorstellen, wie sie nach dem Vibrator greift, den ich ihr geschenkt habe, obwohl sie damals geschworen hat, dass sie das niemals tun würde.

»Wie geht es dir mit Boy Toy?«, frage ich, als ich merke, dass ich nonstop über mich selbst rede. »Hast du eigene Geschichten zu erzählen?«

»Du weißt, dass ich genieße und schweige«, sagt Xenia, sehr zu meiner Verärgerung.

»Nein, tue ich nicht«, lüge ich.

»Manche Dinge sind privat«, sagt sie abwehrend.

»Ich habe dir gerade alles erzählt. Schon mal was von quid pro quo gehört?«

»Es macht dir nichts aus, über dieses Zeug zu reden. Mir schon.«

»Jetzt spuck es schon aus.«

»Das tue ich nie.« Sie kichert mädchenhaft. »Bei Boy Toy schlucke ich immer. Bist du jetzt glücklich?«

Eigentlich könnte das Bild, das ich jetzt in meinem Kopf habe, Weihnachten für immer ruinieren, also ist es vielleicht das Beste, dass sie sich entschieden hat, nicht zu viel zu verraten.

Mein Telefon piept, und mein Herz macht einen Sprung.

»Ich habe gerade eine SMS von Dragomir bekommen«, erzähle ich ihr atemlos.

»Geh und schau nach, was da steht. Wenn er eine andere Frau hat, werde ich dir helfen, ihm in den Arsch zu treten.«

»Abgemacht«, sage ich und lege auf.

Die Nachricht von Dragomir bringt kein Licht ins Dunkel. Sie sagt lediglich:

Ich muss lange arbeiten. Bitte iss ohne mich zu Abend.

Grr.

Ich tue, was er sagt, und schaue mir dann *Frozen* an, um mich zu beruhigen.

Es klingelt an der Tür.

Gezielte Fragen schwirren mir durch den Kopf, als ich hinüberlaufe, um die Tür zu öffnen.

Sobald ich jedoch Dragomir erblicke, sterben die Fragen auf meinen Lippen.

Verdammt.

Er trägt einen engen, schwarzen Rollkragenpullover.

Er muss sich umgezogen haben, bevor er hierhergekommen ist.

Es sei denn … Ist das ein weiterer feuchter Traum?

Er tritt ein, zieht mich an sich, presst seinen Mund auf meinen und verschlingt mich mit seinen Lippen und seiner Zunge, während seine Hände meinen Arsch drücken und kneten.

Okay. Es ist echt.

Fragen? Welche Fragen?

Wir küssen uns, als ob unser Leben davon abhinge, stolpern in mein Schlafzimmer und lassen unsere Klamotten auf dem Weg zurück wie die

Pornoversion von Hänsel und Gretel – nur ohne den Inzest.

Sobald wir auf das Bett fallen, beginnt eine Wiederholung der sexuellen Aktivitäten der letzten Nacht – mit dem Unterschied, dass es dieses Mal erstaunlicherweise noch intensiver ist.

Um vier Uhr morgens habe ich genug Orgasmen gehabt, um ins Guinness Buch der Rekorde zu kommen, und fühle mich wie eine ausgepresste Orange, die von einem LKW überfahren wurde.

Okay. Jetzt, wo der Sex vorbei ist, frage ich, was ich fragen wollte.

Ich gähne so heftig, dass ich mir fast den Kiefer auskugele.

Vielleicht reden wir, nachdem ich meinen Kopf in seiner Schulterbeuge abgelegt habe?

Ja. Das ist der Plan.

Ich kuschele mich an ihn und schließe die Augen.

———

Ich wache wegen der blöden Sonne in meinem Gesicht auf.

Dragomir ist nirgends zu sehen, aber es liegt ein Zettel auf meinem Nachttisch:

Wollte dich nicht wieder aufwecken, musste aber los. Könnte wieder spät werden. Genieß das Frühstück und sammle Kraft.

Dragomir.

Das Frühstück genießen, von wegen.

Ich habe ihn nicht zur Rede gestellt, und jetzt muss ich bis zum Abend warten.

Apropos, heute Abend sollte Vlad besser auftauchen.

Ich zügele meine Frustration mit Anstrengung und esse den leckeren Aufstrich, den Dragomir mit dem offensichtlichen Ziel herausgelegt hat, mich zu mästen. Dann gehe ich mit Boner spazieren und versuche wieder, ein Nickerchen zu machen.

Nein.

Die Fragen hindern mich am Schlafen, also lasse ich die ängstliche Energie in meine Arbeit fließen.

Als ich Hunger bekomme, mache ich mir ein Sandwich, aber bevor ich hineinbeißen kann, klingelt mein Telefon.

Könnte es sein?

Ja!

Endlich.

Es ist Vlad, der anruft.

Gleich werde ich Dragomirs Geheimnis erfahren.

Kapitel Vierzig

»Wer macht sowas?«, frage ich Vlad, sobald ich seine Stimme höre. »Wie konntest du mir nur so eine Sprachnachricht hinterlassen und dann vom Erdboden verschwinden?«

»Sorry«, sagt er, klingt aber nicht so, als würde er es auch so meinen. »Das war nicht die Art von Informationen, die ich am Telefon besprechen wollte.«

Ich schließe die Augen. »Oh nein, das tust du nicht. Du zwingst mich nicht, in dein Büro zu kommen. Wenn du mich noch eine Sekunde warten lässt, wirst du es bereuen. Erinnerst du dich an meinen zehnten Geburtstag?«

»Entspann dich. Lass uns wenigstens einen Videocall machen. Zumindest geben diese Apps vor, sich genug um die Privatsphäre zu kümmern, um Verschlüsselung zu verwenden.«

Zähneknirschend lege ich auf und schalte auf Video um.

»Spuck es aus«, sage ich, sobald ich Vlads Gesicht sehe. »Jetzt.«

»Okay. Während ich darauf wartete, dass Fanny sich fertig macht, habe ich mit Hilfe der Namen, die du mir gegeben hast, etwas gegraben.«

Ich schließe meine Augen. »Und?«

»Und ich bin auf etwas gestoßen.«

»Und?« Meine Stimme wird immer lauter.

»Und ich habe erfahren, wer er wirklich ist. *Was* er ist.«

»*Was* er ist? Wenn du ›ein Werwolf‹ sagst oder einen anderen Witz machst, werde ich dich erwürgen.«

Er kommt näher an die Kamera heran. »Die Wahrheit mag tatsächlich wie ein Witz klingen, aber ich versichere dir, das ist es nicht. Ich bin noch dabei, mich daran zu gewöhnen, um ehrlich zu sein.«

Ich spüre ein hohles Gefühl in der Magengrube. »Was ist er?«

»*Knyaz*«, sagt Vlad feierlich.

Ich blinzele. »Was?«

»*Velikiy knyaz.*«

Ich blinzele schneller. »Ich versteh's immer noch nicht.«

Vlad runzelt die Stirn. »Das bedeutet auf Ruskovisch das Gleiche wie auf Russisch. ›Der Großfürst‹.«

An diesem Punkt blinzele ich im Morsecode. »Ein Prinz? Wie Hans?«

Vlad zieht eine Augenbraue hoch. »Ist das der Bösewicht aus *Frozen*?«

»Ernsthaft?«

Er und Alex machen sich über meinen Lieblingsfilm lustig, aber es gibt eine Zeit und einen Ort für diese Dinge. »Wie kann Dragomir ein Fürst sein?«

Vlad zuckt mit den Schultern. »Weißt du, dass es in Ruskovia eine regierende Monarchie gibt?«

Ich nicke. Das ist eines der wenigen Dinge, die ich über diesen Ort wusste, bevor ich einen seiner Bürger traf.

»Dragomirs Nachname war nicht immer Lamian. Das ist es, was er geändert hat, als er nach Amerika gezogen ist. Er wurde als Cezaroff geboren.« Er schaut mich an und sucht nach Anzeichen, dass mir das etwas sagt. Als er keine findet, fügt er hinzu: »Wie in Cezaroff-Dynastie. Wie bei einem königlichen Prinzen.«

Mein Gehirn strengt sich an, um das zu verarbeiten.

Ein Prinz.

Ein Adeliger.

»Ist er verheiratet?«, frage ich wie betäubt.

»Nein«, sagt Vlad. »Ich glaube, sein Adelsstand ist das Einzige, was er vor dir verbirgt. Alles andere, was er dir erzählt hat, stimmt – einschließlich der Tatsache, dass er enterbt wurde. Das ist allgemein bekannt.«

»Ja, klar«, sage ich verbittert. »Er hat nur ein bisschen untertrieben, was auf dem Spiel steht – die Fähigkeit, ein verdammtes Land zu regieren.«

»Er hätte sowieso nicht regiert«, sagt Vlad. »Zu viele ältere Brüder.«

Ältere Brüder. Natürlich. Die Dinge fangen an, sich

zusammenzufügen – zum Beispiel, warum Stanislaus' Profil so vertraut aussah, als wir neulich zu Abend aßen.

Ich habe es schon einmal gesehen, auf der Goldmünze, die Dragomir dem Tierarzt gab.

Es gibt noch mehr Hinweise. Die Initialen auf seinem Taschentuch: D. C. Es muss für Dragomir Cezaroff stehen.

Auch andere kleine Dinge ergeben jetzt mehr Sinn. Sein perfektes Englisch, die Geschichten über seine Familie, die Diener beschäftigt und Gärten, Pavillons, Fußballplätze besitzt …

»Geht es dir gut?« Vlads Ton ist sanft.

Oh, richtig. Ich bin immer noch am Telefon.

Ich schüttele den Kopf. »Ich sollte besser gehen und mir den Kopf darüber zerbrechen.«

Er lehnt sich in Richtung der Kamera. »Willst du, dass ich rüberkomme?«

»Nein. Danke. Das ist etwas, womit ich alleine fertigwerden muss.«

So sehr ich auch eine brüderliche Umarmung gebrauchen könnte – ich muss online gehen und das alles für mich selbst überprüfen, denn ein Teil von mir hat es immer noch nicht akzeptiert.

»Es tut mir leid«, sagt Vlad, und dieses Mal klingt es so, als ob er es ernst meint.

Ich schenke ihm ein schwaches Lächeln. »Im Gegensatz zu Mutter töte ich nie den Boten. Außerdem ist es ja nicht so, dass du herausgefunden hast, dass er verheiratet ist.«

Ich wünschte, ich könnte so gelassen sein, wie ich versuche zu wirken.

»Lass mich einfach wissen, wenn du etwas brauchst«, sagt Vlad. »Ich könnte mich bei ihm einhacken …«

»Danke, aber nein. Können wir später reden?«

»Natürlich.«

»Okay, dann, tschüss.«

Ich eile zu meinem Computer und suche den Namen *Cezaroff*.

Eine Flut von Ergebnissen taucht auf.

Die meisten Artikel sind auf Ruskovisch, was mein Browser problemlos übersetzt. Einer handelt von Dragomir Cezaroff, der als Teenager einen Fechtwettbewerb gewinnt. Unzählige andere thematisieren die Probleme mit seinen Eltern.

Noch interessanter ist, dass es einige Sachen auf Englisch gibt. Offenbar hat die Tatsache, dass sie Royals sind, die Cezaroff-Familie auf das Radar von Klatschmagazinen in den USA und anderen Ländern gebracht. Obwohl sie nicht so beliebt sind wie ihre britischen Pendants, sind diese Prinzen immer noch interessant genug, um über sie zu schreiben.

Ich überfliege das englische Material und finde nichts über Dragomir – vielleicht, weil er enterbt ist?

Sie lieben aber seine anderen Geschwister. Tigger – mit vollem Namen Anatolio Cezaroff – ist ein besonderer Leckerbissen für sie. Es gibt Berichte über seine verrückten Abenteuer, Berichte über seinen kürzlichen Unfall – mit Clickbait-Titeln wie *Wird er sterben?* – und Spekulationen über die Frauen, mit denen er gesehen wurde.

In der Tat, der letzte Artikel zeigt ihn im *The Doro* genau an dem Abend, an dem wir dort zu Abend gegessen haben. Der Autor behauptete, dass sein nächster Kraftakt sein wird, sich zu überfressen.

Moment einmal.

Ich erkenne das Bild der Person, die diesen Artikel geschrieben hat.

Es ist der Kameramann. Der, von dem ich dachte, dass er ein Privatdetektiv sei. Jetzt verstehe ich, worauf er es abgesehen hatte. Er hoffte, dass Dragomir entweder etwas Nachrichtenwürdiges tun oder ihn zu einer Geschichte über seine noch nachrichtenwürdigeren Verwandten führen würde.

Weitere Dinge fügen sich zusammen.

Das seltsame Design aus Diamanten auf Dragomirs Patek-Philippe-Uhr ist das Familienwappen der Cezaroffs, und der ruskovische Schriftzug darauf ist das Familienmotto: *In der Tradition liegt die Kraft.*

Die lustig gekleideten Leute, die ich für Türsteher im Restaurant hielt, waren in Wirklichkeit die königliche Garde – was vielleicht erklärt, warum sie Gasmasken bereithielten.

Sogar die Hunde sind berühmt. Die Misha-Rasse wurde ursprünglich vor Jahrhunderten für die königliche Familie gezüchtet. Bis zum heutigen Tag bekommt jeder Cezaroff den reinrassigsten Misha-Welpen, den es gibt. Tatsächlich ist die königliche Familie dafür bekannt, immer einen dabeizuhaben –

ein bisschen wie die Starks mit ihren Schattenwölfen in *Game of Thrones*. Dragomir hat nicht gelogen, als er sagte, dass er Winnie keinen Namen gegeben hat. Nur der König – oder Zar – hat das Privileg der Namensgebung, und Dragomirs versnobter Vater würde offensichtlich einen ausgefallenen Namen verwenden.

Je mehr ich erfahre, desto dümmer fühle ich mich, weil ich es nicht selbst herausgefunden habe. Und ich werde immer wütender.

Ich springe auf und gehe durch die Wohnung.

Wir kennen uns seit zwei Monaten, und doch hat er etwas von diesem Ausmaß vor mir verborgen. Ich hatte ihm erzählt, wie sehr es mich verletzte, als der letzte Mann, mit dem ich ausging, durch Unterlassung log. Doch er tat auch danach genau dasselbe.

Wie konnte er nur?

Die ganze Zeit über kannte ich nicht einmal seinen richtigen Namen.

Wenn man bedenkt, dass ich mich fast in den Kerl verliebt hätte. Oder es habe – was der Grund sein könnte, warum das so wehtut.

Ich höre auf zu laufen und balle meine Hände zu Fäusten.

Das habe ich davon, dass ich dumm genug war, ihm zu vertrauen. Ich hätte es besser wissen müssen.

Dragomir hat sich zu mir hingezogen gefühlt – das ist ein Warnsignal. Ich ziehe immer Arschlöcher an, dennoch dachte ich, dass es dieses Mal anders sein könnte. Einstein hatte recht, als er sagte: »Wahnsinn ist, dass man immer wieder das Gleiche tut und andere Ergebnisse erwartet.«

Nun, mein Wahnsinn endet jetzt.

Oder bald.

Ich muss mich ihm immer noch stellen.

Ich drehe mich um.

Ja, das ist eine tolle Idee. Ich werde zu seiner Arbeit marschieren und ihm meine Meinung sagen. Warum zum Teufel nicht? Er hat meinen Zorn verdient.

Ich fühle mich ein wenig besser, stürze in meinen Kleiderschrank und ziehe das sexyeste Outfit an, das ich besitze – ein mörderisches schwarzes Kleid. Dazu wähle ich eine kurze Bikerjacke und ein Paar hochhackige Stiefel.

Soll er doch sehen, was er gleich verlieren wird.

Als Nächstes schmiere ich mir Make-up im Stil von Kriegsbemalung ins Gesicht.

Als ich zur Tür schreite, stellt sich mir Boner in den Weg und winselt jämmerlich.

Klasse. Der arme Kerl vermisst Winnie jetzt schon.

Ich fühle eine Welle von Schuldgefühlen, die ich eigentlich nicht haben sollte. In Anbetracht dessen, was ich jetzt tun werde, wird Boner den Zugang zu Winnie verlieren – aber das ist nicht meine Schuld.

Hoffentlich wird Boner nicht allzu lange trauern.

Wir beide hoffentlich nicht.

Immer noch von Schuldgefühlen getrieben, schnappe ich mir Boners Leine.

Als er das sieht, wird er ein bisschen munterer, genauso wie ich es mir gedacht habe. Eine Leine außerhalb der üblichen Zeiten bedeutet Abenteuer, und die liebt er.

———

Mit Boner auf dem Schoß koche ich vor Wut den ganzen Weg zu Dragomirs Büro im Taxi. Als ich die Lobby des Gebäudes betrete, muss Boner rennen, um mit meinen wütenden Schritten mitzukommen.

Als ich in den Aufzug steige, starre ich auf die Knöpfe.

Mir ist gerade aufgefallen, dass ich gar nicht weiß, wo Dragomir überhaupt ist. Der einzige Bereich, in dem ich hier gewesen bin, ist der Konferenzraum, in dem Alex und ich Projekt Morpheus vorgestellt haben.

Ich beschließe, meine Suche dort zu beginnen, nehme den Aufzug in dieses Stockwerk und sprinte hinüber zum Konferenzbereich.

Kein Dragomir. Aber Marco ist da, mit dem ganzen Team von unseren Treffen.

Na schön.

Wenn ich Dragomirs Aufenthaltsort aus Marco herausprügeln muss, dann soll es so sein.

Ich atme tief durch und stürme hinein.

Kapitel Einundvierzig

Marcos Begrüßung ist ein Grinsen. »Bella. Was für ein Zufall. Wir haben gerade über Sie gesprochen.«

Verwirrt bleibe ich unmittelbar neben ihm stehen. »Ich bin nicht Ihretwegen hier.«

Sein Mund verzieht sich. »Das wären Sie, wenn Sie das Thema unserer Diskussion kennen würden.«

Ich massiere meinen Nasenrücken. »Wovon reden Sie? Ich habe keine Zeit für …«

»Ich habe gerade allen Ihr Geheimnis verraten«, sagt Marco und unterbricht mich unhöflich.

Mein Geheimnis?

Geht es darum, dass ich mit seinem Chef geschlafen habe? Wenn das so ist, dann wird das kein …

»Sie besitzen eine Firma namens Belka«, verkündet Marco, und ich erstarre auf der Stelle. »Eine Firma, die schmutzige Dinge herstellt.« Er tritt so nah an mich heran, dass ich abgestandenen Kaffee in seinem Atem riechen kann. »Sie verstehen also sicher, dass wir nicht guten Gewissens in ein Projekt investieren können, an dem *Sie* beteiligt sind.«

Während ich mich davon erhole, ertönt ein leises Knurren zu meinen Füßen. Genau wie mir gefällt Boner Marcos Tonfall nicht.

»Wo ist Dragomir?«, frage ich.

»Warum?«, fragt Marco. »Er hat sich zurückgezogen. Unsere Entscheidung ist endgültig. Sie brauchen ihn nicht mit weiteren Lügen zu belästigen.«

»Lügen?« Ich fletsche die Zähne. »Sie wissen genau, wovon Sie reden, oder?«

Jeder im Raum scheint auf den Rand seines Sitzes zu rutschen. Es kommt nicht jeden Tag vor, dass man eine solche Show in einem Unternehmen erleben kann.

Marco sieht entrüstet aus. »Was soll das denn heißen?«

Ich starre ihn mit einem dolchartigen Blick an. »Weiß Ihre ruskovische Frau von der amerikanischen? Oder umgekehrt?«

Marco wird kreidebleich, und die Leute um uns herum beginnen, untereinander zu tuscheln. Einige von ihnen runzeln die Stirn.

»Sie lügt«, sagt Marco, nicht sehr überzeugend.

»Ich würde den Beweis gerne an alle im Raum mailen.« Ich ziehe mein Handy heraus und fuchtele damit in der Luft herum.

Ich bluffe natürlich nur. Ich habe keine Ahnung, ob

Vlad Beweise hat oder ob ich überhaupt Lust habe, Marcos Leben in diesem Maße zu ruinieren.

Marco versucht, sich mein Handy zu schnappen, aber ich ziehe es zurück und werfe allen einen Blick zu, der Bände spricht.

Den Gesichtsausdrücken um uns herum nach zu urteilen glaubt niemand mehr Marco.

Das Knurren von unten wird durch ein seltsames Geräusch ersetzt.

Marco blickt zu Boden und beginnt, auf Ruskovisch zu fluchen.

Ich folge seinem Blick, und meine Augen weiten sich.

Es ist Boner. Er hat sein Bein so weit wie möglich angewinkelt und erleichtert sich auf Marcos Fuß.

Guter Junge. Das ist es, was Arschlöcher verdient haben.

Marcos Gesichtsausdruck wird wütend, und ich sehe, wie er sein Bein zurückzieht – vermutlich, um meinen Hund zu treten.

Meine Hand zuckt instinktiv nach vorne, und das Nächste, was ich weiß, ist, dass ich Marcos weiche, geschrumpfte Eier in meinem Griff habe.

Igitt.

»Treten Sie ihn, und Sie werden Falsett singen«, knurre ich.

Marco sieht aus, als sei er jetzt bereit, *mich* zu treten, also bereite ich mich darauf vor, so fest ich kann zuzudrücken.

»Lass sie in Ruhe«, sagt Eugenius. Er zeigt mit

seinem Handy auf Marco und nimmt zweifellos ein Video auf.

Errötend, flucht Marco leise, hält aber demonstrativ sein Bein still.

Ich ziehe Boner weg, sage »Danke« zu Eugenius und lasse die Ekelhaftigkeit in meiner Hand los, wobei ich mir eine Notiz mache, meine Handfläche mit Purell zu reinigen, bis sie wund ist.

»Sie gehen besser«, sagt Eugenius zu mir.

Ja. Marco ist bestimmt dreißig Kilo schwerer als ich und könnte sich trotz der Anwesenheit seiner Kollegen dazu entschließen, Gewalttätigkeiten zu riskieren.

Ich gehe hinaus, halte meinen Rücken gerade und überlege, was ich tun soll, während ich in den Aufzug steige.

Der Adrenalinabfall trifft mich heftig, und ich fühle mich nicht mehr bereit, Dragomir gegenüberzutreten. Das muss ich auch nicht wirklich. Wenn Marco über die Sexspielzeuge Bescheid weiß, muss Dragomir es auch wissen. Dazu kommt noch mein ungebührliches Verhalten von gerade eben, also bin ich mir sicher, dass es aus ist.

Ich renne aus dem verfluchten Gebäude und rufe mir ein Taxi.

Auf halbem Weg zu meinem Haus klingelt das Telefon.

Es ist Dragomir.

Für eine Sekunde bin ich versucht, den Anruf anzunehmen, aber was würde das bringen?

Es ist vorbei. Eine Auseinandersetzung würde den Schmerz nur verlängern.

Ich lasse den Anruf auf die Voicemail gehen.

Unfähig, mir selbst zu helfen, höre ich ihn mir ein paar Sekunden später an. Seine Nachricht ist kurz: *Wir sollten reden.*

Mein Antworttext ist ebenso kurz und bündig: *Nein, danke, Eure Königliche Hoheit.*

Er ruft erneut an, und ich lasse ihn wieder auf die Mailbox sprechen.

Er textet weiter: *Ruf mich an.*

Das tue ich nicht. Stattdessen ignoriere ich einen weiteren Anruf und schalte dann mein Telefon aus.

Für den Rest des Heimweges streichele ich Boner, um mich zu beruhigen, und als ich meine Wohnung betrete, gehe ich direkt ins Wohnzimmer.

So, wie ich mich im Moment fühle, muss ich die großen Geschütze auffahren: *Frozen.*

Traurigerweise fühle ich mich immer noch beschissen, als der Abspann läuft. Sogar noch schlimmer – und das hatte ich nicht erwartet. Ich dachte, es wäre wie damals, als ich mit meinem verheirateten Ex Schluss gemacht habe. Es tat weh, sicher, aber ich fühlte mich auch befreit, so als wäre ich ein Pflaster losgeworden.

Diesmal nicht. Dieses Mal fühlt es sich an, als wäre das Pflaster, das ich versucht habe abzuziehen, Sandpapier, das ein böser Geist verrückterweise an mein Herz geklebt hat.

Warum fühle ich mich so?

Liegt es daran, dass Dragomir sich tiefer in mein Herz geschlichen hat, als mein Ex es je getan hat? Oder – und das ist beunruhigend – ist es, weil seine Lüge weniger bösartig ist und deshalb meine Reaktion nicht rechtfertigt?

Mein Magen fühlt sich eisig an, während ich weiter darüber nachdenke.

Könnte es sein, dass ich mich nicht befreit fühle, weil ein Teil von mir weiß, dass ich selbst nicht so unschuldig bin? Immerhin ist Dragomir nicht der Einzige, der Informationen vorenthalten hat. Ich habe ihm nicht von meinem Sexspielzeuggeschäft erzählt, und man könnte argumentieren, dass meine Lüge noch egoistischer ist – am Anfang habe ich die Wahrheit verborgen, damit ich seinen Fonds dazu bringen konnte, in mein Projekt zu investieren.

Ich springe auf und fange an, in meiner Wohnung auf und ab zu laufen, während die Erinnerungen an unsere Ferngespräche wie Kaleidoskope durch meinen Kopf fliegen – zusammen mit all den verschiedenen Arten, wie er mich zum Orgasmus gebracht hat.

Als ich Boner fast zertrampele, setze ich mich und hole mein Handy heraus.

Zeit, ehrlich zu mir selbst zu sein.

Ich will Dragomir immer noch, Lügen hin oder her.

Die Frage ist: will er mich noch? Als er vorhin anrief, war es, damit er mit mir Schluss machen konnte – oder wollte er sich dafür entschuldigen, dass er seine wahre Identität verheimlicht hat?

Wenn es Letzteres ist, denke ich, dass ich ihm vielleicht vergeben muss.

Tatsächlich hätte ich ihm vielleicht bereits verziehen, wenn es mir gelungen wäre, in sein Büro zu stürmen – vorausgesetzt, Dragomir hätte die richtigen Dinge gesagt.

Mein Puls rast, und ich schalte mein Telefon wieder ein.

Das ist der Moment der Wahrheit.

Ich rufe Dragomir zurück.

Der Anruf geht auf die Voicemail.

Mein Herz fühlt sich an, als würde es schrumpfen.

Rächt er sich dafür, dass ich nicht abnehme?

Ich warte fünf Minuten und starre die ganze Zeit auf das Telefon.

Er meldet sich nicht bei mir zurück.

Mein Herz schrumpft weiter. Er hat sich bisher immer innerhalb von fünf Minuten bei mir zurückgemeldet.

Vielleicht ist er in einem Meeting? Oder mit Winnie ohne Telefon spazieren gehen, wie es seine Gewohnheit ist?

Vorsichtshalber rufe ich noch einmal an und hinterlasse eine Sprachnachricht: *Ruf mich an.*

Fünf Minuten später schreibe ich es auch noch einmal.

Vielleicht hat er den reichsten Mann der Welt in seinem Büro? Oder verhandelt einen Milliardendeal?

Eine nervenaufreibende Stunde vergeht ohne eine Antwort.

Die Ausreden für das Treffen und den Hundespaziergang werden von Minute zu Minute erbärmlicher.

Zwei Stunden später muss ich es zugeben.

Ich habe es versaut – und es gibt vielleicht kein Zurück mehr.

Kapitel Zweiundvierzig

Ich möchte weinen, aber ich bekämpfe diesen Drang. Boner reagiert empfindlich auf meine Stimmungen, und das arme Ding leidet bereits unter Bärenentzug.

Ich schnappe mir stattdessen meinen Laptop und stürze mich in die Arbeit.

Es geht nicht. Ich bin so abgelenkt, dass ich alle zwei Sekunden sinnlos auf mein Handy schaue und nicht einmal den einfachsten Buttplug entwerfen kann.

Ich gehe mit Boner spazieren, anstatt sinnlos in der Wohnung herumzulaufen, aber da ich mein Handy dabeihabe, bedeutet es eine Stunde lang Schwelgen in Selbstmitleid und ständiges Checken des Telefons.

Als Boner all seine Bedürfnisse erledigt hat, bringe ich uns nach Hause, aber anstatt das Gebäude zu betreten, bleibe ich stehen, erfüllt von plötzlicher Entschlossenheit.

Durch den Spaziergang habe ich meinen Kopf

genügend frei bekommen, um eine Entscheidung zu treffen.

Wenn Dragomir nicht auf meine Anrufe antwortet, werde ich ihn von Angesicht zu Angesicht gegenübertreten. Wenn er die Dinge beenden will, muss er es persönlich tun. Nicht, dass ich eine Abfuhr kleinlaut hinnehmen werde – ich habe vor, für uns zu kämpfen, wenn ich muss.

Ich rufe ein Taxi und fahre wieder zu Dragomirs Büro.

Als ich dort ankomme, klemme ich mir Boner unter den Arm und eile in den gleichen Besprechungsraum, falls das Glück mit mir – und Dragomir dort ist.

Ist er nicht.

Die Leute von vorhin allerdings schon. Zum Glück ist Marco nicht unter ihnen.

Ich setze Boner auf den Boden und bereite mich darauf vor, einzutreten, aber Eugenius entdeckt mich und kommt auf den Flur hinaus.

»Sie haben es schon gehört?« Er klingt beeindruckt.

Meine Augenbrauen ziehen sich zusammen. »Was gehört?«

»Die Finanzierung«, sagt er und schaut leicht verwirrt. »Sie ist soeben genehmigt worden.«

Ich reibe mir die Augenbrauen. »Aber Marco …«

»Wurde gefeuert«, sagt Eugenius angewidert. »Er war die treibende Kraft für diese anfängliche Ablehnung. Der Rest von uns fühlte sich tatsächlich sicherer, als wir herausfanden, dass nicht nur Ihr Bruder ein erfolgreiches Unternehmen führen kann.«

Ich sollte euphorisch bei dieser Nachricht sein, aber ich bin es nicht. Nicht, wenn mich dieses Geld den Mann gekostet hat, der mir wichtig ist.

»Wo ist Dragomir?« Ich widerstehe nur knapp dem Drang, die Information aus Eugenius herauszuschütteln.

»Er ist gleich, nachdem er Marco entlassen hat, gegangen«, sagt Eugenius.

»Und wo ist er?«, frage ich.

Stirnrunzelnd rückt Eugenius seine Brille zurecht. »Ist alles in Ordnung?«

Will er, dass ich ihn schüttele? »Ich muss einfach mit ihm reden. Bitte. Es ist wichtig.«

Der Typ wechselt von einem Fuß auf den anderen. »Der Chef erklärt uns sein Kommen und Gehen nicht. Es schien eine private Angelegenheit zu sein, etwas Dringendes.«

Dringende Privatangelegenheit.

Wage ich zu hoffen? Könnte er zu mir gegangen sein, um dasselbe Gespräch zu führen, für das ich hierhergekommen bin?

»Ich danke Ihnen, Eugenius. Ich freue mich auf die Zusammenarbeit mit Ihnen allen.«

Ich ignoriere die Röte in seinem Gesicht, eile zurück, und als ich in das Taxi springe, checke ich mein Handy.

Nichts.

Mist. Warum dachte ich, Dragomir würde zu mir kommen, ohne mich vorher anzurufen? Natürlich würde er das nicht tun.

Soviel ich weiß, war die Finanzierung sein Abschiedsgeschenk.

Obwohl ich mein Bestes getan habe, um mich auf die Enttäuschung vorzubereiten, zieht sich meine Brust schmerzhaft zusammen, als ich an meinem Ziel ankomme und Dragomir nicht am oder in der Nähe des Hauses sehe. Der Schmerz wächst auf Mount-Everest-Niveau, als ich an meiner Tür ankomme.

Er ist nicht hier.

Ich war also nicht die dringende persönliche Angelegenheit.

Wie eingebildet von mir, zu denken, dass ich es hätte sein können. Nicht nur seine Eltern sind in der Stadt, sondern auch sein Bruder, der immer noch genesen muss.

Oh Scheiße.

Was ist, wenn ihm etwas zugestoßen ist?

Diese Art von Notfall könnte die Funkstille erklären.

Ich schnappe mir einen sehr verwirrten Boner und renne wieder aus dem Haus – dieses Mal in Richtung von Tiggers Hotel, das glücklicherweise in der Nähe ist.

»Ich bin hier, um Anatolio Cezaroff zu besuchen«, keuche ich den Hotelangestellten an.

Er blickt mich über die Länge seiner Nase hinweg an. »Herr Cezaroff erwartet keinen Besuch.«

Ich atme erleichtert aus. »Es geht ihm also gut? Er wurde kürzlich verletzt, und sein Bruder Dragomir wird vermisst, also dachte ich, dass vielleicht etwas …«

»Lassen Sie mich sehen, ob ich ihn ans Telefon bekomme«, sagt der Angestellte hochnäsig. »Wie ist Ihr Name?«

»Sagen Sie ihm, dass ich Bella bin – Dragomirs Bella.«

Zumindest hoffe ich, dass dieser letzte Teil wahr ist oder sein wird.

Der Typ wählt eine Nummer mit dem kleinen Finger und wartet ein paar Sekunden. »Hallo. Hier ist eine Dame, die sagt, sie sei Dragomirs Bella.«

Er wartet ein paar Sekunden, dann beschreibt er schnell, wie ich aussehe.

»Er hat gesagt, er kommt runter«, informiert er mich, nachdem er aufgelegt hat. »Er hat auch gesagt, wenn Sie nicht Bella sind, sondern eine verrückte Stalkerin, wird er Anzeige erstatten.«

Eine Stalkerin? Ist das ein Scherz oder etwas, mit dem Tigger tatsächlich zu tun hat? Noch wichtiger: Wenn Tigger nicht der Notfall ist, wo ist Dragomir und warum ignoriert er meine Anrufe?

Konnte er so schnell zu einer anderen Frau weitergezogen sein?

Nein. So ist er nicht.

Prinz hin oder her, ich kenne ihn. Ich weiß, wie er ist.

Eine undenkbare Option kommt mir in den Sinn, und ein Adrenalinstoß lässt mein Herz höher schlagen.

Was ist, wenn Dragomir in irgendwelchen Schwierigkeiten steckt?

Was ist, wenn er von einem Auto angefahren

wurde? Oder sein Wohnmobil in einen Unfall verwickelt worden ist?

Meine Gedanken sind eindeutig durch die Sorge um Tigger ausgelöst worden, aber jetzt, wo sie an diesem dunklen Ort sind, werde ich die lähmende Angst nicht mehr los.

Moment einmal. Nein. Ich bin dumm. Tigger würde nicht in seinem Hotel chillen, wenn Dragomir verletzt wäre.

Es sei denn … dass er es nicht weiß.

Ich beiße mir fast auf die Nägel, bis Tigger aus dem Aufzug tritt.

Als er mich entdeckt, grinst er – nichts, was er tun würde, wenn Dragomir in Schwierigkeiten wäre.

»Weißt du, wo er ist?« Ich stürze mich auf ihn und reiße ihn fast von den Aufzugstüren.

Sein Grinsen wird breiter. »Du meinst Dragomir?«

»Natürlich.«

»Er hat es dir nicht gesagt?«

Ich beiße mir auf die Lippe. »Es könnte sein, dass ich ihm vorhin gesagt habe, dass er mich nicht anrufen soll, also …«

»Oh.« Tiggers Grinsen verschwindet. »Was ist passiert?«

»Das ist egal. Wo ist er?«

Tigger runzelt die Stirn. »Bei Dr. Delomalov selbstverständlich.«

Zuerst schickt das Wort *Doktor* meine Angst durch die Stratosphäre, aber dann verarbeite ich den vollen Namen. Das ist der …

»Du hast wirklich keine Ahnung?« Tigger wirft einen Blick auf Boner. »Ich dachte, vor allem du würdest das erwarten.« Er grinst wieder. »Bürgerlicher schwängert Königliche – das werden alle ruskovischen Zeitungen schreiben, wenn sie es erfahren.«

»Dr. Delomalov ist der Tierarzt, richtig?«, frage ich atemlos.

»Das ist er.«

»Winnie hat Wehen bekommen?«

»Bingo.«

Ich atme erleichtert aus.

Das erklärt alles.

Dr. Delomalovs Büro hat keinen Handyempfang, wenn Dragomir also in den letzten Stunden dort war, weiß er nicht einmal, dass ich bereit bin, mit ihm zu reden.

»Ich muss in die Praxis«, sage ich Tigger eindringlich. Ich wende mich an den Angestellten. »Können Sie mir ein Taxi rufen?«

»Wie wäre es, wenn *ich* dich fahre?«, schlägt Tigger vor. »Ich habe einen Lamborghini gemietet und bin noch nicht dazu gekommen, ihn auszuprobieren.«

»Sicher. Was immer mich am schnellsten ans Ziel bringt.«

»Ich sage dem Parkservice, dass er das Auto für Sie holen soll«, sagt der Angestellte.

Wir gehen nach draußen, und ein paar Minuten später fährt ein schwarzer Lamborghini vor – das neueste Modell mit allem Drum und Dran.

Der Diener öffnet mir die Autotür, und ich klettere hinein.

Hmm. Die Sicherheitsgurte sehen aus wie die in einem Rennwagen. Ich bin kein großer Fan davon, schnell zu fahren – ist es zu spät, das zu erwähnen?

Vorsichtig schnalle ich mich an, öffne das Fenster für Boner und checke mein Handy.

Immer noch nichts.

Tigger setzt sich hinter das Steuer und sieht beunruhigend aufgeregt aus.

»Du bist das Ding doch schon mal gefahren, oder?«, frage ich.

»Spielt das eine Rolle? Halt dich fest.«

»Moment. Ich mag es nicht, wenn es so klingt, als ob …«

Tigger schlägt das Lenkrad scharf nach rechts ein und gibt Gas.

Mit dem Geruch von brennendem Gummi schießt der Lamborghini mit Mach-1-Geschwindigkeit vorwärts – oder mit welcher Geschwindigkeit auch immer die Überschalljets fliegen. Die Schwerkraft drückt mich flach in meinen Sitz, und Boner winselt, als ich ihn an meine Brust drücke. Der Wind durch das offene Fenster ist wie ein Orkan, also löse ich meinen Todesgriff um Boner lange genug, um den Knopf zu drücken und es zu schließen.

»Alter«, sage ich, als der Windkanaleffekt weg ist. »Als ich sagte ›was mich am schnellsten dorthin bringt‹, meinte ich *lebendig*.«

In der Zeit, die ich brauche, um diese Worte zu sagen, bringen wir vier Blöcke hinter uns.

»Keine Sorge«, sagt Tigger und zoomt durch ein gelbes Licht. »Leb ein bisschen.«

Leben ist das Ziel.

Boner sieht aus, als sei er kurz davor, sich zu übergeben. »*Ma chérie,* ich habe meine Meinung über Selbstmord geändert. Kannst du diesen verrückten *humain* dazu bringen, langsamer zu werden?«

»Gibt es Komplikationen bei Winnies Entbindung?«, frage ich Tigger in der Hoffnung, dass er langsamer wird, wenn er zum Reden gezwungen wird.

Nein. Er wird es nicht einmal einen Kilometer pro Stunde. »Das glaube ich nicht. Dragomir wollte nur auf Nummer sicher gehen.«

Auf Nummer sicher zu gehen ist offensichtlich ein Konzept, das Tigger nicht versteht.

Ich frage nichts weiter – wir haben eine höhere Überlebenschance, wenn er sich auf das Fahren konzentriert.

Der Rest der Fahrt ist wie eine Szene aus *The Fast and the Furious* und wird die Quelle meiner zukünftigen Alpträume sein. Das einzig Gute, was ich darüber sagen kann, ist, dass es schnell vorbei ist.

Sehr schnell.

»Los«, sagt Tigger, als wir mit qualmenden Reifen zum Stehen kommen. »Ich parke und komme dann nach.«

Mit wackeligen Knien mache ich mich mit dem

schockierten Boner unter dem Arm auf den Weg in die Tierarztpraxis.

Als ich eintrete, sitzt dort Dragomir.

Er sieht so besorgt aus, dass man meinen könnte, es sei seine Frau, die ein Kind bekommt, und nicht sein Hund. Aber bei meinem Anblick springt er auf.

»Hi«, sage ich unsicher.

Seine haselnussbraunen Augen glänzen. »Hi.«

Ich hole tief Luft. Ich brauche den ganzen Sauerstoff, um zu sagen, was ich sagen will.

Jetzt oder nie.

Kapitel Dreiundvierzig

Bevor ich ein einziges Wort herausbringen kann, öffnet sich die Tür, und Dr. Delomalov stürmt hinaus.

»Freudige Anlässe, wirklich«, sagt er mit einem breiten Grinsen. »Die Hündin ist fertig. Hat fünfzehn Welpen auf Welt gebracht. Wollen Sie sehen?«

»Natürlich«, sagt Dragomir eifrig.

»Ich auch«, sage ich.

Was ich wirklich will, ist, mit Dragomir zu reden, aber ich bin mir nicht sicher, ob er sich auf meine Worte konzentrieren kann, bis er sich vergewissert hat, dass es Winnie gut geht.

Und natürlich *bin* ich meganeugierig auf die Welpen. Ich bin ja nicht innerlich tot.

Wir folgen dem Arzt den Flur entlang in ein Zimmer, in dem Winnie auf einem großen Hundebett liegt. Sie sieht müde, aber glücklich aus – und sie ist umgeben von ihrer neuen Familie.

Die Welpen haben ihre Augen geschlossen und erinnern vage an Koalabären, sowohl vom Aussehen als auch von der Färbung her – und jeder ist mindestens fünfmal so groß wie sein Vater.

Wenn die Geschlechter der Hunde umgekehrt gewesen wären, wäre diese Schwangerschaft unmöglich gewesen.

Ich setze Boner auf den Boden und umklammere seine Leine.

Mein Herz ist mit genug Freude gefüllt, um einen Tesla für eine Reise nach Disney World anzutreiben. Einige der Welpen werden bereits gesäugt, und Winnie leckt ein Jungtier, das noch nicht gesäugt hat. Als sie Dragomir entdeckt, wedelt sie mit dem Schwanz, und als ihr Blick auf Boner fällt, wird aus dem Schwanz ein regelrechtes Windmühlenrad.

Aufgeregt zieht Boner an der Leine.

»Kann ich ihn in ihre Nähe lassen?«, frage ich.

»Ja, aber vorsichtig«, sagt Dragomir.

Nun, ja. Wir würden nicht wollen, dass Winnie in den Mama-Bär-Modus verfällt. Diese Scheiße ist beängstigend.

Ich bereitete mich darauf vor, Boner zurückzuziehen, falls nötig, und lasse ihn auf die Neugeborenen zugehen.

Winnie mustert ihn aufmerksam.

Boner schnüffelt an einem der Welpen, leckt ihn fast ehrfürchtig ab, tritt dann zurück und schaut mich verwirrt an.

»*Ma chérie*, wieso sind sie größer als *moi*? Bitte sag,

dass ich so ein Deckhengst bin, dass ich die Gesetze der *physique* gebrochen habe.«

Wir alle schwärmen eine Zeit lang von den Welpen. Dann gesellt sich Tigger zu uns und bittet Dragomir, ihm einen zu geben.

»Sie werden bei mir leben, bis Winnie bereit ist, sich von ihnen zu trennen«, sagt Dragomir streng. »Ich werde keine Babys von ihren Müttern wegnehmen – nicht einmal für dich.«

Tigger rollt mit den Augen. »Ich meinte nicht jetzt.«

Dragomir reibt sich das Kinn. »Du musst Caradog mitbringen, damit ich sicher sein kann, dass er nett zu dem Welpen sein wird. Ich möchte auch überprüfen, ob seine Impfungen auf dem neuesten Stand sind.«

Tigger atmet entnervt aus. »Natürlich.«

»In diesem Fall vielleicht«, sagt Dragomir. »Kommt auf dein Verhalten an.«

Tigger wechselt für seine Antwort auf Ruskovisch, und die beiden Brüder fangen an, zu diskutieren – aber es klingt eher wie eine gutmütige Stichelei als ein Streit.

Ich ziehe an Dragomirs Ärmel.

Er wirft mir einen entschuldigenden Blick zu. »Das tut mir leid.«

»Keine Sorge. Können wir reden?«

Dragomir nickt, und Tigger zieht eine Augenbraue hoch.

»Unter vier Augen?« Ich schaue Tigger eindringlich an.

»Dr. Delomalov«, sagt Dragomir. »Gibt es einen Ort, an dem Bella und ich etwas Privatsphäre haben?«

»Kommen Sie«, sagt der Tierarzt und öffnet die Tür.

Ich schiebe Boners Leine in Tiggers Hände und folge dem Arzt. Ich schwinge meine Hüften für Dragomir, um ihn vor unserem Gespräch einzulullen.

Als wir eine große Holztür erreichen, öffnet der Arzt sie, und wir treten in ein beengtes Büro.

Als der Arzt gegangen ist, schließt Dragomir die Tür ab.

Ich finde die Aktion wahnsinnig heiß – und beruhigend.

Ein Mann schließt sich nicht mit einer Frau ein, die er zu verlassen plant.

Hoffentlich.

Ich nehme all meinen Mut zusammen und beginne mit meiner Rede. »Es tut mir leid. Es war scheiße von mir, dass ich deine Anrufe nicht angenommen habe.« Und ich meine es ernst. Als ich dachte, dass er dasselbe bei mir macht, fühlte es sich wirklich beschissen an.

Mit angespanntem Kiefer kommt Dragomir auf mich zu. »Nein. Ich bin derjenige, dem es leidtut.« Seine Stimme ist tief und ernsthaft. »Ich wollte dir schon so oft von meiner Herkunft erzählen, aber ich habe es immer wieder aufgeschoben.«

»Warum?« Die Frage klingt nicht bitter. Ich bin wirklich neugierig.

Er ergreift meine Hand und drückt sie fest. »Weil es immer Dinge in meinem Leben ruiniert hat. Ich wollte dich deswegen nicht verlieren. Welch Ironie, oder? Ich hätte dich fast verloren – *weil* ich es vor dir versteckt habe.«

Mein Atem beschleunigt sich bei seiner warmen Berührung, aber ich ignoriere es – ich muss für den nächsten Teil zusammenhängend sprechen. »Ich nehme an, du weißt von meiner Sexspielzeugfirma?«

Er lächelt. »Ich weiß es schon seit dem Tag, als du mir deinen Namen genannt hast.«

Ich starre ihn an. »Wirklich?«

»Wenn wir schon mal dabei sind, kann ich es dir auch gleich sagen. Ich habe Zugang zum ruskovischen Äquivalent der CIA. Ich wollte mehr über dich erfahren – und das habe ich. Ich hoffe, du kannst mir dieses Eindringen in deine Privatsphäre verzeihen.«

»Nun, was dieses Eindringen angeht, habe ich das Gleiche mit dir gemacht«, gebe ich verlegen zu. »Wie wär's denn, wenn wir quitt wären? Mit dem Schnüffeln und dem Weglassen von Informationen.«

Er führt meine Hand zu seinen Lippen und küsst die Rückseite meiner Knöchel. »Ich stimme von ganzem Herzen zu.«

Ich gebe mein Bestes, mich auf etwas anderes zu konzentrieren als auf das Kribbeln, das bis in meinen Unterleib reicht. »Moment. Wenn du also schon die ganze Zeit über mein Geschäft Bescheid wusstest, wieso hat Marco dann erst jetzt davon erfahren?«

»Meine Eltern, da bin ich mir sicher. Sie haben zweifelsohne den gleichen Service genutzt, um dich nach unserem Abendessen zu durchleuchten.«

Ich seufze. »Hört sich nicht so an, als ob sie mich mögen würden.«

»Nimm es als Kompliment.«

Erleichtert lächele ich. »Sie entscheiden also nicht, mit wem du dich verabredest?«

»Zur Hölle, nein.«

»Gut. Und nur, um ganz sicherzugehen – die Person, mit der du zusammen bist, muss nicht königlich sein, wie du?«

Er schüttelt den Kopf. »Das ist es, was meine Eltern wollen würden, aber nicht ich. In der Tat, wenn sie dich mögen würden, würde ich mir Sorgen machen.«

Mein Lächeln wird zu einem Grinsen. »Ich wette, ich könnte sie dazu bringen, mich zu mögen, wenn ich sie besser kennenlernen würde.«

Er grinst zurück. »Und ich wette, deine werden mich immer noch mehr mögen, als meine dich jemals mögen werden.«

Ich schmolle. »Das ist nicht fair. Meine lieben dich bereits mehr als mich. Sie sind keine Fans von meinem Geschäft – etwas, was ich dir bis jetzt nicht sagen konnte.«

Sein Lächeln verschwindet. »Ignorier, was andere denken. Deine Spielzeuge sind toll. Du hast wirkliches Talent und solltest stolz darauf sein.« Er nimmt mein Gesicht in seine Hände und sagt feierlich: »Ich möchte, dass du immer du selbst bist und dich niemals dafür entschuldigst.«

Moment einmal. Das klingt wie etwas aus *Frozen*. Bedeutet das, dass er ihn sich angesehen hat?

Bevor ich begreife, was zum Teufel ich sage, fliegen die Worte wie von selbst heraus.

»Ich liebe dich.«

Sein Gesicht spannt sich an, und seine haselnussbraunen Augen nehmen einen goldenen Bernsteinton an. »Ich liebe dich auch. Squirrelchik ...« Seine tiefe Stimme ist heiser. »Du bist ein Mensch, für den es sich lohnt, zu schmelzen.«

Oh. Mein. Gott.

Es stimmt. Er hat sich *Frozen* angeschaut.

Mein überfülltes Herz fühlt sich wie Olaf an.

Ich stelle mich auf die Zehenspitzen, lege meine Arme um seinen Hals und ziehe ihn für einen Kuss nach unten. Einer, der hoffentlich der Beste in seinem Leben ist. Die Art, die ihn an das Ende *seines* Lieblingsfilms denken lässt – insbesondere an den Moment, in dem Opa sagt: »Seit der Erfindung des Kusses gab es fünf Küsse, die als die leidenschaftlichsten und reinsten eingestuft wurden. Dieser hat sie alle hinter sich gelassen. Das Ende.«

Nur ist unser Kuss nicht rein. Er ist nicht jugendfrei wie *Die Braut des Prinzen*.

Vielleicht nicht einmal FSK13.

Dann erhebt sich Everest, und Dragomir übernimmt das Kommando. Mit einem Schwung seines muskulösen Arms fegt er den vollgestopften Schreibtisch des Doktors frei – und das Rating unseres Films steigt schnell auf XXX.

DRAGOMIR

*B*ella sieht aus wie eine grimmige Walküre, während sie ihr rotes Lichtschwert auf meinen Kopf schwingt.

Ich pariere ihren Angriff mit meinem blauen Lichtschwert, und Funken fliegen, wo unsere Klingen aufeinandertreffen. Bevor sie sich erholen kann, greife ich an, und meine Klinge trifft sie an der Schulter.

Sie knurrt und entblößt ihre Brüste.

Verdammt. Diese Brüste. Keck, perfekt geschmeidig, mit diesen ach so saugfähigen Nippeln …

Nein. Ich darf nicht hinschauen.

Sie benutzt ihre weiblichen Reize als eine Form der psychologischen Kriegsführung. Effektive psychologische Kriegsführung – ich habe aufgehört zu zählen, wie viele ungewollte Erektionen ich während unserer Matches bekommen habe.

Aber wir können beide solche Spiele spielen.

»Neunundneunzig Treffer jetzt, *squirrelchik*«, sage ich spöttisch. »Noch einen, und du musst aufgeben.«

Ihre Nasenlöcher beben, als Bella auf meine Körpermitte zielt.

Ich pariere mühelos. »Du lässt dich wieder von deiner Wut leiten.« Ich weiß genau, dass das die Wut nur noch mehr anheizen wird, und genau das ist der Punkt. »Beruhige deinen Geist, wie Wasser in einem Brunnen.«

Sie rollt mit ihren wunderschönen blauen Augen und vollführt eine anständige Finte.

Wenn ich nicht so viel Fechterfahrung hätte – oder wenn mehr von ihr freigelegt wäre –, hätte sie mich vielleicht erwischt. So wie die Dinge stehen, pariere ich wieder, vollführe aber noch nicht den finalen Schlag.

Wie eine Katze spiele ich gerne mit meiner schönen Beute. Ich finde, das führt zu allen Vorteilen von Versöhnungssex, ohne tatsächlich zu kämpfen.

Na ja, es sei denn, man lässt das, was wir gerade tun, als solchen gelten.

Sie führt einen weiteren extrem effektiven Angriff aus, besonders für einen Anfänger.

Verdammt. Vielleicht werde ich ja übermütig. Dieser Schlag hätte mich erwischen können – was bedeuten würde, dass ich einen Monat lang ausschließlich Rollkragenpullover tragen müsste, auch enge und kratzige.

Wenn *ich* gewinne, muss sie mit den Welpen spazieren gehen – oder mit dem Chort-Pack, wie wir sie nennen, zum Teil als Anspielung auf Bellas

Familiennamen, aber mehr noch, weil das Wort *chort* sowohl auf Russisch als auch auf Ruskovisch *Dämon* bedeutet. Die Spaziergänge mit dem Chort-Pack sind ein Schicksal, dem jeder entgehen möchte, denn es ist ähnlich wie das Hüten von Flöhen … oder von Katzen auf Katzenminze mit Amphetaminen.

Bella lässt den Rest ihrer Kleidung verschwinden.

Verdammte Scheiße.

Das ganze Blut strömt aus meinem Gehirn.

Ich möchte jede Kurve lecken, mit meiner Zunge über diesen köstlichen Bauch fahren.

Sie greift so wütend an, dass ihr Lichtschwert nur einen Zentimeter von meinem Ohr entfernt zischt.

Na schön. Wenn sie mit unfairen Tricks spielen will, dann soll es so sein.

Ich spreche den gleichen Zauber wie sie und lasse meine eigene Kleidung verdampfen.

Ihre Augen weiten sich. Mein Squirrelchik leugnet es, aber auch für sie ist der Anblick meines nackten Körpers eine Ablenkung.

Trotzdem greift sie gekonnt an – aber ich bin vorbereitet.

Ich führe ein fehlerfreies *passata sotto* aus und lasse mich unter ihr Lichtschwert fallen. Meine freie Hand liegt nun auf dem Boden, um mir Halt und Balance zu geben, und meine Augen bekommen einen exquisiten Blick auf ihre hübsche rosa Muschi.

Ich muss für einen weiteren Moment konzentriert bleiben.

Bevor Bella erkennt, was sie gleich treffen wird,

richte ich meinen Schwertarm und führe den letzten Hieb aus.

Sie flucht wie ein russischer Matrose.

Bei meinem Squirrelchik ist Ehrgeiz eine gewaltige Untertreibung.

Ich springe auf. »Was hast du gesagt?«

»Ich gebe auf«, brummt sie. »Bist du jetzt zufrieden?«

»Vielen Dank. Wenn du jetzt …«

Bevor ich meinen Gedanken beenden kann, lässt sie unsere Lichtschwerter verschwinden und ersetzt den Raum durch einen offenen Himmel.

Ah. Ich weiß, was sie will.

Ich greife nach ihr und fliege wie Superman mit seiner Lois Lane, nur dass ich bald tief in ihr vergraben bin.

Die Wolken schweben um uns herum, während sie vor Vergnügen stöhnt.

Als wir gemeinsam kommen, schweben wir im Himmel und umarmen uns.

»Bereit für die Realität?«, murmelt sie und streichelt mein Gesicht.

Ich küsse ihre Finger einen nach dem anderen, dann nehme ich meine VR-Brille ab.

Auf der anderen Seite des Schlafzimmers meines Privatflugzeugs nimmt sie ebenfalls ihre Kopfbedeckung ab und klettert aus ihrem VR-Anzug.

Ich ziehe meinen ebenfalls aus. Was wir gerade getestet haben, ist der frühe Prototyp, der aus Projekt

Morpheus hervorgegangen ist, und wenn es allen so gut gefällt wie mir, wird es ein großer Erfolg werden.

»Denk dran, nicht aus den Fenstern zu schauen«, sage ich ihr. »Das würde die Überraschung ruinieren.«

Sie nickt, und ihre vollen Lippen bilden einen leichten Schmollmund.

»Ach, komm schon. Wir werden in ein paar Minuten landen. Du kannst Ruskovia von oben sehen, wenn wir zurück in die Staaten fliegen.«

»Ich schätze …«

Trotz des Orgasmus, für den ich eben gesorgt habe, ist sie immer noch ein wenig sauer, weil sie verloren hat, aber das wird ihren späteren Sieg umso süßer machen. Mit den aktuellen Regeln – hundert Treffer für mich gegen einen für sie – und dem Fortschritt, den sie macht, ist dieser Sieg unvermeidlich.

Ich sollte besser ein paar Rollkragenpullover kaufen.

Ich ziehe mich zuerst an und warte dann, bis auch sie es tut. Meine Augen trauern ihrer üppigen Nacktheit nach, die aus dem Blickfeld verschwindet, aber mein Gehirn ist froh.

Sie ist so schön, dass ich in ihrer Nähe nicht denken kann.

Sobald sie den Verlobungsring ansteckt, den ich ihr geschenkt habe, schließe ich die Schlafzimmertür auf, und wie immer stürmt das Chort-Pack wie eine Horde Tasmanischer Teufel ins Zimmer.

Boner und Winnie folgt ihm und strahlen vor elterlichem Stolz.

Jetzt sind die Welpen größer als eine durchschnittliche Bulldogge und fangen an, alles zu zerstören, was sie in die Pfoten bekommen können.

»Fu«, sagt Bella, als Mephistopheles – der Welpe, den wir Tigger geben wollen – versucht, an ihren Stilettos zu kauen.

Mephistopheles bleibt stehen.

Die Dämonenbrut verehrt Bella – oder zumindest ist sie die einzige Person, die sie dazu bringen kann, sich zu benehmen, wenn auch nur für ein paar Sekunden.

»Wir beginnen mit dem Sinkflug«, verkündet der Pilot über die Sprechanlage.

Bella und ich schnallen uns auf dem luxuriösen Bett an, und die pelzige Familie umgibt uns mit all ihrer Liebe und Wärme.

Als wir landen, warte ich darauf, dass Bella die dicke Kleidung anzieht, die sie vor der ruskovischen Kälte schützen wird, dann reiche ich ihr eine Augenbinde.

Widerwillig bedeckt sie ihre Augen. »Ich hoffe, die Überraschung ist es wert.«

»Ich denke, das ist sie«, sage ich, umfasse ihre Schultern und führe sie vorsichtig aus dem Flugzeug.

»Jetzt kannst du hinsehen«, sage ich und positioniere sie richtig.

Sie reißt sich ihre Augenbinde herunter und starrt auf das Bauwerk vor uns.

Ich erwarte beinahe, dass sie ihren Lieblingsfilm zitiert und sagt *Ich wusste nie, dass der Winter so schön sein kann*, aber sie scheint ihre Stimme verloren zu haben.

Ich muss sagen, auch *ich* bin beeindruckt, und ich war derjenige, der dies überhaupt erst in Auftrag gegeben hat.

Eine dreißig Meter hohe Nachbildung des Eispalastes von *Frozen* schimmert majestätisch im Licht.

»Wow«, haucht sie und dreht sich dann zu mir um. »Ist das …?«

»Ja, es ist für dich.«

»Meinst du, wir könnten …«

»Die Hochzeit hier abhalten? Ja.«

Und während sie freudestrahlend ihre Arme um mich wirft, stelle ich mir unser gemeinsames Leben in den kommenden Jahren vor: Bella in meinen Armen, die mich im Bett und auch außerhalb herausfordert … unsere Kinder, die auf Winnies Rücken reiten … die unzähligen anderen Überraschungen, die ich für sie erschaffen werde.

Es ist eine glorreiche Zukunft – vor allem, wenn man bedenkt, dass das alles begann, als ein Chihuahua meine Hündin belästigte.

Danke, dass Sie *Hard Ware – Der Fremde* gelesen haben!
Wenn Ihnen die Geschichte von Bella und Dragomir
gefallen hat, hinterlassen Sie bitte eine Rezension.

Können Sie nicht genug von der Familie Chortsky
bekommen? Lesen Sie Vlads Geschichte in *Hard Code –
Der Test* und Alex' Geschichte in *Hard Byte – Der Anzug*!

Misha Bell ist eine Zusammenarbeit des Autorenpaares
Dima Zales und Anna Zaires. Wenn sie nicht gerade als
Misha unterwegs sind, schreibt Dima Science-Fiction
und Fantasy und Anna düstere und zeitgenössische
Liebesromane.

Lesen Sie *Wall Street Titan – Der Börsenhai* von Anna
Zaires für mehr heiße Milliardärsgeschichten!

**Blättern Sie weiter für Leseproben von *Hard Code –
Der Test* und *Wall Street Titan – Der Börsenhai*!**

Meine neue Aufgabe bei der Arbeit: Spielzeug testen. Ja, genau diese Art von Spielzeug.

Also, technisch gesehen ist es, die App zu testen, die die Spielzeuge aus der Ferne steuert.

Das Problem? Das Showgirl, das die Hardware testen soll (also die eigentlichen Spielzeuge), geht in ein Kloster.

Ein weiteres Problem? Dieses Projekt ist wichtig für meinen russischen Chef, den düsteren, lecker sexy Vlad, alias der Pfähler.

Es gibt nur eine Lösung: die Software als auch die Hardware an mir selbst zu testen … mit seiner Hilfe.

HINWEIS: Dies ist eine eigenständige, anzügliche, langsam brennende romantische Komödie mit einer schrulligen, nerdigen Heldin, ihrem heißen, mysteriösen russischen Chef und zwei Meerschweinchen, die sich eventuell näherkommen. Wenn irgendetwas davon nicht Ihr Ding ist, dann laufen Sie schnell weit weg. Ansonsten schnallen Sie sich an für eine Schnupperfahrt voller Lachen und Entspannung.

———

»Ich?« Seine Augen weiten sich, und er tritt zurück.

Ich habe es jetzt ausgespuckt, also mache ich weiter. »Das macht Sinn. Ich nehme an, du vertraust darauf, mich nicht in das Hafenbecken zu werfen. Die Privatsphäre des Projekts ist nicht gefährdet. Und, na ja«, ich werde schrecklich rot, »du hast die richtigen Teile dafür.«

Unwillkürlich fällt mein Blick auf besagte Stellen, dann schaue ich schnell auf.

Die Fahrstuhltüren öffnen sich.

»Lass uns das im Auto fortsetzen«, sagt er, und sein Gesichtsausdruck wird unleserlich.

Scheiße, Scheiße, Scheiße. Hasst er die Idee? Hasst er mich dafür, dass ich sie auch nur aufgebracht habe? Wie peinlich wird es sein, wenn er Nein sagt?

Werde ich bald gefeuert, weil ich den Boss meines Bosses angemacht habe?

Wir steigen wieder in die Limousine, diesmal sitzen wir uns gegenüber.

Er lässt die Trennwand hochfahren. »Nur zur Klarstellung: Ich teste die männliche Charge, wobei ich sowohl als Geber als auch als Empfänger fungiere, richtig? Eigentlich habe ich eines der Stücke bereits an mir selbst getestet, nachdem ich die App geschrieben hatte, also könnte ich theoretisch das Gleiche mit dem Rest von ihnen machen.«

Ja! Er denkt tatsächlich darüber nach. Ich möchte auf und ab springen, auch wenn die Röte, die auf dem Weg vom Aufzug leicht zurückgegangen war, in ihrer ganzen Pracht zurückkehrt. »Das wäre kein guter End-to-End-Test, und das weißt du. Du hast den Code geschrieben; das macht dich voreingenommen.«

Seine Nasenlöcher weiten sich. »Wie dann?«

Sogar meine Füße erröten an diesem Punkt. »Du fungierst nur als der Empfänger. Ich fungiere als der Geber und zeichne die Testdaten auf. Das ist die richtige Verfahrensweise für diesen Test.«

Seine Augenbrauen heben sich. »Das dehnt die Definition des Wortes ›richtig‹ weit über seine Komfortzone hinaus aus.«

»Schau.« Ich versuche, seinen Akzent so gut ich kann nachzuahmen. »Wenn du aussteigen willst, verstehe ich das.«

Ein langsames, sinnliches Lächeln wölbt seine Lippen. »Ich scheue keine Herausforderung.«

Kann mein Slip wirklich schmelzen – oder ist das nur eine Redensart?

Hard Code – Der Test ist jetzt erhältlich. Falls Sie mehr darüber erfahren möchten, besuchen Sie bitte meine Homepage www.dimazales.com.

Auszug aus Wall Street Titan - Der Börsenhai

Ein Milliardär, der eine perfekte Frau will...

Mit 35 Jahren hat Marcus Carelli alles: Reichtum, Macht und die Art von Aussehen, die Frauen atemlos machen. Als Selfmade-Milliardär leitet er einen der größten Hedgefonds an der Wall Street und kann große Unternehmen mit einem einzigen Wort vernichten. Das Einzige, was ihm fehlt? Eine Frau, die so großartig ist, wie die Milliarden auf seinem Bankkonto.

Eine Katzenfrau, die ein Date braucht ...

Die sechsundzwanzigjährige Buchhändlerin Emma Walsh weiß aus guter Quelle, dass sie eine Katzenlady ist. Sie stimmt dieser Einschätzung nicht unbedingt zu, aber es ist schwer, sie mit den Fakten zu widerlegen. Abgenutzte und mit Katzenhaar bedeckte Kleidung?

Check. Letzter professioneller Haarschnitt? Vor über einem Jahr. Oh, und drei Katzen in einem winzigen Studio in Brooklyn? Ja, definitiv.

Und ja, gut, sie hatte seit wann keinen Sex? Nun, sie kann sich nicht erinnern. Aber dieser Punkt kann geändert werden. Gibt es dafür nicht Dating-Apps?

Eine Verwechslung ...

Eine High-End-Heiratsvermittlerin, eine Dating-App, eine Verwechslung, die alles verändert ... Gegensätze können sich anziehen, aber kann das halten?

———

Ich hüpfe fast vor Aufregung, als ich mich dem Sweet Rush Café nähere, wo ich Mark zum Abendessen treffen soll. Das ist das Verrückteste, was ich seit einer Weile getan habe. Zwischen meiner Abendschicht in der Buchhandlung und seinen Kursen an der Uni hatten wir keine Chance, mehr als einige wenige Textnachrichten auszutauschen, also habe ich nur ein paar verschwommene Bilder, an denen ich mich orientieren kann. Trotzdem habe ich ein gutes Gefühl dabei.

Ich habe das Gefühl, dass Mark und ich wirklich eine Verbindung haben könnten.

Ich bin ein paar Minuten zu früh, also bleibe ich an der Tür stehen und nehme mir einen Moment Zeit, um

Katzenhaare von meinem Wollmantel zu streichen. Der Mantel ist beige, was besser ist als schwarz, aber weißes Haar ist auf allem sichtbar, was nicht reinweiß ist. Ich denke, Mark wird es nicht allzu sehr stören – er weiß, wie stark Perser haaren –, aber ich möchte für unser erstes Date trotzdem repräsentativ aussehen. Es hat etwa eine Stunde gedauert, aber ich habe meine Locken dazu bekommen, sich halbwegs gut zu benehmen, und ich trage sogar ein wenig Make-up – etwas, was so häufig passiert wie ein Tsunami in einem See.

Ich atme tief durch, betrete das Café und schaue mich um, um zu sehen, ob Mark vielleicht schon da ist.

Das Bistro ist klein und gemütlich, mit den typischen Diner-Bänken, die im Halbkreis um eine Kaffeebar angeordnet sind. Der Geruch von gerösteten Kaffeebohnen und Backwaren ist köstlich und lässt meinen Magen vor Hunger knurren. Ich wollte mich nur auf den Kaffee beschränken, aber ich beschließe, mir auch ein Croissant zu kaufen; mein Budget sollte dafür ausreichen.

Nur wenige der Tische sind besetzt; wahrscheinlich, weil es ein Dienstag ist. Ich überfliege sie, weil ich nach jemandem suche, der Mark sein könnte, und bemerke einen Mann, der allein am entferntesten Tisch sitzt. Er schaut in meine entgegengesetzte Richtung, so dass ich nur den Hinterkopf sehen kann, aber sein Haar ist kurz und dunkelbraun.

Er könnte es sein.

Ich sammele meinen Mut und nähere mich dem Tisch. »Entschuldigung«, sage ich. »Bist du Mark?«

Der Mann dreht sich zu mir um, und mein Puls schießt in die Stratosphäre.

Die Person vor mir sieht überhaupt nicht aus wie die Bilder in der App. Sein Haar ist braun, und seine Augen sind blau, aber das ist die einzige Ähnlichkeit. Die harten Gesichtszüge des Mannes sind weder rund noch scheu. Vom stahlharten Kiefer bis zur falkenartigen Nase ist sein Gesicht völlig männlich, geprägt von einem Selbstbewusstsein, das an Arroganz grenzt. Ein Hauch von Schatten verdunkelt seine schlanken Wangen, so dass seine hohen Wangenknochen noch deutlicher hervorstechen, und seine Augenbrauen sind dicke dunkle Schrägstriche über seinen stechend hellen Augen. Selbst hinter dem Tisch sitzend, sieht er groß und kräftig aus. Seine Schultern sind in seinem maßgeschneiderten Anzug unglaublich breit, und seine Hände sind doppelt so groß wie meine.

Unmöglich, dass dies der Mark von der App ist, es sei denn, er hat seit der Aufnahme dieser Fotos einen ernsthaften Trainingsmarathon im Fitnessstudio eingelegt. War das möglich? Konnte sich ein Mensch so sehr verändern? Er hatte seine Größe nicht im Profil angegeben, aber ich hatte angenommen, dass das Auslassen bedeutete, dass er höhentechnisch wie ich eher unterdurchschnittlich war.

Der Mann, den ich ansehe, ist in keiner Weise

unterdurchschnittlich, und er trägt mit Sicherheit keine Brille.

»Ich bin … ich bin Emma«, stottere ich, als der Mann mich weiterhin anstarrt, wobei sein Gesicht hart und unergründlich ist. Ich bin mir fast sicher, dass ich den falschen Kerl erwischt habe, aber ich zwinge mich trotzdem, zu fragen: »Bist du zufällig Mark?«

»Ich ziehe es vor, Marcus genannt zu werden«, antwortet er zu meiner Überraschung. Seine Stimme ist ein tiefes männliches Rumpeln, das etwas primitiv Weibliches in mir anspricht. Mein Herz schlägt noch schneller, und meine Handflächen beginnen zu schwitzen, als er aufsteht und unverblümt sagt: »Du bist nicht das, was ich erwartet habe.«

»Ich?« *Was zum Teufel …?* Eine Welle der Wut verdrängt alle anderen Emotionen, während ich auf den unhöflichen Riesen vor mir starre. Dieses Arschloch ist so groß, dass ich mir den Hals verrenken muss, um zu ihm aufzuschauen. »Und was ist mit dir? Du siehst überhaupt nicht aus wie auf deinen Bildern!«

»Ich schätze, wir wurden beide irregeführt«, sagt er mit angespanntem Kiefer. Bevor ich antworten kann, deutet er auf den Tisch »Du kannst dich genauso gut hinsetzen und mit mir essen, Emmeline. Dann bin ich nicht umsonst den ganzen Weg hierhergekommen.«

»Ich heiße *Emma*«, korrigiere ich vor Wut kochend. »Und nein, danke. Ich werde einfach gehen.«

Seine Nasenlöcher beben, und er tritt nach rechts, um mir den Weg zu versperren. »Setz dich, *Emma*.« Er lässt meinen Namen wie eine Beleidigung klingen. »Ich werde mit Victoria reden, aber im Moment verstehe ich nicht, warum wir nicht wie zwei zivilisierte Erwachsene essen können.«

Die Spitzen meiner Ohren brennen vor Wut, aber ich rutsche in die Bank, anstatt eine Szene zu machen. Meine Großmutter hat mir von klein auf Höflichkeit beigebracht, und selbst als Erwachsene, die allein lebt, fällt es mir schwer, gegen das anzukämpfen, was sie mir beigebracht hat.

Sie würde es nicht gutheißen, wenn ich diesem Idioten mein Knie in die Eier rammen und ihm sagen würde, dass er sich verpissen soll.

»Danke«, sagt er und rutscht auf die Bank mir gegenüber. Seine Augen funkeln eisblau, während er die Speisekarte betrachtet. »Das war nicht so schwer, oder?«

»Ich weiß nicht, *Marcus*«, sage ich und betone extra den formellen Namen. »Ich bin erst seit zwei Minuten bei dir, und schon auf hundertachtzig.« Ich gebe die Beleidigung mit einem damenhaften, von meiner Großmutter genehmigten Lächeln ab, werfe meine Handtasche in die Ecke unserer Nische und nehme die Speisekarte, ohne mich zu bemühen, meinen Mantel auszuziehen.

Je eher wir essen, desto schneller kann ich hier herauskommen.

Ein tiefes Lachen erschreckt mich, und ich schaue auf. Zu meinem Entsetzen grinst der Idiot, und seine Zähne blitzen weiß in seinem leicht gebräunten Gesicht. Keine Sommersprossen, stelle ich eifersüchtig fest; seine Haut ist perfekt ebenmäßig, ohne auch nur ein einziges Muttermal auf seiner Wange. Er ist nicht im klassischen Sinn gutaussehend – seine Gesichtszüge sind zu grob dafür – aber er sieht schockierend gut aus, auf eine starke, rein männliche Art und Weise.

Zu meinem Entsetzen breitet sich eine Hitzewelle in meinem Unterleib aus, und meine inneren Muskeln ziehen sich zusammen.

Nein. Auf keinen Fall. Dieses Arschloch macht mich *nicht* an. Ich kann es kaum ertragen, ihm gegenüber am Tisch zu sitzen.

Ich knirsche mit den Zähnen, schaue in die Speisekarte und stelle mit Erleichterung fest, dass die Preise an diesem Ort tatsächlich angemessen sind. Ich bestehe immer darauf, bei Dates für mein eigenes Essen zu bezahlen, und jetzt, da ich Mark getroffen habe – Entschuldigung, *Marcus* –, würde ich es ihm auch zutrauen, mich an einen noblen Ort zu schleppen, wo ein Glas Leitungswasser mehr kostet als ein Patrón. Wie konnte ich mich bei dem Kerl so sehr irren? Offensichtlich hatte er gelogen, als er behauptet hat, in einer Buchhandlung zu arbeiten und ein Student zu sein. Zu welchem Zweck, weiß ich nicht, aber alles an dem Mann vor mir schreit Reichtum und Macht. Sein Nadelstreifenanzug schmiegt sich an seinen breitschultrigen Rahmen, als wäre er für ihn maßgeschneidert, sein blaues Hemd ist steifgebügelt, und ich bin mir ziemlich sicher, dass seine subtil karierte Krawatte von einem Designer ist, der Chanel wie ein Walmart-Label aussehen lässt.

Als mir alle diese Details auffallen, habe ich einen neuen Verdacht. Könnte mir jemand einen Streich spielen? Kendall vielleicht? Oder Janie? Sie kennen beide meinen Geschmack bei Männern. Vielleicht hat eine von beiden beschlossen, mich auf diese Weise zu einem Date zu locken – aber warum sie mich mit *ihm* zusammengebracht haben und er dem zustimmen würde, ist ein großes Rätsel.

Stirnrunzelnd schaue ich von der Speisekarte auf und betrachte den Mann vor mir. Er hat aufgehört zu grinsen und betrachtet mit gerunzelter Stirn die Speisekarte, was ihn älter aussehen lässt als die siebenundzwanzig Jahre, die auf seinem Profil angegeben sind.

Dieser Teil muss auch eine Lüge gewesen sein.

Meine Wut verstärkt sich. »Also, *Marcus*, warum hast du mir geschrieben?« Ich lege die Speisekarte auf den Tisch und starre ihn wütend an. »Besitzt du überhaupt Katzen?«

Er schaut auf, und sein Stirnrunzeln vertieft sich. »Katzen? Nein, natürlich nicht.«

Die Irritation in seinem Ton lässt mich alles über Großmutters Missbilligung darüber vergessen, ihm direkt in sein schlankes, hartes Gesicht zu schlagen. »Ist das eine Art Streich? Wer hat dich dazu angestiftet?«

»Verzeihung?« Seine dicken Augenbrauen heben sich in einem arroganten Bogen.

»Oh, hör auf, so zu tun, als seist du unschuldig. Du hast mich in deiner Nachricht angelogen, und du hast die Frechheit, mir zu sagen, dass *ich* nicht das bin, was du erwartet hast?« Ich spüre praktisch den Dampf, der aus meinen Ohren kommt. *»Du* hast *mich* angeschrieben, und ich war in meinem Profil völlig ehrlich. Wie alt bist du? Zweiunddreißig? Dreiunddreißig?«

»Ich bin fünfunddreißig«, sagt er langsam, und sein Stirnrunzeln kehrt zurück. »Emma, worüber redest ...«

»Das war's.« Ich nehme meine Handtasche am Henkel, rutsche von der Bank und stelle mich hin. Großmutter hin oder her, ich werde nicht mit einem Idioten essen gehen, der zugegeben hat, mich getäuscht zu haben. Ich habe keine Ahnung, was einen Kerl wie ihn dazu bringen würde, mit mir zu spielen, aber ich werde keine Witzfigur sein.

»Schönes Abendessen«, knurre ich, drehte mich um und gehe zum Ausgang, bevor er mir wieder den Weg versperren kann.

Ich habe es so eilig, fortzukommen, dass ich fast eine große, schlanke Brünette umrenne, die sich dem Café nähert, und den kleinen, pummeligen Typen, der ihr folgt.

––––––––

Wall Street Titan – Der Börsenhai ist jetzt erhältlich. Falls Sie mehr darüber erfahren möchten, besuchen Sie bitte meine Homepage www.annazaires.com.

Über den Autor

Ich liebe es, Humorvolles zu schreiben (oft die unangemessene Art), Happy Endings (beide Arten) und Charaktere, die schrullig genug sind, um als komische Käuze (genau richtig zum Fremdschämen) bezeichnet zu werden.

Wenn Sie Liebesromane mit viel Komik und Wohlfühlcharakter lieben, besuchen Sie www.mishabell.com und melden Sie sich für meinen Newsletter an.